상사의 본색

1

상사의 본색 1

초판 1쇄 발행 2022년 11월 4일

지은이 | 차해솔

발행인 | 김성룡
기획, 편집 | (주)스마트빅(쉼표)
교정 | 김은희
표지디자인 | 우물
출판등록 | 제2014- 000017호 (2011년 6월 30일)

펴낸곳 | 도서출판 가연
주 소 | 서울시마포구 월드컵북로 4길 77, 3층 (동교동 ANT빌딩)
전 화 | 02- 858- 2217
팩 스 | 02- 858- 2219
ISBN | 978-89-6897-115-0 03810

상사의
본색

1

chief's true colors

차해솔
장편소설

차 례

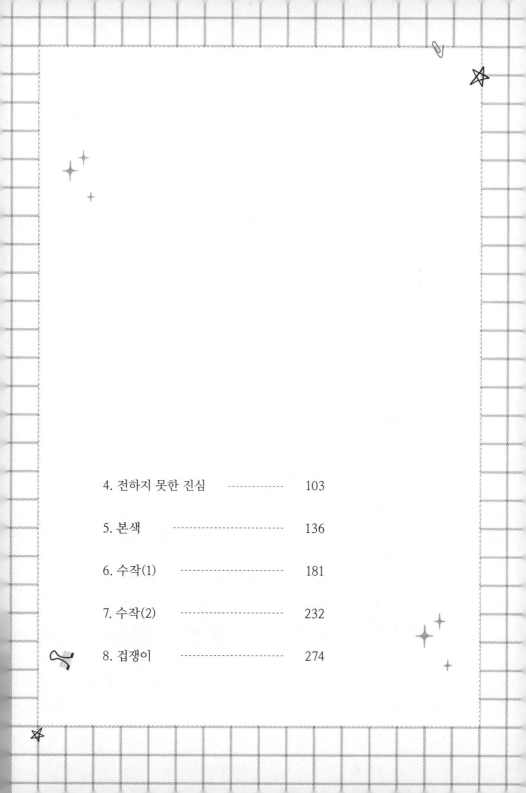

Prologue. 본색 혹은 본능[本色, 本能]

이건 뭔가 단단히 잘못됐다.

"……으읍."

입술을 가르며 파고든 그의 혀가 뜨거웠다. 입천장을 둥글게 휘저으며 쓸어내리는 감각은 지나치게 야릇했다. 주먹 쥔 나정의 양손이 절로 펴졌다. 그러자 쥐고 있던 연필이 바닥에 툭, 떨어지며 어디론가 데구루루 굴러갔다. 그 틈을 타 그가 허리를 더욱 세게 당겨 안았다.

'쿵쿵쿵.'

빈틈없이 맞붙은 가슴 사이로 누구의 것인지도 모를 심장 소리가 크게 울려 퍼졌다. 나정의 눈이 번뜩 뜨인 건 그때였다.

자, 잠깐만. 이 남자 손목 묶인 거 아니었어?

남자의 손목은 그가 평소 즐겨 매는 넥타이로 결박된 상태였다. 그것도 이 남자의 손으로 직접 만든 결과물이었다.

'각자 임무에 충실하기 위한 조치라 치죠. 난 오늘 하루 은나정 씨, 모델로서. 은나정 씨는 예술 정신이 투철한 화가로서.'

'……그래서 지금 팀장님, 손목을 묶겠다고요?'

나정은 남자의 손목을 멍하니 응시했다. 넥타이가 두 번의 회전 끝에 꽉 매듭지어져 있었다. 이제 남은 것은 단 하나. 양 갈래로 축 늘어진 타이를 보며 그가 눈짓했다.

'매듭은 은나정 씨 손에 맡길게요. 날 불신하는 만큼 조여봐요.'

뭘, 조여?

나정은 귀를 의심했다. 영화에서나 볼법한 빨간 장면에 정신이 아찔했다. 가출하려는 이성을 간신히 붙들었다.

'굳이…… 이럴 필요까지 있을까요?'

'필요성을 못 느끼면.'

경고하는 남자의 눈이 차게 가라앉았다.

'날 믿는다는 건가?'

'……'

'나도 날 못 믿겠는데.'

열기가 묻어나는 위협적인 말투였다. 그의 시선이 제 등 뒤에 있는 침대로 향했을 때는 애석하게도 가슴이 뛰었다. 꼭 그날 밤의 일탈을 각인시키는 거 같아서.

"앗……."

나정이 돌연 신음을 터트렸다. 남자가 아랫입술을 아프게 깨문 탓이었다.

"집중 안 하지?"

그가 얼굴을 비스듬히 기울이며 경고했다. 나정은 억울함에 고개를 뒤로 물렀다.

"약속, 하지 않았어요? 그림만 그리기로."

"글쎄. 내가 그랬던가."

"그새 기억상실증이라도 걸리셨어요?"

그는 반박하는 대신 시선을 내리깔았다. 타액으로 젖어 번들거리는 나정의 도톰한 입술을 지그시 응시하더니, 입꼬리를 부드럽게 휘었다.

"그랬나 보지."

나정은 할 말을 잃어버렸다. 항상 무표정을 고수하던 남자의 얼굴에 한 줌의 미소가 번지자 머릿속이 하얘졌다. 하지만 금세 고개를 털며 남자를 노려봤다. 하마터면 또 홀릴 뻔했다. 가끔 그는 축복받은 외모를 적재 소재만 골라 써먹을 때가 있었다. 지금처럼 훅 파고들 때면 나정은 괜스레 신이 원망스러워졌다.

"한정우 팀장님."

힘주어 남자의 직함을 부르자 정우의 시선이 다시금 나정의 입술에 닿았다.

"응?"

……왜 또 목소리는 나른하고 난리야.

"대체 절 왜 부르신 거예요? 분명 거절하셨잖아요. 먼저 선 그은 건 팀장님 아니었나요?"

한 번만 더 모델로 서줄 수 없겠냐는 제안을 칼같이 거절한 건 눈앞의 남자였다.

정우는 말없이 나정을 내려다보았다. 그때 허리를 꽉 죄던 그의 팔이 제 머리 위로 들렸다. 여전히 그의 양 손목은 넥타이로 단단히 묶인 상태였다.

"왜일 거 같습니까?"

어깨를 울리는 낮은 음성에 흠칫, 고개가 들렸다. 실오라기 하나 걸치지 않은 너른 가슴팍과 물기 맺힌 검은 머리칼에 시선이 붙잡혔다.

"은나정 씨 말처럼 우린 마주해서 좋을 게 없잖아."

"……."

"그걸 알면서도 왜 널 불렀을까, 생각이란 걸 해봤는데."

너.

방금 그가 분명 너라고 했다.

정우의 긴 다리가 천천히 교차했다. 느긋하게 다가오는 그를 보며 나정은 본능적으로 뒷걸음질을 쳤다.

한 발, 한 발.

서로의 거리가 좁혀질수록 그의 입술에 걸린 미소가 연기처럼 증발했다.

"화가 나."

"……."

"그 눈이 나 아닌 다른 놈을 훑는다고 상상하니까 불쾌하다 못해 기분이 아주 더러워."

항상 정숙하고 딱딱한 억양을 고집하던 남자였다. 다소 거친 언사에 기분이 나쁠 법도 한데, 나정의 정신은 그저 멍했다. 오히려 그의 말이 취할 것처럼 달콤하게 들린다면, 드디어 제 머리가 본 기능을 상실해버린 걸까.

빙글빙글, 돌아가는 정신 속에 갈피를 잡지 못한 몸뚱어리가 침대 모서리에 걸리며 풍덩 넘어갔다. 머리칼이 물결처럼 퍼지며 얼굴에 열이 몰렸다. 나정은 침대 앞까지 다가온 정우를 무방비하게 올려다보았다.

"그래서 뭔데요?"

그가 짙은 눈썹을 살며시 들어 올렸다. 질문의 의도가 뭐냐는 듯. 나정은 파르르 떨리는 입술을 힘주며 되물었다.

"찾은 답이 있을 거 아니에요."

당신이 나를 부른 진짜 목적. 당신이 내 모델을 하겠다는 진짜 이유. 당신의 진짜…….

"뭐겠습니까?"

본색.

정우는 순발력 좋게 나정의 몸 위에 올라탔다. 돌덩이 같은 허벅지가 나정의 다리를 활짝 벌리며 단숨에 자리를 잡았다.

"답은 뻔하잖아."

정우의 얼굴에 아른거리던 햇살이 지며 그늘이 드리웠다. 숨겨진 본색이 완벽히 드러난 순간, 그가 손목에 묶인 넥타이를 입술로 슥, 풀며 고백했다.

"본능에 충실하기 위해서지."

1. 발각

"보고서 처리 처음 해봅니까?"

차게 식은 음성이 파티션을 뚫고 넘어왔다.

또 시작인가.

모니터에 고정된 나정의 시선이 흘긋 위로 향했다. 부서 내 분위기가 살벌했다. 모두가 얼어붙은 얼굴로 한 남자를 주시하는 중이었다.

"김혜나 씨."

나직한 부름에 동료, 혜나의 어깨가 움찟, 떨렸다.

"……네. 팀장님."

그녀는 대역 죄인이라도 된 것처럼 간신히 정우를 바라봤다. 말없이 혜나가 작성한 보고서를 내려다보던 정우는 소매 단추를 하나둘씩 끄르며 셔츠를 걷어붙였다. 일이 풀리지 않을 때 나오는 그의 습관 중 하나였다. 핏줄이 줄기처럼 도드라진 팔목이 모습을 드러내자 여직원들의 시선이 하나둘씩 몰려들었다.

"벌써 세 번째네요?"

정우가 엄지 뼈로 눈썹을 느리게 문지르며 물었다.

"같은 구간에서 같은 실수를 반복하는 게."

"……."

"이렇게 된 이유가 뭐라고 생각해요?"

"저 그게……."

혜나는 쉽게 말을 잇지 못했다. 침묵이 길어질수록 정우의 표정은 싸늘하게 굳어갔다.

차라리 대놓고 쪽을 주는 게 낫지. 두 사람을 보며 나정은 무의식적으로 생각했다. 안 봐도 팀장의 입에서 쏟아질 다음 말은 뻔했다. 누가, 언제, 어디에서, 무엇을, 어떻게, 왜. 육하원칙으로 저지른 실수에 대해 낱낱이 분석하게 할 것이다. 이 과장님의 귀띔으로는 두 번의 실수를 막기 위한 쓰디쓴 처방이라는데. 글쎄……. 저건 처방보단 고문에 가깝지 않나.

뭐 하나 쉽게 넘어가는 게 없는 남자였다. 나정은 남몰래 생각했다. 어쩌면 한정우에게 사디스트 기질이 있을지 모르겠다고. 그렇지 않고서야…….

"정신머리가 업무 아닌 다른 곳에 박혀 있으니까요."

이제 혜나는 거의 울기 직전이었다. 커다란 눈망울이 촉촉이 젖어가고 눈물이 그렁그렁 차올랐다. 그 처량한 자태에도 한정우는 눈 하나 깜빡이지 않았다. 의자에 등을 깊이 묻은 채 퍽 지루하다는 눈길로 혜나의 눈물을 관람했다.

"김혜나 씨."

"……네."

혜나가 훌쩍이며 눈에 힘을 주었다. 같은 여자가 봐도 참 앙증맞은 얼굴이었다. 저 외모면 좀 봐줄 만도 하잖아. 팀원 모두가 선처를 바라던 때.

"울 거면 업무 시간 끝난 후에 울죠."

서늘한 일침이 작살처럼 날아들었다.

"울어서 해결될 문제 하나도 없습니다. 쓸데없는 감정에 허우적거리느라 본인 할당량도 못 채우고 시간 버리는 거."

정우가 깍지 낀 손에 턱을 묻으며 쐐기를 박았다.

"굉장히 한심해 보입니다."

"……흑."

기어이 혜나의 입술에서 울음이 터졌다. 나정은 고개를 설레 저으며 마저 모니터를 보았다. 오늘은 무조건 칼퇴근을 해야만 했다. 마침 그녀의 휴대폰에서 진동이 울렸다.

나정아, 오늘 올 수 있지? - ♥재현 선배♥

메시지를 확인한 나정의 눈이 커다래졌다. 그녀는 설렘을 감추지 못하며 키보드를 전투적으로 두드리기 시작했다.

* * *

　한참 업무에 집중하던 나정은 뻐근해진 목을 누르며 자리에서 일어났다. 모니터를 장시간 봤더니, 눈이 뻑뻑했다. 잠깐의 휴식을 즐길 겸 탕비실에 방문한 순간이었다.

“혜나 씨, 괜찮아?”

　나정은 최대한 발소리를 죽이며 티백이 쌓여 있는 선반으로 다가갔다. 혜나를 중심으로 여직원들이 테이블에 옹기종기 모여 있었다.

“보는 내가 다 쫄리더라니까? 하여간 한 팀장은 성질 좀 죽여야 해. 아니, 팀원은 사람 아냐? 도마 위에 올려놓고 이걸 언제 죽일지, 말지 가늠하는 것도 아니고.”

　언젠간 정우에게 호되게 깨진 경험이 있던 오현정 대리가 어깨를 부르르 떨며 호소했다. 오늘처럼 한정우에게 상처받은 팀원이 생길 때면 그녀는 부하 직원을 위로하는 척, 상사인 정우를 신랄하게 깎아내리기 일쑤였다.

“그래도 버틸 만하던데요.”

　혜나가 방긋 웃으며 대답했다.

“어쨌든 실수한 건 저니까요. 그리고 보는 재미도 쏠쏠했고요.”

“보는 재미?”

“……팀장님 팔목이요.”

　혜나가 수줍게 속삭이자 여직원들이 어후, 손사래를 쳤다.

“요 앙큼한 것 좀 봐라? 혼날 시간에 그런 걸 볼 여유는 있었어?”

"몸 좋은 건 알고 있었지만, 가까이서 보니까 장난 아니시던데요. 특히 이 어깨가……."

죄다 수긍한다는 듯 고개를 끄덕였다. 아무리 '한정우'의 성품이 육두문자를 방불케 할지라도 그는 늘 화제의 중심에 서 있는 인물이었다.

'그래도 은나정은 좋겠다. 한 팀장님이랑 같은 부서라서. 눈 호강은 실컷 할 수 있잖아.'

언젠간 인사팀 소속의 대학 동기, 여진이 선망 어린 표정을 지으며 말했다. 나정도 순순히 인정하는 바였다. 정우를 처음 봤을 때 자신도 다른 여직원들과 별반 다르지 않은 반응을 보였으니까. 동공은 끝도 없이 확대됐고, 입술은 줏대 없이 벌어졌다.

한눈에 봐도 한정우는 축복받은 외모의 소유자였다. 190cm에 달하는 장신에, 8등신으로 떨어지는 작은 얼굴, 남자다운 턱선과 시원한 이목구비까지. 특히 쌍꺼풀이 얇게 졌는데도 크고 긴 눈매는 밤하늘을 유영하는 듯한 착각을 불러일으킬 만큼 깊고 짙었다.

옷발은 또 어찌나 잘 받는지 남들과 같은 세미 슈트도 그가 입으면 남달랐다. 완벽한 핏을 연출하며 어디든 나타나기만 하면 온갖 이목을 끌어당겼다.

"나정 씨는 어떻게 생각해?"

"네?"

나정은 티백을 뜯다 말고 뒤를 돌아봤다. 오 대리가 눈을 빛내며 다가왔다.

"한 팀장 어떠냐고."

갑작스러운 질문에 혀가 돌처럼 굳었다. 그러다 불현듯 혜나와 시선이 부딪혔다.

……뭐지, 방금.

방금까지 웃고 있던 혜나의 눈에서 싸늘함을 느꼈다면 기분 탓이려나.

"뭐, 팀장님이야 워낙 유명하시니까요."

어물쩍 상황을 넘어가자 오 대리가 칼같이 고개를 저었다.

"아니, 남자로 어떠냐고."

"아……."

나정은 입을 다물었다. 한 번도 고민한 적 없는 주제였다. 누구나 한 번쯤 '한정우'를 대상으로 핑크빛 휘날리는 연애를 상상하곤 한다는데, 나정은 결코 아니었다.

"글쎄요."

나정은 뜨거운 물에 티백을 퐁당, 집어넣으며 단호히 말했다.

"전 다정한 사람이 좋아서요."

* * *

'또각또각.'

회사 복도를 가로지르는 나정의 구두 굽 소리가 초조했다.

"어떡해. 늦었잖아."

이게 다 끈질긴 오현정 대리 때문이다. 그녀는 퇴근 후, 동료들과 가벼운 술자리를 갖길 원하는 눈치였다. 평소라면 못 이기는 척 동행했을 텐데, 오늘만큼은 안 된다며 발을 빼자 이를 귀신같이 물고 늘어졌다.

'나정 씨 요즘 수상해? 툭 하면 제일 먼저 퇴근하는 게. 따로 만나는 사람이라도 있어? 아, 왜 저번에 이 과장님이 주선하려던 소개팅도 거절했다며.'

사내에서 뒷말이 도는 것만큼 피곤한 일은 없었다. 스무고개를 방불케 하는 질문을 받아치느라 진이 다 빠졌다.

'탁탁탁.'

승강기 버튼을 누르는 나정의 손짓이 다급했다. 마침 한 대가 도착하며 문을 열었다. 성급히 발을 집어넣던 나정은 숨을 굳혔다. 커다란 실루엣이 그녀의 길목을 막아섰다. 다른 사람도 아닌 한정우 팀장이 승강기 정 가운데에 탑승해 있었다. 그가 무심한 눈으로 나정을 주시했다.

"타죠."

"아뇨. 팀장님 먼……."

안 돼. 이것마저 놓치면 진짜 늦어.

나정은 마지못해 발을 뻗었다. 정우가 옆으로 물러서며 자리를 내주었다. 그와 나란히 서게 된 나정의 등줄기가 왠지 모를 긴장감에 뻣뻣해졌다. 새삼 한정우 팀장의 몸집이 크다는 걸 실감했다. 161cm인 그녀도 그리 작은 키가 아닌데, 정우의 다리는 나정의 배꼽 위를 훌쩍 넘어선 뒤였다.

……내가 짧은 건가.

어쩐지 불쾌해지려던 차였다.

……반지?

정우의 오른손, 네 번째 손가락에 은반지가 끼워져 있었다. 여자 친구가 있다는 소문은 못 들은 거 같은데. 워낙 화제의 인물이라 가만히 있어도 그에 대한 소식이 귀에 족족 흘러들어 왔다.

'띵.'

말간 소리가 울려 퍼지며 승강기 문이 열렸다. 나정은 척추에 힘을 주며 고개를 숙였다.

"팀장님. 조심히……."

말을 마치기도 전에 정우가 승강기를 빠져나갔다. 멀어져가는 널따란 등을 보며 나정은 한숨을 흘렸다.

"역시 나랑은 안 맞아."

* * *

"수고하세요."

탁.

택시에서 부리나케 내린 나정은 고개를 높이 치켜들었다. 하얀 벚꽃 잎이 휘날리는 나무 아래, 빨간 지붕에 둘러싸인 하얀 건물이 눈길을 끌었다.

카르페 디엠 [carpe diem]

이곳은 대학 선배, 재현이 운영하는 미술학원이었다. 나정은 익숙하게 문을 열고 들어갔다. 캐비닛에 대충 짐을 집어넣고는 팻말이 달린 강의실 문고리를 잡아당겼다.

"인간의 인체와 근육을 섬세하게 다루는 것만큼 중요한 요소는 없는데요."

벌써 수업이 시작됐는지 칠판 앞에 서 있는 재현의 모습이 보였다. 나정은 맨 뒤쪽에 자리를 잡았다.

"오늘은 좀 늦었네요?"

수강생 중 한 명인 태오가 반갑게 알은 척을 했다. 막 스무 살이 된 것답게 하얀 얼굴에서 싱그러움이 넘쳐흘렀다.

"일이 좀 있어서."

"그럼 오늘 수업내용도 모르겠네요. 재현 형이 그랬는데……."

나정에게 태오의 뒷말은 들리지 않았다. 재현과 눈이 마주친 탓이었다. 그가 안경 너머로 미소를 머금었다. 나정은 괜스레 머리칼을 매만지며 어색하게 웃어 보였다.

"보안이 우선시 되는 수업이라서 휴대폰을 먼저 걷도록 할게요."

재현이 바구니를 들고 수강생들의 휴대폰을 걷기 시작했다.

"왔어?"

어느새 나정의 코앞까지 다가온 그가 바구니를 내밀었다.

"늦어서 죄송해요, 선배."

"왔으면 됐지."

그가 괜찮다며 어깨를 토닥였다. 그 손길만으로 마음이 붕 떴다. 나정은 홀린 듯이 바구니에 휴대폰을 집어넣었다. 마지막으로 태오의 휴대폰까지 수거한 재현은 다시 칠판 앞으로 걸어 나갔다.

"수업이 완벽히 끝날 때까지 모든 문은 잠그도록 하겠습니다. 나정아."

"네?"

"미안하지만 뒷문 좀 잠가줄래?"

나정은 냉큼 일어나 뒷문을 잠갔다. 그러다 뒤늦게 의문점이 생겨났다. 오늘 수업이 뭐길래 문을 잠그지?

"상체 누드 소묘요."

옆에 앉은 태오가 궁금증을 해결해주는 동시에 재현이 강의실 앞문을 가리켰다.

"그럼 모델분 모시도록 하죠."

'달그닥.'

원목 문이 느리게 반회전하며 어둠 속에서 긴 다리가 걸어 나왔다. 그때까지만 해도 나정의 시선은 모델의 발끝에 머물러 있었다.

'운동화 예쁘다.'

영양가 없는 감상을 하기도 잠시. 모델의 손가락에서 은반지를 발견한 나정은 눈을 가늘게 떠 보였다.

저거 어디서 본 건데…….

기이한 기시감을 느끼며 고개를 슬그머니 들었다. 모델은 워싱이 들어간 청바지만 착용한 상태였다. 실오라기 하나 걸치지 않은 탄탄한 상체가 이젤 너머로 아슬하게 보였다.

눈에 띄게 긴 팔과 다리. 깊이 파인 치골근과 자를 대고 그은 듯한 선명한 복근. 두툼하면서도 판판한 가슴 근육. 마지막으로 널찍한 어깨가 눈에 들어오자 나정은 왼쪽 가슴에 손을 얹었다.

'쿵쿵쿵.'

어쩐지 심장이 불안하게 요동쳤다. 이유를 알 수 없는 서늘함이 척추를 타고 흘러내렸다.

"……에이, 아니겠지."

나정은 저도 모르게 고개를 저으며 모델의 얼굴을 확인했다. 그러기 무섭게 급히 입을 틀어막았다. 하마터면 소리를 내지를 뻔했다. 믿을 수 없는 현실이 그녀의 눈앞에 펼쳐져 있었다.

그러니까…….

"왜……."

……팀장님이 거기서 나와요?

몇 번을 다시 봐도 한정우 팀장이 맞았다. 그 순간 정면을 향해 있던 정우의 시선이 돌아갔다. 나정은 본능적으로 고개를 확 숙였다. 이젤을 방패 삼아 최대한 몸을 웅크렸다.

"누나, 왜 그래요?"

공벌레와도 같은 몸짓에 태오가 고개를 갸웃거렸다. 나정은 두 손을 비비며 복화술을 소환했다.

"제하 머르는 처해 져."

"모른 척해 달라고요?"

'끄덕끄덕.'

절실한 고갯짓에 태오의 눈매가 가느스름해졌다. 나정을 골똘히 주시하던 그가 한마디를 툭 내뱉었다.

"그럼 내 부탁 하나만 들어줘요."

"……브타?"

"왜? 싫어요?"

싫을 리가. 지금은 찬밥 더운밥 가릴 처지가 아니었다. 여기서 한 팀장과 눈이라도 마주친다면…….

나정의 얼굴이 하얗게 질려갔다. 상상만으로 끔찍했다. 다른 사람도 아닌 한정우다. 욕만 안 할 뿐이지, 허를 찌르는 언변과 살벌한 눈빛으로 팀원들을 촌철 살인하는 남자가 아니던가. 나정은 고개를 격렬히 끄덕였다.

"저으니까 나즈에, 나즈에, 꼬오 드러즈게."

좋으니까 나중에 꼭 들어줄게. 손쉽게 나정의 입 모양을 간파한 태오가 빙그레 웃었다.

"좋아요."

"하……."

안도감에 축 늘어지기도 잠시. 나정은 금세 신경을 곤두세우며 주변을 살폈다. 다행히 정우는 정면을 응시 중이었다. 수강생들은 그런 남자를 멍하니 감상했다. 그럴 만도 했다. TV에서 본 여느 남자 모델들과 견주어도 절대 밀리지 않을 단단한 몸은 물론, 살면서 한 번 마주칠까, 말까 하는 비현실적인 외모는 소녀들의 마음을 사로잡기에 충분했다. 반면 나정은 도무지, 정우의 맨몸을 볼 엄두가 서지 않았다. 뭐랄까. 큰 죄를 짓는 기분이었다.

"오늘 수업을 도와주실 모델분을 소개할게요."

재현이 스스럼없이 정우의 어깨에 손을 올렸다. 정우의 반듯한 눈썹이 꿈틀거렸다. 심기가 거슬릴 때마다 나오는 습관 중 하나란 걸 알아챈 사람이라곤 오직 그의 부하 직원인 나정뿐이었다.

"어렵게 섭외한 분이니까 다른 때보다 더 집중해서 그려주면 좋겠어요."

재현의 부탁에 수강생들은 홀린 듯이 고개를 끄덕였다. 반면 나정은 숨죽이며 의자에서 엉덩이를 떼어냈다. 재현이 다시금 입을 연 건 그때였다.

"크로키 수업까지 합쳐 총 세 번을 여러분과 함께할 거예요."

……세, 번? 한 번도 아니고 세 번? 나정의 얼굴이 절망으로 일그러졌다. 재현은 왼쪽에 앉은 학생들을 가리키며 말을 이었다.

"오늘은 이쪽부터 모델 정면을 그리도록 할게요."

학생들은 이젤을 하나씩 두고 원을 그리듯이 빙 둘러 앉아 있었다.

"나머지 수강생분들은 각자 위치에서 모델의 상체를 그려주세요. 옆태가 될 수 있겠고, 뒤태도 될 수 있겠죠? 시계가 돌아가는 방향으로 모델의 정면을 그리도록 할게요. 오늘이 왼쪽이면 다음 수업은 이쪽, 그리고 마지막 날은……."

재현의 손이 나정이 있는 곳을 가리켰다.

"저쪽."

나정은 황급히 몸을 돌려 도로 의자에 앉았다.

"자 그럼 시작해볼까요?"

재현이 손뼉을 가볍게 치며 수업의 시작을 알렸다. 수강생들이 하나둘씩 연필을 손에 쥐었다. 나정도 마지못해 도구를 집어 들었다. 어쩐지 울고 싶어졌다.

* * *

결국, 단 한 개의 선도 그리지 못했다. 점 하나 찍혀 있지 않은 하얀 도화지가 휑했다.

"……죽을 거 같아."

나정은 이미 버스에 몸을 실은 뒤였다.

수업이 끝난 직후였다. 정우가 옷을 갈아입기 위해 탈의실로 사라지자 재빠르게 강의실을 빠져나왔다. 눈치 빠른 태오 덕분에 학원 뒤편에 서 있다가 휴대폰도 잊지 않고 챙겨 나올 수 있었다.

"……지옥이었어, 진짜."

나정은 창가에 머리통을 툭, 기댔다. 얼마나 전속력으로 내달렸으면 심장이 아직도 벌렁거렸다. 마음을 추스르려 휴대폰을 만지작거리는데, 꽤 쌓인 메시지가 눈에 들어왔다.

언니. 올 때 빵빠X 좀 사와. 아빠 취했어. - 웬수1
언니, 나 배고픈데 올 때 치킨 한 마리만 사 오면 안 돼? - 웬수2
누나, 집은 잘 갔어요? - 태오
재현 선배랑은 데이트 잘했어? - 여진여진

"데이트는 얼어 죽을."

불청객의 등장으로 작별 인사도 못 하고 나온 길이었다. 시큰둥한 얼굴로 키패드를 만지는데, '까똑!' 소리가 울리며 한 통의 메시지가 도착했다.

몸은 괜찮아? -♥재현 선배♥-

늘어졌던 나정의 몸이 오뚜기처럼 바로 세워졌다. 곧이어 액정에 재현의 이름이 나타났다. 냉큼 통화 버튼을 눌렀다.

"······네, 선배."

－집 가는 중이야?

"네. 버스 안이에요. 죄송해요. 말도 없이 가버려서."

－아냐. 몸이 안 좋았다며.

"······네?"

－태오가 그러던데? 컨디션이 안 좋아 보였다고.

"아······. 네."

그런 거였구나. 태오, 이 기특한 자식.

－무리한 거 아닌지 모르겠네. 이럴 거면 집에서 푹 쉬게 할 걸 그랬어.

재현의 한숨이 수화기 너머로 들리자 나정은 고개를 획획 저었다.

"전혀요! 학원에 있을 때까지만 해도 멀쩡했어요. 요즘 잠을 못 자서 그런가 봐요. 다음에는 좋은 컨디션으로 찾아뵐게요."

－그래. 조심히 들어가. 도착하면 연락하고.

"네, 선배도 수고 많으셨어요. 들어가세요."

통화가 끝나자 천근만근 무거웠던 마음이 언제 그랬냐는 듯 몽글몽글 젖어갔다. 하지만 기뻐하기도 잠시. 뒤늦은 의문이 머릿속을 채웠다.

"한 팀장님을 재현 선배가 어떻게 섭외한 거지?"

* * *

"누구?"

탈의실에 부착된 거울을 보며 넥타이를 착용하던 정우가 눈길을 주며 물었다. 재현은 휴대폰을 내려놓으며 부드럽게 미소 지었다.

"있어. 아끼는 후배. 그보다 오늘 어땠어? 사람들 앞에 서는 거 거의 8년 만 아닌가? 세나 선배 카메라 앞에서 선 후로는 처음이니까."

정우는 아무 반응도 보이지 않으며 커프스를 착용했다. 주름진 와이셔츠를 한 번에 쫙 펴고 나서야 재현을 마주 보았다.

"여지 두는 거면 이쯤에서 접어. 약속한 대로 네가 말한 횟수만 채우면 이 거래는 끝이야."

이 이상 선을 넘는 것은 용납할 수 없다며 새카만 눈동자가 선득하게 빛이 났다.

"글쎄. 내가 모델로 서줄 수 있냐는 제안은 했어도 협박과 갈취를 가한 적은 없던 거 같은데."

반면 재현은 여유로움을 잃지 않았다. 느긋하게 정우의 몸을 감상하며 미소 지었다. 고작 와이셔츠만 입었을 뿐인데, 라인이 살아나는 몸매는 언제 봐도 완벽했다. 원체 자기 관리 하나만큼은 철저한 한정우였다. 규칙적인 생활은 물론, 아침에는 수영, 저녁에는 갖은 근력운동을 하며 체력을 길러냈다.

"학생들 작품 안 궁금해? 널 어떻게 그렸을지 하나쯤은 감상해도 나쁘지 않잖아. 그러지 말고 하나만 보고 가. 누가 그린 건지 알면 없던 구미도 당길걸."

"관심 없어. 간다. 수고해."

정우는 재킷의 마지막 단추를 채우며 냉정히 돌아섰다. 그 모습을 안타깝게 바라보던 재현은 갑자기 울리는 벨 소리에 휴대폰을 집어 들었다.

"어, 나정아. 집에는 잘 도착했어?"

입구를 나서던 정우의 두 다리가 우뚝 멈춰 섰다. 잠시 재현이 있는 방향으로 귀를 기울이나 싶더니, 그는 이내 주차된 차에 올라타며 미련 없이 학원을 떠나갔다.

* * *

결국 한숨도 못 잤어. 회사에 출근한 나정의 두 눈이 퀭했다. 누구 때문에 밤잠을 설친 탓이었다.

대체 팀장님은 왜 그곳에 나타난 걸까. 누드모델 일을 취미로 하는 사람도 있다던데, 설마 한 팀장님도 그런 쪽인 걸까. 생각에 생각이 꼬리를 물며 밤새 몸을 뒤척였다. 머리만 대면 꿈나라로 향하는 나정은 결국 새벽 네 시가 돼서야 잠자리에 들 수 있었다.

"나정 씨, 상태가 왜 그래?"

"아, 이 과장님."

평소 나정을 아끼는 이주열 과장이 아메리카노를 흔들며 부서로 들어섰다.

"다크써클이 턱까지 내려온 게 어제 야근이라도 했어?"

"설마요."

"아. 알겠다. 그 남자랑 잘 안 됐구나?"

"……남자요?"

“아, 왜. 저번에 자리 주선해준다니까 좋아하는 사람 생겼다면서 발 뺐잖아.”

나정이 화들짝 놀라며 이 과장의 입을 틀어막았다.

“누가 들으면 어쩌려고 그러세요.”

“괜찮아, 괜찮아. 이 시간에 출근하는 정신 나간 종족이라곤 나랑 나정 씨밖에 없는 거 알면서.”

나정은 칼퇴근에 몸을 사리지 않는 편이었다. 아침잠도 줄여가며 일찍 회사에 출근해 업무량의 삼 분의 일을 해치우곤 했다. 누군가는 미친 짓이라고 했지만, 완벽한 여가를 사수하기 위해서라면 이 정도쯤이야 얼마든지 감수할 수 있었다. 그런 의미로 이 과장과는 통하는 점이 있었다.

“혹시 누구한테 말하고 다니신 거 아니죠?”

수시로 소개팅을 물고 오는 이 과장이 부담스러워 좋아하는 사람이 있다며 마지못해 털어놓은 게 불과 한 달 전이었다.

“내가 말이야. 한때는 주열 철강이라고 불렸어. 이 입이 얼마나 무거우면…….”

신나게 떠들어대던 이 과장이 돌연 입을 다물었다. 대뜸 한 손을 들어 올리더니, 누군가를 향해 씩 웃어 보였다.

“좋은 아침입니다. 한 팀장님.”

“일찍 출근하셨네요.”

듣기 좋은 중저음이 귓가를 울리자 나정의 심장이 철렁 내려앉았다. 그 마음을 아는지 모르는지 이 과장은 넉살 좋게 대화를 이어갔다.

“팀장님이야말로 이 시간에 출근을 다 하시고. 저번 프로젝트 때문에 한창 속 시끄럽지 않았습니까."

함께 프로젝트를 맡은 해외 개발팀에서 큰 실수를 범한 사단이
있었다. 그 때문에 정우는 한동안 뒷수습을 하고 다녀야 했다. 개
고생이란 개고생은 다 한 덕인지 그를 향한 회사의 신임은 하늘
을 모르고 치솟았다. 정작 그는 썩 달가워하지 않는 눈치였다. 실
수를 저지른 대상에는 고위 임원도 포함이었다. 그러니 그들의 찬
사가 한정우의 귀에는 실수를 만회하려는 개소리로밖에 들리지
않았을 것이다.

"어제 선약 때문에 못다 한 일이 있어서 마저 해결하러 나왔습
니다."

"그러셨군요. 저도 뭐, 같은 이유입니다."

볼일 보라며 이 과장이 통로를 비켜주었다.

"은나정 씨도 있었네요."

거짓말처럼 정우의 두 다리가 나정의 등 뒤에서 멈추었다. 나정
은 슬그머니 고개를 돌려 정우를 바라봤다.

"좋은……, 아침입니다, 팀장님."

평소라면 고개를 까닥이는 것으로 인사를 대신할 그가 무슨 이
유인지 나정을 뚫어지게 직시했다.

설마, 들켰나?

불길함이 가슴을 두드린 순간이었다.

"안색이 안 좋네요."

"……네?"

이게 무슨 소린가 싶어 나정의 표정이 멍했다. 그 사이, 재킷을
옷걸이에 반듯하게 걸어둔 정우가 나정을 바라보며 무심히 덧붙

였다.

"모든 건 체력 싸움입니다."

* * *

"죽겠다."

나정은 점심시간을 빌미 삼아 회사 옥상 테라스를 찾았다. 테이블 위로 상체를 축, 늘어트리자 맞은편에 앉은 여진이 슬그머니 팔을 뻗어왔다. 목표는 햄스터처럼 툭 튀어나온 나정의 하얀 볼살이었다.

"건들지 마."

나정이 고개도 들지 않은 채 경고했다. 여진은 아쉬움에 입맛을 다시며 눈을 흘겼다.

"왜? 너무 설레셔서?"

"설레다니?"

"어제 재현 선배 보러 갔다며. 영화나 드라마 보면 남자주인공이 이렇게 그리는 게 아니라면서 여자주인공 손위로 자기 손 겹치기도 하잖아. 선배랑 그런 거 안 해?"

"미쳤어?"

나정은 기겁하며 상체를 벌떡, 일으켰다.

"누가 그런 불순한 마음으로 선배를 보러 가."

"그럼 순전히 뒤늦게 불타오른 학구열만 채우러 가시는 거다?"

"당연하지."

"근데 왜 꼭 재현 선배가 운영하는 학원인데? 그것도 네 집에서

한 시간씩이 나 걸리는 곳을.”

“그건…….”

말문이 턱 막혔다.

“거봐. 말 못 하는 거. 그리고 보니까 어디서 타는 냄새 안 나니?”

“흐지 마라.”

나정은 어금니를 꽉 사리물었다. 여진은 아랑곳하지 않고 나정의 심장에 손을 얹으며 눈썹을 축 늘어트렸다.

“어떡해. 우리 은나정이 가슴에서 타는 냄새네.”

“아, 좀! 언제 적 드립을 치고 있어.”

“그나저나 어째 여기는 더 커진 거 같단 말이지.”

여진의 시선이 노골적이다시피 나정의 가슴을 훑어 내렸다. 어렸을 때부터 가슴 발육 하나만큼은 남다른 나정이었다.

“이 정도면 E컵도 무난히 차겠는데? 얼굴은 완전 애기처럼 생겨 가지곤.”

스물일곱이라고 보기엔 나정은 꽤 많이 동안이었다. 솜털이 보이는 하얀 피부와 동그랗고 또렷한 눈매는 귀여운 토끼를 떠올리게끔 했다. 전체적으로 사랑스럽고 청순한 분위기가 물씬 풍기는 얼굴이었다. 특히 웃을 때마다 도드라지는 뽀얀 볼살이 대학생 시절 숱한 남학생들을 설레게 했다는 걸, 당사자는 아직도 알지 못했다. 여진은 뿌듯한 얼굴로 볼록 튀어나온 나정의 가슴을 응시했다.

“몸매까지 착하기 쉽지 않은데 말이지. 이 예쁜 걸 누가 알아줄 때도 됐는데.”

나정은 이제 죽일 듯이 여진을 노려봤다. 여진은 키득거리며 아메리카노를 들이켰다.

"그러게, 재현 선배는 왜 자꾸 희망 고문을 시킨다니? 일 년도 아니고 오 년씩이나 짝사랑한 애를."

한순간이었다. 나정의 두 눈이 깊게 가라앉은 것은.

"희망 고문시킨 적 없어."

단호한 일침에 여진의 눈이 커다래졌다. 나정은 딸기 스무디를 한 모금 마시며 재현을 생각했다. 혀끝에 맴도는 시럽의 달콤함처럼 재현은 언제나 친절하고 다정한 사람이었다.

"선배는 몰라. 내가 자기 좋아하는 거. 나한테만 그러는 게 아니라 모두한테……."

좋은 사람이니까.

문득 대학교 동아리 방에서 재현을 처음 만난 날이 떠오른다. 나정은 어렸을 때부터 그림 그리는 것을 무척 좋아했다. 사물을 관찰하고 그 느낌 그대로 도화지에 그려내는 행위가 늘 마음을 들뜨게 했다. 하지만 꿈을 펼치기엔 그녀의 집안 사정은 넉넉지 못했다. 부모님은 갑자기 부도가 난 회사 때문에 불어난 빚을 갚기 위해 이곳저곳을 부지런히 뛰어다니셨다. 중학교 3학년이 됐을 무렵 나정은 절실히 깨달았다.

'엄마, 아빠. 저 그림이 그리고 싶어요.'라고 말하기엔 이미 늦은 나이라는 걸. 다른 친구들은 이미 입시 준비에 한창이었다. 아쉬움에 학원 상담을 받으러 갔다가 붓 하나에 몇만 원이라는 소리를 듣고 그날로 꿈을 접었다.

그렇다고 부모님을 원망하진 않았다. 그림은 나이를 먹어서도 얼마든지 그릴 수 있으니까. 그렇게 단순히 생각하며 학업에 열중했다.

좋은 대학교에 입학한 뒤로는 시간이 날 때마다 틈틈이 그림을 그렸다. 그날은 교정에서 본 수국을 공책에 스케치 한 날이었다. 전날 아르바이트를 풀로 뛴 게 무리였는지 나정은 아무도 없는 동아리 방에서 까무룩 잠이 들었다. 눈을 떴을 때는 처음 보는 남자가 그림을 유심히 살피고 있었다.

'이거 네가 그린 거야?'

남자가 서슴없이 말을 걸어왔다. 나정은 난감한 표정을 지었다.

'아……. 그냥 끄적인 건데요.'
'끄적인 거치고 실력이 남다른데?'

남자의 하얀 손끝에 사각사각, 넘어가는 노트 소리가 노을 진 햇살처럼 따스했다.

'괜찮다면 내가 도와줘도 될까?'

석양에 물든 남자의 눈꼬리가 부드럽게 휘었다. 나정은 한동안 그 미소에서 눈을 떼지 못했다.

아름다웠다. 창틈 새로 스며든 바람결에 휘날리는 남자의 갈색 앞머리도. 책상에 걸터앉아 자신을 내려다보는 선한 시선도. 처음으로 사물이 아닌 인물을 그려보고 싶다는 마음이 불쑥 차올랐다. 그때부터 나정은 미술대에 다니는 재현의 도움을 받아 남몰래 꿈을 키워갔다.

본격적인 취업 준비에 들어가게 되면서 그와 연락이 끊기게 됐지만, 그래도 다시 재현을 볼 수 있다는 게 어디인가.

"그리고 5년 아니거든. 대학 졸업한 뒤로 쭉 못 봤으니까 선배 좋아한 건 3년도 채 안 돼."

"3년이나 5년이나 도긴개긴이지. 스쳐 간 인연이라도 있었으면 말을 안 해요. 주선한 소개팅마다 죄다 차단 박은 게 누구더라?"

제비처럼 물 좋은 박 씨만 물어줘도 나정은 거들떠보지 않았다.

"그래서 고백은 언제 할 건데?"

고백? 뜻밖의 질문에 나정의 안색이 어두워졌다. 그저 재현이 베푸는 친절이 좋아 자연스레 그에게 물들었을 뿐이었다.

"됐어. 난 이대로가 좋아."

"미쳤니? 알아주지도 않은 헌신짝은 이쯤에서 집어치우고. 지금이라도 늦지 않았으니까 우리 시야를 넓혀보자. 아, 왜 눈만 돌려도 송재현보다 괜찮은 사람이 떡하니 있잖아."

"누구?"

"누구긴 누구야. 한 팀장이지."

"……뭐?"

상상도 못 할 인물이었다. 다른 사람도 아닌 한정우라니.

"솔직히 재현 선배도 훈훈한 편이지만 한 팀장님한테는 상대가 안 되지. 오죽하면 어렸을 때 스토킹까지 당했다는 소리가 있겠어?"

나정의 머릿속으로 두 남자가 두둥실 떠올랐다. 굳이 따지자면 재현은 순한 강아지상이었다. 그리고 정우는…….

'쓸데없는 감정에 허우적거리느라 시간 버리는 거 굉장히 한심해 보입니다.'

얼마 전, 혜나를 옭아매던 시린 눈빛을 떠올린 나정은 고개를 설레 저었다. 그건 고양이도 아니다. 살쾡이야, 살쾡이.

"저 있잖아, 여진아."

별안간 나정이 신중한 얼굴로 운을 띄었다.

"이거는 내 지인 이야기인데. 아니, 지인의 지인이 아는 사람의 사정인데."

"본론만 말해. 뭐가 고민이야?"

"그러니까 너랑 별로 친하지도 않은 사람이. 아니, 안 친한 건 또 아닌 거 같고. 얼굴은 계속 봐야 하는 상황이니까……."

"근데?"

"그러니까 내 말은……."

나정은 애꿎은 입술만 잘근잘근 깨물었다.

"아니다, 나 먼저 간다."

"야. 시작했으면 끝은 맺고 가야지. 김빠지게 이게 무슨 돼먹지도 않은 예의야?"

"수고해."

나정은 한쪽 팔을 나풀거리며 테라스를 빠져나갔다. 승강기를 타고 내려가는 동안 머릿속을 정리했다. 누드모델로 나선 정우의 몸은 여전히 충격 그 자체였다. 그 여파가 밤새 이어져 잠 한숨도 편히 못 자지 않았나. 차라리 아무도 모르는 게 나을지도 모른다. 자칫 여진의 귀에 들어갔다가 '한 팀장님 몸을 직접 봤다고? 그 좋은 걸 너 혼자?!' 라고 호들갑을 떨 게 뻔했다.

"그래. 나만 모른 척하면 되는 거잖아."

나정은 정우를 못 본 거라 치부하자며 마음을 다잡았다.

'띵.'

목적지에 도착한 승강기를 빠져나와 코너를 돌던 참이었다.

'퍽!'

복도를 지나가던 커다란 실루엣과 나정의 작은 몸통이 정통으로 부딪혔다. 무게 중심을 잃은 몸은 속절없이 뒤로 넘어갔다. 그 순간 어디선가 긴 팔이 나타나며 나정의 허리를 단단히 당겨 안았다.

"감사……!"

순간 나정의 호흡이 뚝 끊겼다. 익숙한 얼굴이 눈앞에 드리웠다.

"앞 좀 똑바로 보고 다니지?"

정우가 따가운 시선으로 나정을 내려다봤다. 나정은 소스라치며 뒤로 물러섰다. 설상가상으로 단단한 가슴팍이 시야를 꽉 채우자 어제 학원에서 스치듯 본 정우의 맨 가슴이 떠올랐다. 나정은 반사적으로 두 팔을 엑스자로 교차시키며 가슴을 감싸 안았다. 그 우스꽝스러운 모양새에 정우의 인상이 한껏 험악해졌다.

"한 팀장, 무슨 일인가?"

정우의 등 뒤에 서 있던 중년 남성이 얼굴을 빠끔히 내밀었다. 희끗희끗한 머리칼과 주름진 피부를 보아하니 그가 상대하는 고위 임원중 한 명인 듯했다.

"저 그게……."

나정은 침을 꿀꺽 삼켰다. 머릿속이 온통 백지장이었다. 어깨를 감싼 양손을 슬그머니 풀어 배꼽 위로 조신이 모았다.

"그럼 수고하세요."

나정은 서둘러 정우를 지나쳤다. 등 뒤로 그의 시선이 따라붙는 게 느껴졌지만, 무시하며 걸음을 재촉했다. 어느 정도 거리가 확보되자 전속력으로 질주하기 시작했다. 흡사 산짐승에게서 달아나는 산토끼를 연상케 하는 절박한 몸짓이었다.

최 전무가 제 턱을 쓰다듬으며 물었다.

"아는 사람인가?"

"같은 부서 팀원입니다."

"허허. 팀원이 저리 도망을 가? 적당히 잡아, 이 사람아. 진저리치면 답도 없어. 그러다 승진 앞두고 저세상 간 한 상무 꼴 나는……."

최 전무는 급히 입을 다물었다. 정우의 두 눈이 전과 달리 싸늘했다.

"크흠. 오늘 저녁 만찬이 뭐라고 했더라."

앞서 나가는 최 전무의 발걸음이 부자연스러웠다. 그 뒤를 따르던 정우는 잠시 걸음을 멈추며 뒤를 돌아봤다. 나정의 모습은 온데간데없었다.

* * *

일주일 후.

나정아, 오늘도 올 거지? − ♥재현 선배♥

어떡하지.

재현에게서 도착한 문자를 보며 나정은 손톱을 깨물었다. 오지 않길 바라던 날이 결국 오고야 말았다.

총 두 번의 소묘 수업이 남아 있는 시점에서 하루하루가 곤욕이었다. 또다시 정우의 맨몸을 볼 자신이 없었다. 자꾸만 죄를 짓는 기분이었다. 그뿐일까. 언제부턴가 그와 수시로 시선이 뒤엉켰다. 화장실에 갈 때도. 탕비실에 갈 때도. 자료를 넘길 때도. 은연중에 뺨이 따가워 고개를 돌리면 정우가 무표정한 얼굴로 나정을 주시했다.

"아, 모르겠다. 오늘은 못 간다고 해야지."

재현에게 보낼 메시지를 완성한 후, 마침표를 찍기 직전이었다.

'지이이이잉.'

재현의 이름이 액정에 나타났다. 나정은 반사적으로 통화 버튼을 눌렀다.

"네. 선배."

−아직 회사지?

"네. 곧 퇴근이긴 해요."

−몸은 좀 어때?

"당연히 괜찮죠. 밥도 잘 먹고 잠도 푹 잤더니 체력이 팔팔 넘쳐요."

―다행이다. 그럼 오늘 올 수 있겠네?

"아……."

나정은 모니터를 주시하고 있는 정우를 힐끔거렸다.

"선배. 실은……."

―저녁 못 먹고 올 거 같아서 샌드위치 좀 싸 왔거든.

"선배가 직접요?"

놀란 마음에 다소 큰 목소리가 튀어 나갔다. 혹여 제 목소리가 정우에게 흘러갔을까, 나정은 파티션 안으로 몸을 웅크렸다.

―어디 가서 비빌 솜씨는 아니지만. 혹시 샌드위치 별로 안 좋아하나?

"아니요. 절대요. 없어서 못 먹죠."

―다행이다. 그럼 수업 때 보자. 조심히 오고.

'뚝.'

손쓸 새도 없이 통화가 끊겼다. 동시에 풍선처럼 부푼 나정의 마음이 푹, 꺼졌다.

"미쳤나 봐."

그게 아니면 이런 식으로 이야기를 끝내선 안 되는 거였다. 하지만…….

"선배가 손수 요리했다잖아."

이걸 마다하기엔 나정은 강심장이 아니었다. 주먹으로 한 대 치면 조각나는 비루한 나무 송판과도 같았다. 그나마 다행인 것은 오늘은 정우의 정면이 아닌 옆태를 그리는 날이었다.

그래. 정면을 그리는 날에만 수업을 빼면 되잖아.

그때처럼 이젤을 방패 삼아 잘만 몸을 숨기며 들키지 않을 수도 있었다. 마음을 다잡으며 자리에서 일어나는데.

"은나정 씨."

낮은 부름이 나정을 붙잡아 세웠다. 고개를 돌리자 역시나 줄곧 지켜보고 있었다는 걸 증명하듯 정우와 시선이 부딪쳤다.

"……네, 팀장님."

"잠깐 이쪽으로 와보죠."

갑자기……요? 그 말이 목 끝까지 차올랐지만, 일개 직원에게 반박할 기회 따위가 있을 리 만무했다. 나정은 최대한 덤덤한 얼굴로 정우에게 다가섰다. 다행히 팀원 모두가 퇴근한 상황이었다. 사무실에 남아 있는 사람이라곤 나정과 정우, 두 사람이 전부였다.

"무슨 일, 있으실까요?"

"그건 내가 묻고 싶은 말인데요."

"네?"

"나만 보면 계속 피하던데."

"……"

"눈만 마주치면 소스라치는 게 꼭 못 볼 거라도 본 모양입니다?"

그새 티가 났나. 나름 철벽 방어를 쳤다고 했는데, 그의 눈에는 볼품없는 연기로 보였나 보다.

"요즘 컨디션이 안 좋아서 그렇게 보였나 봐요. 혹시 기분 나쁘셨다면 사과드릴게요. 앞으로는 더욱 주의하겠습니다."

적절한 변명에도 그는 무표정이었다. 등받이에 몸을 깊이 묻은 채 더욱 짙어진 눈으로 나정을 응시했다.

"내가 은나정 씨한테 실수한 거라도 있습니까?"

"아니요, 그럴 리가요."

"한동안 부서에 소홀했던 거 인정합니다."

얼마 전 해외 개발팀과 충돌한 사건을 염두에 두고 한 말이란 걸 알 수 있었다.

"그래서 서운한 점이 있다면 언제든 솔직하게 말해요. 절대 숨기지 말고."

절대 숨기지 말고…….

절대 숨기지…….

절대…….

협박을 가장한 충고처럼 들린다면 기분 탓이려나. 나정은 파르르 떨리는 입술을 힘껏 끌어당겼다.

"네. 신경 써주셔서 감사합니다."

* * *

그냥 솔직하게 말할 걸 그랬나.

학원에 도착한 후로 나정은 마지막 기차를 놓친 듯한 아득함이 수시로 들이닥쳤다.

"나정아, 어때?"

우걱우걱. 열심히 샌드위치를 오물거리던 나정을 보며 재현이 부드럽게 물었다.

"맛 별로야?"

"아니요! 맛있어요. 안에 이것저것 많이 들어간 게 손이 많이 갔겠어요."

"나름 할 만하던걸? 요새 웬만한 레시피는 영상으로 배울 수 있잖아. 나중에 먹고 싶은 거 있으면 말해. 우리 집에 놀러 올 때 해줄게."

"선배, 집을요?"

나정의 눈동자가 말간 호수처럼 빛이 났다.

"그러고 보니까 이사하고 나서 초대한 적이 없구나. 조만간 놀러 와. 집들이하자."

나정은 홀린 듯이 고개를 끄덕였다. 마지막 남은 샌드위치까지 완벽하게 해치운 무렵이었다. 자료를 정리 중인 재현을 보며 나정은 살며시 운을 뗐다.

"저, 선배."

"응?"

"그 저희 이번에 소묘 수업 도와주시는 모델분 있잖아요."

"응. 왜?"

"어떻게 섭외하신 거예요?"

"음…… 그건 모델 개인신상 정보라서 함부로 이야기해줄 수가 없을 거 같은데."

난감한 기색이 재현의 얼굴을 스치자 나정은 황급히 손사래를 쳤다.

"아니에요. 제가 괜한 걸 물어봤네요."

"근데 나정이도 아는 사람일걸?"

"저도요?"

혹시 정우와 같은 회사에 다닌다는 걸 재현이 알고 있다는 건가? 그랬다면 선배가 미리 귀띔이라도 해줬을 텐데.

갈피를 잡지 못하는 나정을 보며 재현은 의미심장한 미소를 지어 보였다.

"잘 생각해봐. 떠오르는 얼굴이 하나쯤은 있을 거야."

* * *

"그럼 휴대폰부터 걷도록 할게요."

수업이 시작되기 10분 전.

오늘도 변함없이 재현이 휴대폰을 수거해 갔다.

"오늘은 안 늦었네요?"

나정의 옆자리를 꿰찬 태오가 방긋 웃으며 말을 걸었다.

"너야말로 요즘 수업 열심히 듣는다? 일주일에 한 번 얼굴 비출까, 말까면서."

태오는 나정처럼 취미로 미술을 배우는 수강생 중 한 명이었다. 누군가를 이해하고 싶은 마음에 시작했다는데, 한 달에 한 번 나온다는 게 문제였다. 그럴 때마다 나정이 장난으로 '상대가 누군지 몰라도 이해하기 싫어졌구나.'라고 장난을 쳤다. 그럼 태오는 '내 머리랑은 좀 차원이 다른 머리를 가진 분이라.'라고 가볍게 웃어넘기곤 했다.

"최근 들어서 보고 싶은 사람이 생겼거든요."

"보고 싶은 사람? 누구?"

태오는 대답 대신 어깨를 으쓱였다. 설마 이 중에 있으려나. 나정은 호기심 어린 눈으로 수업에 참여한 여학생들은 관찰했다. 탈의실 문이 불쑥 열린 건 그때였다.

'달칵.'

묵직한 마찰음과 함께 탈의실에서 긴 다리가 걸어 나왔다. 나정은 저번 수업과 같은 자세로 이젤을 방패 삼아 최대한 몸을 웅크렸다. 그리고 두 손 모아 간절히 기도했다.

제발. 오늘도 무사히 넘어가게 해주세요.

* * *

"왜 못 그리고 있어?"

학생들의 그림을 살펴보던 재현이 나정의 그림 앞에서 걸음을 멈추었다.

"겨우 이거 그린 거야?"

나정의 도화지에는 열 개의 선도 채워지지 않은 상태였다.

"혹시 어렵니? 나정이 너, 인체 비율은 잘 잡는 편이었잖아."

날이 흐를수록 나정의 그림 실력은 월등히 향상되었다. 시간이 날 때마다 틈틈이 수업내용을 복습하는 그녀의 노력 덕분이었다.

"오늘은 이상하게 자꾸 손이 굳네요. 정신 차리고 다시 그려볼게요. 그러니까 저 말고 다른 분마저 피드백 해주세요."

나정은 친절한 손짓으로 재현을 배웅했다. 차마 이젤에 몸을 숨기는 중이라고 고백할 수 없었다. 그러나 재현은 속내를 알 수 없는 얼굴로 나정을 바라보더니, 대뜸 상체를 숙여왔다.

"앞에 똑바로 봐봐. 제대로 연필 잡고."

"저……, 선배?"

"모델이 서 있는 방향을 구축으로 중심을 잡아 보는 거야."

"아니, 저……."

재현은 스스럼없이 나정의 손등 위로 자신의 손을 겹쳐 왔다. 갑자기 들이닥친 온기에 몸이 뻣뻣하게 굳었다. 여진의 말처럼 드라마에서 볼 법한 장면이 실제로 벌어지자 머릿속이 텅 빈 기분이었다. 얼굴이 화끈거리고 손발이 찌릿찌릿했다.

'사각사각.'

텅 빈 도화지에 하나둘 다시금 선이 채워지기 시작했다. 나정은 아무 말도 하지 못한 채 옆을 흘끔 훔쳐봤다. 그림을 그리는데, 집중한 재현의 모습이 보였다. 동아리 방에서 처음 만난 그날처럼 한없이 곱고 부드러운 얼굴선이 나정의 시선을 붙잡았다.

결국 재현이 이끄는 방향대로 손을 움직여야 했다. 여기서 고개를 조금이라도 돌렸다간 자칫 서로의 입술이 닿을 수도 있었다. 바짝 좁혀진 거리에 정신을 차리지 못하는데, 어째서인지 열심히 스케치하던 수강생들의 연필 소리가 더는 들리지 않았다. 하물며 강의실의 분위기가 쥐 죽은 듯이 고요했다.

수강생들은 스케치를 멈춘 채 나정과 재현을 관람 중이었다. 정확히는 한 남자의 시선을 타고 두 사람에게 눈길이 닿은 것이었다. 익숙한 음성이 불시에 적막한 공기를 갈랐다.

"은나정?"

핑크빛으로 물든 나정의 얼굴이 돌처럼 굳었다. 숨 쉬는 것도 잊은 채 고개를 들었다. 기다렸다는 듯 정우가 싸늘한 얼굴로 시선을 얽어왔다.

2. 그 남자의 몸

　……망했다.

　절망스러운 탄식이 나정의 입안을 맴돌았다. 원래도 표정 없는 정우의 얼굴에 냉기가 더해지자 이루 말할 수 없는 분위기를 풍겼다. 이젠 어떡하지. 마땅한 대책이 떠오르지 않았다. 아득함에 젖어갈수록 정우의 눈은 시베리아 벌판에서나 볼 법한 한기가 그득 서렸다.

　"모델분, 원래 방향대로 서 있으셔야죠."

　부드러운 일침이 팽팽한 공기를 갈랐다. 주인공은 다름 아닌 재현이었다. 그는 나정에게서 눈을 떼지 못하는 정우를 보며 나직이 경고했다.

"그렇게 몸이 뒤틀리면 수강생들이 수업에 집중을 못 하거든요."

나정의 피부를 관통할 것 같던 정우의 시선이 천천히 재현에게로 옮겨졌다. 재현이 눈매를 곱게 접으며 재차 경고했다.

"앞."

"……."

"똑바로 봐주세요."

다정한 듯하면서 다정하지 않은 어투였다. 적어도 나정의 귀에는 그렇게 들렸다. 난감한 눈으로 두 남자를 번갈아 보는데, 진척 없던 정우의 몸이 본래의 방향으로 돌아가기 시작했다.

"자, 다시 집중할게요."

재현이 타이밍을 놓치지 않고 끊긴 수업의 흐름을 이어갔다.

"나정이도 앞 보고."

"아, 네."

나정은 정신을 차리고 하얀 도화지를 주시했다. 그러나 좀처럼 손이 움직이질 않았다. 선을 그리기 위해선 앞을 봐야 하는데, 정우의 옆태에도 꼭 눈이 달린 듯한 기분이 들었다.

"먼저 상체 근육부터 잡아 볼까?"

재현이 다시금 손을 겹쳐왔다. 화들짝 놀라며 고개를 들자 그가 부드럽게 미소 지었다.

"전체적인 틀부터 딴다 생각하고 모델의 상체를 스캔하듯 훑는 거야."

나정은 마지못해 고개를 끄덕였다. 떨리는 마음으로 정우의 상체를 바라봤다. 다행히도 그는 정면을 응시하는 중이었다.

사각, 첫 번째 선이 도화지 위에 그려졌다. 재현의 피드백 덕분인지 나정은 생각보다 빠르게 수업에 집중했다.

'사각사각.'

꽤 많은 선이 하얀 도화지를 채우고, 나정의 두 눈이 자연스레 정우의 몸을 훑던 때였다. 불현듯 양 볼이 따가웠다. 흘긋, 눈을 든 나정은 그대로 얼어붙었다. 정우가 고개만 살짝 튼 채 그녀를 바라보고 있었다. 감정 없는 새까만 동공이 차갑다 못해 살벌했다.

그의 입술이 소리 없이 움직였다.

눈…….

나정은 눈을 가늘게 뜨며 정우의 입 모양을 주시했다.

그러니까 눈…….

"……닿아요?"

정확히 따지면 '요.'는 생략한 셈이었다. 나정은 생각했다. '눈 닿아'와 '눈 깔아'가 다를 게 무엇인가. 물론 눈은 이미 내리깐 채였다

"누나 방금 뭐라고 했어요?"

옆에 앉은 태오가 말을 걸어오자 나정은 급히 고개를 저었다.

"아냐, 아무것도."

"싱겁긴."

애써 웃으며 다시 정면을 바라봤다. 여전히 정우의 시선이 나정에게 맺혀 있었다.

* * *

옷을 갈아입고 나온 정우는 커프스 단추를 채우며 강의실 주
변을 둘러보았다. 갑작스러운 그의 등장에 수강생들은 나갈 채
비를 하다 말고 멍하니 감상 모드에 돌입했다. 청바지만 입은 정
우의 몸도 대단했지만, 깔끔한 슈트 차림은 상상 그 이상이었다.

"누구 찾아?"

재현이 도구를 정리하다 말고 정우에게 다가왔다.

"누구겠어?"

정우의 음성이 사뭇 신경질적이다. 그 이유를 알 거 같아 재현
은 웃음을 꾹 참았다.

"어떡하지. 나정이 찾는 거면 늦은 거 같은데."

그게 무슨 소리냐며 정우가 눈을 가느스름하게 접었다.

"벌써 갔어."

옷을 갈아입고 나오기까지는 5분도 채 소요되지 않았다. 그 짧
은 시간 안에 도주했다는 건 불가능이었다.

정우는 흐트러진 넥타이를 정돈하며 강의실을 나섰다. 학원 입
구에 다다르자 활짝 열린 문 너머로 죽어라 도망가는 자그마한
실루엣이 하나 보였다. 달빛에 의지하며 달음박질치는 모양새가
한눈에 봐도 퍽 다급함을 담고 있었다. 정우는 뒤쫓아 가지 않았
다. 팔짱을 끼며 벽에 몸을 비스듬히 기대섰다. 그의 범주 안에서
죽어라 달아나는 나정을 고요히 응시할 뿐이었다.

* * *

나정은 어려서부터 달리기만큼은 특출 난 재능을 보였다. 초등학생 시절 육상선수로 뛴 이력이 있으며, 고등학생 때는 새벽기도를 나서는 할머니의 지갑을 훔친 날치기를 잡아 시민 경찰 표창장을 받기도 했다. 대학생 때는 이런저런 아르바이트를 하느라 시간 엄수를 위해 스피드는 필수였다.

"……죽겠다."

집 앞에 도착한 나정은 무릎을 짚으며 허리를 숙였다. 헉, 헉. 심장이 목에 달린 것처럼 거칠게 팔딱거렸다. 그러다 뒤늦게 막막한 현실감이 들이닥쳤다.

"근데 나…… 왜 도망친 거야?"

당장은 정우의 눈에서 벗어나야 한다는 생각에 무작정 도주를 시도했다. 하지만 결국 불난 집에 부채질한 꼴밖에 되지 않았다. 뭔가 켕기는 게 있으니 도망갔다고 오해할 게 뻔하지 않나.

"그러니까 왜 사람을 그런 눈으로 봐서는."

"언니, 거기서 뭐 해?"

"……깜짝이야. 넌 또 왜 거기서 나와."

어둠 속에서 한 인영이 걸어 나오자 나정은 소스라치며 뒤로 물러섰다. 주인공은 나정의 첫째 여동생, 나은이었다. 이제 스무 살이 된 그녀는 아담한 나정과 달리 170cm의 큰 키를 소유한 미인이었다. 게다가 남다른 두뇌로 현재는 서울에서 알아주는 탑 상위권의 대학에 재학 중이었다.

"토루 간식이 떨어져서 잠깐 편의점 다녀오는 길."

나은이 손에 든 봉지를 흔들어 보였다. '토루'는 나정의 집에서 키우는 반려묘다.

"근데 언니야말로 여기서 뭐 해? 허공에 대고 구시렁거리는 게 요즘 많이 힘든 거야?"

"나은아."

"응."

"……언니, 회사 그만둘까?"

나정의 침울한 고백에 나은의 얼굴에 잠시나마 맴돌던 연민이 쏙, 들어갔다.

"언니."

"응."

"세상에 안 힘든 일은 없어."

"……응?"

"이러나저러나 먹던 밥이 최고라고 한 우물 팔 생각을 해야지. 어딜 감히 배부른 생각을 해? 난 언니가 그런 나약한 인간은 되질 않길 바라."

탁탁. 어깨를 두드리는 나은의 손길이 근엄했다. 잠시 잊고 있었다. 은나은은 지극히 현실주의자란 걸.

"그리고 언니. 사람은 자고로 직업이 있어야 제대로 된 연애도 할 수 있는 거야."

스쳐 가는 나은을 멍하니 지켜보던 나정이 돌연 언성을 높였다.

"야, 여기서 연애가 왜 튀어나와!"

"아빠가 찜닭 해뒀대. 다리 뺏기기 싫으면 헛짓 그만하고 들어오는 게 좋을걸."

나은이 손을 흔들며 대문 안으로 유유히 사라졌다. 나은이 남긴 발자취를 노려보던 나정은 한숨을 길게 내쉬었다. 솔직히 회사를 그만둔다는 건 홧김에 한 소리였다. 어떻게 들어간 곳인데. 머나먼 꿈을 위해서라도 갈고 닦아야 했다. 단지 내일의 무게가 만만치 않았다. 어떤 얼굴로 한정우 팀장을 봐야 할지 나정은 눈앞이 캄캄해지는 걸 느꼈다.

* * *

다음날.

변함없이 가장 먼저 출근한 나정은 오늘 할 일을 부지런히 다이어리에 나열했다. 마지막 일정을 적어갈 때쯤 팀원들이 하나둘씩 모습을 드러냈다.

"나정 씨, 좋은 아침."

가장 먼저 이 과장이 반갑게 인사하며 자리에 안착했다. 나정은 수시로 고개를 돌리며 부서에 들어서는 얼굴을 확인했다.

"좋은 아침입니다, 팀장님."

마침내 정우가 도착했다는 소식이 누군가의 입을 통해 전달되자 나정은 주먹을 꽉 움켜쥐었다. 최대한 아무 일 없었던 것처럼 구는 거야. 몇 번이나 최면을 걸며 고개를 돌린 순간이었다. 정우가 쌩하니 나정을 스쳐 갔다.

……뭐지?

나정은 멍하니 눈을 끔뻑이며 정우를 바라봤다. 그는 평소와 다를 게 없는 얼굴이었다. 깔끔하게 올라간 포마드 헤어와 진회색의 체크 정장이 너른 체격에 매끄럽게 감겨 있었다.

"오늘 영업팀이랑 잡힌 회의가 몇 시라고 했죠?"

정우가 외투를 벗으며 물었다. 회의를 도맡은 팀원 중 한 명이 빠르게 대답했다.

"오늘 강 팀장님이 외부업체 몇 곳이랑 미팅이 잡히셔서요. 늦어도 오후, 네 시쯤이면 끝날 거라고 좀 전에 연락받았습니다."

"네 시쯤이라."

정우가 손목에 찬 시계를 흘긋 내려다보더니, 고개를 끄덕였다.

"알겠습니다. 하던 일 마저 보세요."

그의 간략한 지시에 다들 주어진 업무에 집중하기 시작했다. 단한 명. 나정만 제외하면.

꿈을 꾸나 싶었다. 분명 제 시선이 느껴질 텐데도 정우는 눈길한 번 주지 않았다. 그와 가까운 자리에 있는 이 과장에게 자료를 넘길 때도, 화장실에 가기 위해 자리를 비울 때도, 점심 식사를 마치고 자리로 돌아왔을 때도, 정우는 모니터를 주시하거나 다른 팀원이 가지고 온 결재 서류를 확인하는 것에만 신경을 곤두세웠다. 그 현상은 퇴근 직전까지 이어졌다.

"수고하셨습니다."

"아이고 머리야. 결국 기반도 못 다졌네."

"강 팀장이랑 한 팀장이 영 깐깐해야지."

한 시간으로 끝날 줄 알았던 회의는 여러 의견이 더해지며 오후 여섯 시가 돼서야 종지부를 찍었다. 모두가 떠난 뒤에도 막내, 나정은 텅 빈 회의실을 정리하느라 정신이 없었다.

"어? 나정 씨, 아직 퇴근 안 했어?"

진즉에 부서로 돌아갔을 이 과장이 다시 회의실을 찾았다.

"과장님이야말로 어디 가세요?"

"어디 가긴. 퇴근하는 길이지."

그가 손에 든 서류 가방을 신나게 흔들어 보였다. 나정은 믿을 수 없다는 얼굴로 되물었다.

"퇴근이요?"

아직 할 일이 산더미처럼 남아 있었다. 오늘 할 일을 내일로 미루지 않는다는 게 부서를 총괄하는 한정우 팀장의 철칙 중 하나라면 하나였다.

"자리로 돌아가기 무섭게 퇴근하라던데?"

"팀장님이요?"

"잘 됐지. 내일 주말인데 맘 편히 늦잠도 잘 수 있고. 나정 씨도 어서 짐 챙겨서 나와."

"저……. 혹시 팀장님은 퇴근하셨나요?"

"제일 먼저 나가셨을걸?"

……다행이다.

나정은 깊게 안도하며 방긋 웃었다.

"저도 이것만 반납하고 가야겠네요."

회의에 사용했던 소품을 비품실에 반납할 일이 남아 있었다. 한결 가벼운 얼굴로 회의실을 나섰다. 기분이 산뜻했다. 생각해보면 팀장님은 어제 일을 모른 척해 주길 바라는 걸지도 모른다. 그렇지 않고서야 오늘 같은 태도를 보일 순 없지 않나.

"그래. 눈 감아 주자. 사람이 살다 보면 그런 취미도 하나쯤은 있어야 즐거운 법이지."

너그러운 자비를 베풀며 나정은 비품실 문을 열었다. 불도 켜지 않은 채 콧노래를 흥얼거리며 소품이 놓여 있던 자리를 찾아냈다. 그때였다.

'달칵.'

대뜸 문이 닫히는 소리에 나정은 고개를 갸웃거렸다. 뭐지? 문을 열고 들어왔던 거 같은데. 그새 누가 또 들어왔나. 별생각 없이 걸음을 옮기는데, 무언가를 발견한 나정이 동작을 멈추었다. 커다란 실루엣이 비품실 문을 등진 채 서 있었다.

……누구지?

불을 켜지 않은 탓에 상대의 얼굴이 잘 보이지 않았다. 타이밍도 좋게 열린 창틈 새로 노을빛이 스며들었다. 어둠에 가려진 얼굴이 서서히 드러난 순간, 나정은 그만 손에 들고 있던 줄자를 놓치고 말았다. 바닥에 떨어진 줄자는 데구루루, 굴러 광택이 흐르는 남성 구두 앞코에 톡 부딪히고서야 반동을 멈추었다.

"뭘 그렇게 놀라지?"

정우가 팔짱을 끼며 나정을 고요히 응시했다.

"이미 볼 거 다 본 사이에."

나정은 입을 틀어막았다. 신음이 터져 나올 것만 같았다. 반면 정우는 여유롭게 팔을 뒤로 뻗었다.

'철컥.'

잠금장치가 짓눌리며 문이 잠겼다. 완벽한 밀실이었다.

"어떻게 여기에……."

분명 퇴근했다고 들었는데. 나정은 주춤주춤 물러섰다. 그럼 달아난 거리만큼 정우가 느긋하게 다가왔다. 물러서기와 다가서기가 반복되길 한참. 나정의 등 뒤로 차가운 감촉이 닿았다. 벽이었다. 더는 도망칠 길이 없었다. 그 사이, 코앞까지 다가온 정우가 팔을 뻗어 나정의 턱을 움켜쥐었다.

"드디어."

"……."

"잡았네."

지나치게 낮은 음성에 마른침이 꿀꺽, 넘어갔다. 나정은 겁에 잔뜩 질린 얼굴로 정우를 올려다보았다.

"티, 팀장님."

"언제까지 도망칠 수 있을 줄 알았습니까?"

그가 붙잡은 턱을 들어 올리며 시선을 맞물렸다. 나정은 최대한 눈동자를 옆으로 굴렸다. 그러기 무섭게 턱을 붙든 손에 힘을 실리며 그가 강제로 나정의 시선을 끌어왔다.

"피하면 달아날 수 있을 거 같았어요?"

"피, 피하다뇨. 전 그런 기억이……."

"죽기 살기로 뛰던 게 누군지 잊었나 보네."

"그건……."

"난 분명 기회를 줬던 거 같은데."

"……기회요?"

그런 게 있었나? 백지장인 머릿속을 더듬었다. 그러자 희미해진 기억이 하나 번뜩, 떠올랐다.

'한동안 부서에 소홀했던 거 인정합니다. 그래서 서운한 점이 있다면 언제든 솔직하게 말해요. 절대 숨기지 말고.'

그게 어떻게 기회야. 협박에 가까운 사찰이었지. 나정은 울고 싶은 마음을 꾹 누르며 조심스레 입술을 움직였다.

"뭔가 오해가 있으신 거 같은데요. 사실은……."

"언제부터였습니까?"

"……네?"

"언제부터 내 뒤를 졸졸 쫓아다녔냐고."

이게 무슨 자다가 봉창 두드리는 소린가 싶어 정신이 멍해졌다. 나정을 빤히 내려다보던 정우가 한숨을 나직이 내쉬었다.

"못 알아먹는 건지. 그런 척하는 건지."

혼잣말이라기엔 다소 큰 목소리였다. 그럼에도 그의 말을 해석하기 어려웠다. 동그란 눈망울을 끔뻑이는 나정을 보며 정우가 목 끝에 걸린 말을 내뱉었다.

"은나정 씨."

"……네, 팀장님."

"나, 좋아해요?"

"네. 그렇습……, 에?"

흐릿했던 나정의 이성이 번뜩 뜨였다. 정우의 입가에는 시린 조소가 번진 뒤였다.

"그래서 스토킹했습니까? 범죄인 줄도 모르고? 아니, 알면서도 그랬나?"

스, 스토킹? 생각지 못한 발언에 나정의 입이 크게 벌어졌다. 동시에 여진이 했던 말이 귓가를 아른거렸다.

'솔직히 재현 선배도 훈훈한 편이지만 한 팀장님한테는 상대가 안 되지. 오죽하면 어렸을 때 스토킹까지 당했다는 소리가 있겠

어?'

 뛰어난 용모로 관심을 받는 건 정우에게 자연스러운 현상이었다. 다만 당사자는 그 현상을 썩 내켜 하지 않았다. 짜증스럽다 못해 신물이 났다. 말 한 번 섞어본 적 없는 상대가 자신을 좋아한다며 들이댄 적이 얼마나 숱하게 많았던가. 고등학생 때는 남몰래 도촬을 당한 적도 있었다. 하다못해 얼굴도 모르는 타인이 집 앞까지 쫓아온 적도 빈번했다. 성인이 되고 '세현 그룹'에 입사한 뒤로는 다를 줄 알았으나 과거나 현재나 도긴개긴이었다. 직접 나서지만 않을 뿐, 한정우 팀장을 소개받고 싶다며 지인을 통해 호감을 표출하는 여자들이 수두룩했다.

 그럴 때마다 정우는 차갑게 선을 그었다. 물밀듯이 밀려오는 소개팅을 죄다 깡그리 무시했다. 그 때문에 성격이 개판이라는 둥, 얼굴값 한다는 둥 별 시답잖은 소리가 사내에 떠돌아다녔지만, 딱히 신경 쓰지 않았다. 수십 년을 그렇게 살아온 덕분인지 어지간한 욕은 욕으로 들리지도 않았다.

 하지만 그가 이끄는 부서에 그런 종족이 숨어 있다면 말이 달라진다. 그 범인이 나정이란 것에 정우는 기가 찼다. 그가 생각하는 나정은 평소 말수가 없는 편이었다. 자신이 맡은 바를 묵묵히, 그리고 깔끔히 해결하는 몇 안 되는 똑똑한 신입 사원 중 한 명이었다. 그리고……

"결국 은나정 씨도 다른 여자들이랑 다를 게 없었네."

"……."

"그런 줄도 모르고 난 널……."

읊조리는 그의 표정이 복잡했다. 나정의 눈썹이 꿈틀거린 건 그때였다. 그녀는 제 턱을 붙든 정우의 손을 탁 쳐내더니, 양팔을 뻗어 돌덩이 같은 상사의 몸을 벽으로 몰아세웠다. 급작스러운 위치 전환에 정우가 미간을 좁혔다.

"제가 팀장님을 좋아한다고요?"

나정이 고개를 바짝 치켜들며 억울한 표정을 지었다.

"제가 왜요? 제가 왜 팀장님을 좋아해요?"

듣다 보니 어이가 없어도 이렇게 없을 수 없었다.

"뭔가 단단히 착각하신 거 같은데."

"……"

"저 좋아하는 사람 있습니다."

다급한 마음에 충동적으로 내뱉은 고백이었다. 아차, 싶었으나 돌이키기엔 이미 늦은 후였다. 에라, 모르겠다는 심정으로 솔직하게 털어놓았다.

"무엇보다 팀장님은 제 스타일이 아니세요. 그러니까 제 말은……"

나정은 숨을 크게 들이키며 결연한 표정으로 정우를 쏘아보았다.

"앞으로 굴러도 뒤로 굴러도 팀장님을 좋아하는 일은 절대 없을 거란 소리예요."

단호한 일갈에 깊은 침묵이 흘렀다. 이 정도면 결백하겠거니 싶었으나 정작 정우는 고요했다. 동요하는 기색 따위는 찾아볼 수 없었다. 되레 삐딱한 시선으로 나정을 훑었다.

"그럼 그 학원에는 무슨 연유로 나온 거지?"

"왜겠어요. 미술학원에 당연히 그림 배우러 가지."

재현을 보기 위해서란 말은 당연히 생략했다. 따지고 보면 불청객은 한정우 팀장이었다. 그가 나타나기 전까지 나정의 삶은 아주 평온했다. 열심히 업무를 끝내고, 느긋한 마음으로 재현을 만나러 가는 길은 몇 안 되는 힐링 중 하나였다. 그런데 그 행복을 눈앞의 남자에게 빼앗기고 말았다. 정우를 학원에서 맞닥뜨린 후, 나정은 하루도 마음 편히 보낸 적 없었다. 매일같이 쫓기는 심정으로 그를 의식하며 피해 다녀야 했다.

"증명할 수 있어요?"

정우가 팔짱을 끼며 고개를 비스듬히 세웠다.

"순순히 개인적인 용건 때문에 은나정 씨가 거기 있었다는 걸 증명할 수 있냐고 묻는 겁니다."

"당연하죠."

"그런 것치고 제대로 못 보던데."

"뭘, 요?"

"내 몸 말입니다."

나정의 입이 느슨히 벌어졌다. 어느 부하 직원이 상사의 맨몸을 편히 볼 수 있을까. 그것도 한정우라면 더더욱.

"그럼 그 자리에 다시 나와요."

"……네?"

"안 그래도 이번에 은나정 씨 앞에 서는 차례인데."

"저, 팀장님."

"나와서 날 제대로 보고 그려요."

반박할 틈도 없이 대화가 종료됐다.

"그리고 좋은 말할 때 이거 풀지?"

정우가 길목을 막아선 나정의 팔을 향해 눈짓했다. 당장 풀지 않으면 가만두지 않겠다는 눈빛이었다. 서둘러 길을 비켜주었다. 그가 흐트러진 재킷을 정돈하며 걸음을 옮겼다.

'달칵, 쿵.'

굳게 닫힌 비품실 문을 보며 나정은 절망스러운 얼굴로 탄식했다.

"……이게 아닌데."

* * *

대망의 금요일 저녁.

어떻게 지하철을 타고 학원에 도착했는지 모르겠다. 이성의 반을 놓고 걸었더니 어느새 두 발이 강의실에 붙어 있었다.

"나정이 오늘은 일찍 왔네?"

작업실에서 나온 재현이 나정을 발견하곤 반가운 기색을 비쳤다.

"아, 선배."

"몸은 좀 어때?"

"걱정해주신 덕분에 많이 좋아졌어요."

"다행이다. 20대 때 체력관리 잘해야 그 컨디션이 30대까지 쭉 이어지는 거야. 그나저나 아까 모델이랑 같이 들어오던데. 서로 인사라도 한 거야?"

"아……."

나정의 얼굴이 흙빛으로 변했다. 지금으로부터 10분 전. 막상 학원 앞에 도착하자 나정은 발걸음을 떼지 못했다. 뒤늦게 억울함이 치솟았다. 결백함을 증명하기 위해서 상사를 그려야 한다는 게 납득가지 않았다.

'이대로 확 튀어버려?'

불쑥 든 충동을 짓누른 건 뜻하지 않은 상대의 등장이었다.

'왔으면 들어가지. 거기서 뭐 해요?'

'⋯⋯팀장님.'

막 주차를 끝낸 정우가 탐탁지 않은 눈으로 나정을 바라봤다.

'왜?'

'⋯⋯.'

'또 나한테서 달아나 보게?'

어디 해보라는 듯 그는 나정이 보는 앞에서 여유롭게 커프스 단추를 풀어냈다. 도망가면 어떻게든 붙잡겠다는 결연한 의지가 느껴지는 행동이었다. 결국 나정은 도살장에 끌려가는 심정으로 정우를 뒤따라야 했다.

"그런 거 보면 정우가 다 이야기해 줬나 보구나."

"네. 다 말했⋯⋯."

순간 잘못 들었나 싶어 나정은 귀를 쫑긋 세웠다. 재현이 특유의 눈웃음을 지으며 말했다.

"수업 끝나면 자세히 말해줄게."

때마침 수강생들이 우르르, 강의실에 들어섰다. 오늘도 변함없이 수강생들은 이젤을 앞에 두고 둥글게 둘러앉았다. 한 가지 눈에 띄는 게 있다면 항상 옆자리를 꿰차던 태오가 코빼기도 보이지 않았다.

'지이이잉.'

카디건 주머니에서 진동이 울렸다. 태오에게서 온 연락이었다.

오늘 개인적인 일 때문에 못 갈 거 같아요. 다음에 봐요, 누나. - 태오

뭐지? 안 좋은 일이라도 있는 건가. 따로 연락이라도 해봐야 하나 고민하는데.

"나정아, 휴대폰."

재현이 휴대폰 수거차 바구니를 내밀었다. 나정은 쉽사리 휴대폰을 손에서 놓지 못했다. 이것마저 없으면 정말로 큰일이 불어닥칠 거 같았다. 긴 망설임 끝에 휴대폰을 놓아주자 다정스러운 음색이 귓가를 울렸다.

"오늘은 컨디션 좋으니까 나정이가 그린 그림, 기대해 봐도 좋지?"

나정의 입이 작게 벌어졌다. 윤기 흐르는 갈색 머리칼과 부드러운 재현의 이목구비가 봄바람처럼 마음을 울렸다. 순간 천사가 하늘에서 내려왔나 싶었다.

그래, 까짓것 그림 한 장인데. 나정은 주먹을 움켜쥐었다. 시간이 날 때마다 연습 삼아 틈틈이 사람의 인체를 그려온 그녀였다. 그러니 이번에도 어려울 건 없다며 겁에 질린 마음을 바로잡았다.

'달칵.'

탈의실 문이 열리며 모델인 정우가 등장했다. 오늘도 변함없이 그의 완벽한 상체가 환한 조명 아래 드러나자 곳곳에서 마른침을 삼키는 소리가 적나라하게 울려 퍼졌다.

재현이 수업의 시작을 알리기도 전에 정우는 자신의 자리를 찾아갔다. 그의 긴 다리가 교차하다 멈춘 곳은 약속대로 나정의 이젤 앞이었다. 손만 뻗으면 언제든 서로가 닿을 수 있을 만큼 그의 커다란 몸이 코앞에 있었다. 나정은 떨리는 마음으로 정우를 올려다봤다. 기다렸다는 듯 새카만 눈동자와 시선이 뒤엉켰다.

'쿵쿵쿵.'

막상 맨몸인 정우를 정면으로 마주하자 심장이 걷잡을 수 없이 뛰었다. 감정을 느낄 수 없는 그의 선득한 눈길에 등줄기가 뻣뻣해졌다. 그러나 나정은 피하지 않았다. 보란 듯이 정우의 몸 밑으로 시선을 흘려보냈다. 자그마한 손은 연필을 꾹 쥔 채였다.

어느 순간부터 나정은 고도의 집중력을 발휘했다. 하얀 도화지에 정우의 인체가 하나둘씩 담기기 시작하더니, 서서히 그 윤곽을 드러냈다.

그 광경을 재현은 뿌듯한 눈으로 감상했다. 누구보다 열정적으로 수업에 임하는 나정의 태도가 기특했다. 모델의 외모에서 눈을 떼지 못하는 여느 수강생들과 달리 나정은 총명한 눈빛으로 정우의 몸을 부지런히 타고 내리기 바빴다. 가끔 동그란 눈을 가늘게 뜨며 특정 근육을 빤히 주시할 때면 그녀가 얼마나 이 수업에 집중하고 있는지를 알 수 있었다. 특히 두툼한 가슴 근육을 지그시 응시할 때면 무표정한 정우의 얼굴 위로 묘한 균열이 일어났다. 그 감정이 뭘까, 탐색하던 재현은 그만 웃어버렸다.

역시. 그런 거였구나.

어쩐지 재미있는 그림이 펼쳐질 거 같은 예감이 들었다.

* * *

"모두 고생 많았어요. 다음 수업에서 보도록 해요. 집에 조심히 들어가요."

재현의 담백한 인사를 끝으로 소묘 수업이 무사히 종료됐다. 학생들은 느릿한 손길로 짐을 챙기기 시작했다. 탈의실에서 옷을 갈아입고 나올 정우와 마주칠 타이밍을 노리는 듯싶었다. 반면 나정은 의자에 푹 늘어져 있었다. 온 힘을 다해 그림을 그렸더니 몸에 기력이 없었다.

"오늘 수고 많았어."

"아, 재현 선배."

"다른 때보다 열정적이던 걸. 그래서 그런가, 결과물이 아주 잘 나왔어. 언제 이렇게 실력이 늘었을까?"

"……과찬이세요."

칭찬은 고래도 춤추게 한다더니 나정의 엉덩이가 들썩거렸다. 지친 마음에 샘물이 흐르듯 축 처진 어깨가 솟아났다.

'달칵.'

탈의실 문이 열리자 수강생들이 설렘을 감추지 못하며 속닥거렸다.

"미친. 왜 이렇게 잘생겼어?"

"슈트 핏 실화냐."

"번호 물어보면 이상하게 생각하겠지?"

"우리 같이 어린 애들을 상대나 해주겠냐?"

수강생들은 옹기종기 모여 정우를 힐끔거리기 바빴다. 그런 시선이 익숙하다는 듯 정우는 그들에게 눈길 한 번 주지 않으며 재현의 곁으로 다가왔다.

"빨리 갈아입었네? 장시간 서 있느라 힘들었지?"

재현이 고생했다며 정우의 어깨를 가볍게 두드렸다. 평소라면 질색하며 쳐냈을 텐데, 무슨 일인지 그가 고요했다. 두 눈은 나정에게 고정한 채였다.

"나정이는 어땠어?"

"네?"

애써 상사의 시선을 회피 중이던 나정이 깜짝 놀라며 고개를 들었다. 재현이 씩 웃으며 덧붙였다.

"오늘 수업 말이야. 나정이가 아마 마지막 순서였지? 정우를 정면으로 마주하는 게."

나정은 무슨 말을 해야 할지 난감했다. 솔직히 말하면 기억이 없었다. 어떻게 정우를 그렸는지. 홀린 듯이 손을 움직이다 보니 그의 널따란 어깨가, 탄탄한 가슴 근육이, 보드 볼락처럼 두툼한 복근이 하얀 도화지를 꽉 채우고 있었다. 그래서였다. 차마 그의 얼굴을 보지 못하겠는 건. 상사의 몸을 샅샅이 봤다는 생각에 뒤늦은 부끄러움이 밀려왔다.

"자, 그럼 마지막 수업도 잘 끝냈겠다. 정리를 좀 해볼까? 이쯤
이면 집에 갈 법도 하지 않아?"

재현이 정우를 훔쳐보기 바쁜 학생들의 시선을 분산시켰다. 어
서 돌아가라는 말에 하나같이 아쉬움을 숨기지 못하며 강의실
을 빠져나갔다.

"정우, 넌 바로 갈 거야?"

재현이 흐트러진 이젤을 정돈하며 물었다.

"그래야지."

"나정이는? 시간 괜찮으면 나랑 시원한 맥주 한 잔 어때?"

"선, 배랑 둘이서요?"

"정우는 차 끌고 와서 안 마실 게 뻔하고. 또 바로 가야 한다니
까 둘이서 마셔야겠지? 그리고 나한테 궁금한 것도 많을 테고."

그게 정우에 관한 거란 걸 알 수 있었다. 생각해보니 나정은 지
금까지도 재현과 정우의 관계를 알지 못했다.

"좋아……!"

"은나정 씨."

갑자기 말허리가 잘려나가자 나정은 눈을 크게 뜨며 정우를 바
라봤다.

"내일 아침에 제출할 자료는 다 준비됐습니까?"

"자료요?"

이번 주에 넘길 자료는 메일로 다 쓴 거 같은데. 기억을 더듬기
무섭게 정우가 돌아섰다. 따라오라는 말도 함께였다. 나정이 어쩔
줄 몰라 하자 재현이 어서 가보라며 손짓했다.

"아쉽지만, 다음 기회를 노려야겠네."

나정은 울고 싶었다. 재현과 둘이서 있을 수 있는 절호의 기회를 이렇게 날려야 한다니.

"나정이도 고생 많았어."

"아니에요. 선배가 더 수고했죠."

"아무리 수업이라지만 상사의 몸을 맨정신으로 본다는 게 쉬운 일은 아니잖아."

"맞아요. 제 말이 그거예……, 헉! 어떻게 아셨어요?"

화들짝 놀라며 되묻자 재현이 작게 키득거렸다.

"정우가 말 안 해? 나랑 같은 대학 나왔다고? 그 정도는 알고 있을 줄 알았는데."

"그럼……."

두 사람이 대학 동문이라는 건데. 재현의 모교는 곧 나정의 모교이기도 했다. 나정의 입술이 굳게 다물렸다. 더는 머리를 굴리고 싶지 않았다. 애석하게도 재현이 친절하게 쐐기를 박아왔다.

"정우가 곧 나정이의 직장 상사이자 대학 선배인 거지."

* * *

여진아. 자니?

자면 안 돼.

당장 일어나 ㅠㅠ

내일 점심 쏠 테니까 제발 답장 좀. 나 급해.

문자를 입력하는 나정의 손길이 초조했다. 평소라면 칼같이 답장할 여진이었지만, 오늘은 좀처럼 메시지 앞에 붙은 숫자 '1'이 사라질 기미를 보이지 않았다. 절망하며 휴대폰에 얼굴을 파묻는데 띠링, 기적처럼 알람이 울렸다.

???? - 여진여진
한 팀장님이 우리랑 같은 대학 나온 거 알고 있었어?
ㅇㅇ당연. 근데 왜? - 여진여진
뭐야... 알면서 왜 말 안 해줌...?
댁이 여쭤보긴 하셨고? 그리고 굳이 물을 필요가 있나? H대 다닌 놈 중에 한정우 모르는 사람 있으면 나와 보라고 해.

······전데요. 손들고 싶은 충동을 억누르며 새로운 메시지를 완성한 찰나였다. 은색 빛의 외제 차가 부드럽게 나정의 앞에서 멈추었다. 조수석 창문이 내려가더니, 운전석에 탑승한 정우의 얼굴이 나타났다. 그가 핸들에 팔목을 걸치며 옆자리를 눈짓했다.
"타요."
나정은 선뜻 움직이지 못했다. 어색한 미소를 머금으며 한 발짝 뒤로 물러섰다.
"전 따로 가겠습니다. 피곤하실 텐데 팀장님 먼저 들어가 보세요."
"은나정 씨."
"네."
"두 번 말하게 하지 말고 타요."
누구보다 상사의 성향을 잘 간파한 나정이었다. 이 이상 거절했다간 손발이 묶인 채로 연행될지도 모른다. 하는 수 없이 조심스레 조수석에 올라탔다. 안전벨트까지 완벽히 착용하자 정우가 차를 출발시켰다.

"저……. 팀장님. 근데 어디 가시는 거예요?"

한동안 무거운 침묵만이 차 안을 맴돌 때였다. 나정이 살며시 운을 띄며 조심스레 정우를 바라봤다. 막상 그의 차를 타긴 했으나 목적지를 알지 못했다. 정면을 주시하던 정우가 시선을 틀어 나정을 바라봤다.

"은나정 씨 집이요."

"아, 그럼 주소 알려 드릴게요."

"압니다."

어떻게? 난 알려준 기억이 없는데. 나정은 정우뿐만이 아니라 회사 사람 그 누구에게도 개인적인 이야기를 잘 하지 않는 편이었다. 그녀는 일과 사생활을 철저히 구분했다. 유일하게 그녀에 대한 정보를 아는 사람이 있다면 대학 동기인 여진뿐이었다. 인사카드라도 따로 열어보신 건가. 의문점이 뱅뱅 돌 무렵, 정우가 말했다.

"재현이한테 대충 들었습니다."

"아, 재현 선배한테요? 그러셨구나. 안 그래도 두 분 대학 동문이시라고……."

'끼이익.'

빨간 신호에 맞춰 기어가 중립으로 당겨졌다. 줄곧 정면만 주시하던 정우가 고개를 돌려 나정을 바라봤다.

"송재현이 그럽니까?"

되묻는 어투가 쌀쌀맞았다. 나정은 저도 모르게 마른침을 삼키며 고개를 끄덕였다.

"……네. 사실 저도 그 대학 나왔거든요. 그런 거면 미리 말씀해주시지. 그랬으면……."

절대 오해하지 않았을 텐데. 학원을 나서기 직전, 재현은 따로 할 말이 있다며 나정을 불러세웠다.

'정우 모델로 선 거 말이야. 내가 부탁했어. 수업에 도움 좀 달라고.'

두 사람이 대학 동문이란 것도 놀라웠지만, 그런 부탁을 정우가 스스럼없이 들어줬다는 게 더 놀라웠다. 그만큼 한 팀장님이 재현 선배와 친밀한 관계란 거겠지. 이럴 거면 평소에 잘 좀 보일 걸. 거기까지 생각이 닿은 순간 석연찮은 음성이 귓가를 울렸다.

"미리 말해주면."

"……."

"달라지는 게 있나?"

나정은 고개를 갸웃거렸다. 달라지는 거야 없겠지만, 그래도 재현과 친한 사이란 걸 알았으면 전처럼 정우를 경계하진 않았을 것이다.

"제 말은……."

"어차피 알았다고 해도 내가 그 대학에 다녔는지 은나정 씨는 기억 못 했을 거 아니야."

나정은 말을 잇지 못했다. 전과 달리 정우의 눈이 짙고 어두웠다. 그 이유를 알 리 없는 나정은 마지못해 고개를 끄덕였다.

"그렇긴 하죠."

그럴 줄 알았다는 듯 정우가 다시금 운전에 집중했다.

"그럼 신경 쓰지 말아요. 재현이 친구란 이유로 괜히 잘 보이려 하지도 말고."

그새 머릿속에 다녀가셨나. 속마음을 들킨 거 같아 나정은 입을 꾹 닫았다. 그 사이, 차가 매끄럽게 익숙한 길목으로 들어섰다. 쭉 직진한 후, 왼쪽으로 꺾으면 나정이 사는 주택이 나타났다.

"팀장님. 여기서 내려주시면 돼요. 걸어가면 곧이라……."

고, 말하고 싶었으나 차가 쌩하니 주택가들을 지나쳐갔다. 주인의 성향을 닮아 차까지 곧이곧대로 굴었다. 집 앞에 도착하고 나서야 그는 주행을 멈추었다.

"데려다주셔서 감사합니다, 팀장님. 저 그리고 오늘 일은……."

"아무에게도 말 안 할 테니까 걱정 마요."

"그럼 오해도 안 하시는 거죠?"

"오해?"

정우의 따가운 눈총에 나정은 난감한 미소를 흘렸다.

"그 제가 팀장님을 좋아한다는……."

"안 합니다."

단호한 대답이 말뚝처럼 박혔다.

"그 일은 사과하죠. 오해해서 미안합니다. 회사 동료를 그곳에서 마주하니까 신경이 다른 때보다 예민해졌습니다."

예상치 못한 사과였다. 나정은 황급히 손사래를 쳤다.

"아니에요. 저라도 팀장님이었으면 그렇게 생각했을 거예요. 그래서 오늘은 다른 날보다 더 열심히 그랬네요."

　오해를 사지 않기 위해서였다는 말은 생략했다. 생각해보면 정우를 흠모하는 여직원은 숱하게 많았다. 여진의 말로는 그에게 호감을 표했다가 본전도 못 찾고 돌아서는 경우가 대다수라고 했다. 그런 가정으로 미루어 봤을 때 그가 자신을 학원에서 발견하곤 충분히 오해할 법도 했다.

　"그러게요."

　"……."

　"정말 아무렇지 않은 눈으로 날 보더군요."

　"네?"

　그게 무슨 말이냐며 고개를 돌린 나정은 말을 잇지 못했다. 어둠을 내려앉은 가로등 아래. 불빛이 음영처럼 드리운 정우의 얼굴이 낯설었다. 처음 느껴본 서늘한 분위기가 잔뜩 묻어났다. 한층 더 가라앉은 음성이 나정의 고막 깊숙이 흘러들어 왔다.

　"그것도 모르고 잠시 말도 안 되는 착각을 했어."

　나정은 어떻게 반응해야 할지 막막했다. 기분 탓일지 몰라도 알 수 없는 긴장감이 숨통을 조여 왔다. 애써 입가를 끌어올리며 작별 인사를 건넸다.

　"그럼 먼저 들어가 보겠습니다. 살펴 가세요."

　차에서 내린 후, 나정은 절대 뒤돌아보지 않았다. 황급히 집 안으로 들어섰다. 정우에게 완벽히 해방되고 나서야 꾹 참고 있던 숨을 터트렸다.

　"……숨 막혀 죽는 줄 알았네."

　"숨이 왜 막혀?"

"깜짝이야!"

갑자기 들이닥친 음성에 소스라치며 옆을 돌아봤다. 그늘진 나무 밑에 막내 여동생, 나람이 우뚝 서 있었다.

"……너넨 왜 자꾸 그런 데서만 나오니?"

나람이 손에 든 무언가를 흔들어 보였다.

"토루 장난감이 마당으로 튕겨 나가서 주워오는 길. 근데 언니 방금 그 차 뭐야?"

"무슨 차?"

"방금 엄청 비싸 보이는 차에서 내렸잖아. 설마 언니, 연애해?"

"아니야, 그런 거."

"맞네. 요새 자꾸 늦게 들어오는 게 수상하더니. 엄마!"

"야, 은나람! 거기 안 서!"

나람을 붙잡기 위해 손을 뻗었으나 역부족이었다. 첫째 여동생 나은처럼 나람도 169cm의 큰 키를 소유하고 있었다. 뭘 먹고 다니길래 열여섯 주제에 팔다리가 저리도 길쭉한지.

"엄마, 아빠. 큰 언니 드디어 연애한대!"

나람이 현관문을 덜컥, 열며 소리쳤다.

"……그런 거 아니라니까!"

뒤쫓아온 나정이 숨을 헉헉거리며 부정했다. 하지만 이미 늦었나 보다. 부엌에서 '우당 쾅쾅!' 내동댕이쳐지는 소리가 들리더니, 두 명의 실루엣이 전속력을 다해 신발장으로 달려오기 시작했다.

나정은 기겁하며 물러섰다. 재료를 손질 중이었는지 엄마 진희의 손에 시퍼렇게 빛나는 식칼이 들려 있었고, 옆에서 일을 거들던 아빠 도권의 손에는 국물이 뚝뚝 떨어지는 국자가 쥐어져 있었다.

"누가 연애를 해?"

"나정이가 연애를 한다고? 어느 자식이야. 어느 파렴치 못한 놈이 눈에 넣어도 안 아플 우리 첫째 딸을!"

두 사람은 판이한 반응으로 숨을 씨근덕거렸다. 엄마는 환호였고, 아빠는 분노이자 절망이었다.

"……그런 거 아니라니까요. 일단 손에 든 것부터 좀 내려놓으세요. 그리고 나람이가 오해한 거예요. 제가 연애는 무슨 연애예요. 지금도 바빠 죽겠는데."

언제 그랬냐는 듯 부모님의 어깨가 축 늘어졌다. 연애한다는 소리에 눈이 뒤집혔을 때는 언제면서 도권은 풀이 죽은 강아지처럼 나정을 부엌으로 이끌었다.

"아빠가 전복죽 해뒀어. 씻고 나와서 먹어."

"진짜야? 진짜로 연애하는 거 아니야? 나람이가 한 말은 다 뭐야?"

반면 진희는 이 순간만을 기다렸다는 듯 눈을 빛냈다.

"여보도 참. 나람이가 오해한 거잖아요."

"아, 당신은 가만히 있어 봐요. 나람이, 너 뭘 보고 그런 소릴 한 거야?"

"큰 언니가 웬 낯선 차에서 내리잖아. 선팅이 짙어서 얼굴은 자세히 못 봤는데, 남자가 확실해."

"낯선 차? 그리고 보니 나정이 너, 자꾸 퇴근 시간 넘어서 들어오는 것도 그렇고. 요새 어딜 그렇게 다녀오는 거야?"

진희가 매서운 눈초리로 추궁했다. 나정은 섣불리 입을 열지 못했다. 말할 자신이 없었다.

　가족 중 그 누구도 그녀가 그림 그리는 것에 소질이 있다는 것을 알지 못했다. 한때 예술가로서의 꿈을 꿨다는 것조차. 그러기엔 당장 월세도 내지 못한 현실이 눈앞에 펼쳐져 있었다. 부모님은 딸린 처자식들을 굶기지 않기 위해 24시간이 모자라도록 뛰어다녔다. 안 해본 일이 없을 정도였다. 나정이 열아홉이 되던 해, 겨우 집이라고 불릴 수 있는 곳이 마련되었다. 그러니 괜한 말을 꺼내 지난 과거를 들추고 싶지 않았다. 무슨 좋은 수로 이 상황을 모면하나 고민하는데, 뜻밖의 구원자가 나타났다.

"언니가 한두 살 먹은 애야?"

　여태 공부 중이었는지 나은이 방에서 걸어 나오며 안경테를 느릿하게 쓸어 올렸다.

"스물일곱이나 먹었는데, 어련히 잘하시겠지. 이때까지 소식 없는 게 정상은 아니지만."

　저건 도와주는 건지, 두들겨 패는 건지. 가늠하기 어려운 공세였지만, 나정은 때를 놓치지 않고 냉큼 방으로 들어갔다.

　그 후로도 설전은 계속 이어졌다. 우리 큰언니가 어떠냐면서 키만 좀 작을 뿐이지, 생긴 건 멀쩡하다는 나람의 반박에 정신이 아득해질 때였다.

"니야옹."

"토루?"

　침대 밑에 숨어 있던 고양이가 슬그머니 머리를 보였다. 반려묘, 토루였다.

"계속 내 방에 있었던 거야?"

나정의 손길 한 번에 토루가 냉큼 침대로 올라와 품에 안겼다. 길고양이 신세였을 때는 얼굴만 봐도 하악질을 해대더니, 집사로 간택한 뒤로는 흔히들 말하는 '개냥이'가 되어 곧잘 애교를 부렸다.

"아, 아니라니까! 큰언니는 무조건 좋은 남자 만날 거라니까."

"네가 아직 어려서 뭘 모르나 본데, 인연은 그렇게 쉽게 찾아오는 게 아니거든. 큰언니한테 제대로 눈 돌아간 놈이면 몰라도."

"그러니까 그런 남자가, 그런 대단한 인연이 큰언니한테 찾아올 수도 있는 거잖아."

나람과 나은의 실랑이가 방문을 뚫고 들어왔다. 나정은 고개를 설레 저으며 토루를 안고 침대에 풀썩, 드러누웠다.

"우리 집은 왜 이렇게 유난인지 모르겠어. 그렇지? 토루야?"

"니야옹."

긴장이란 긴장은 죄다 했더니 정신이 노곤했다. 눈을 감으며 토루의 보드라운 등을 쓰다듬는데.

'정말 아무렇지 않은 눈으로 날 보더군요.'

생각지 못한 음성이 불쑥 떠올랐다.

……뭐야. 뭔데.

나정은 호흡을 크게 들이켰다. 놀란 심장을 가라앉히기 위해서였다. 그러나 일시적인 응급 처치에 불과했다. 정우의 목소리가 반복해서 주위를 맴돌았다. 그러자 차마 그에게 전하지 못한 진심이 뒤늦게 나정의 혀끝을 타고 흘러나왔다.

"……어떻게 아무렇지 않을 수가 있어."

그러니까 처음이었다. 나정의 인생에서 영상 매체를 제외한 남자의 몸을 직접 마주한 적은.

"……왜 자꾸 생각나는 거야."

나정은 허공에 팔을 휘저었다. 눈만 감으면 정우의 탄탄한 상체가 생생하게 떠올랐다. 그뿐인가. 수업 내내 헐벗은 몸으로 자신을 바라보던 그의 시선은 집요하다 못해 뜨거웠다.

그와 나. 강의실에 단 두 사람만 남겨진 것 같은 착각이 일 만큼 진득한 눈길이 나정의 머리부터 발끝까지 느릿하게 타고 흘렀다. 그래서 어떻게 했더라. 눈을 감았던가. 도화지만 줄곧 응시했던가. 그러다 아무렇지 않은 척 고개를 들면 홀린 듯이 정우의 몸에 시선이 붙들렸다. 부끄러움도 잊고 멍하니 그를 감상했다.

"……제발. 생각나지 말아라."

나정은 눈을 질끈 감았다. 이대로 있다가는 날을 샐 수도 있었다. 하지만 애를 쓰면 쓸수록 보란 듯이 정우가 그녀의 머릿속을 비집고 들어왔다. 수업에서처럼 상체에 아무것도 걸치지 않은 반나신으로 다가와 나정을 집요히 응시한다. 좀처럼 잠을 이룰 수 없는 밤이었다.

3. 이실직고

"정우 왔니?"

주차를 끝내고, 오피스텔에 들어서자 가지런히 신발장에 놓인 단화가 눈에 띄었다. 익숙한 향기가 정우의 코끝을 두드렸다.

"이제 들어오는 거야?"

본가에서 거주 중인 어머니, 혜수가 화사한 미소를 띠며 정우를 반겼다.

"언제 오셨어요?"

"조금 전에. 반찬만 놓고 가려 했더니, 딱 맞춰서 들어오네. 모처럼 큰아들 얼굴도 봤겠다. 밥 먹는 것도 좀 보고 가도 되지?"

혜수는 종종 정우가 없는 틈을 타 손수 만든 반찬을 냉장고에 넣고 갔다. 그러지 말라는 만류에도 이것 하나는 절대 양보 못 한다며 2주에 한 번씩은 꼭 정우의 오피스텔을 찾았다.

"죄송한데, 오늘은 이만 들어가 보세요."

혜수의 얼굴에 놀란 기색이 번졌다. 평소라면 함께 식탁에 앉아 도란도란 이야기를 나눌 터였다. 살가운 성격은 아니지만, 묵묵히 자리를 지키며 혜수의 이야기를 들어주던 큰아들이었다.

"혹시 밖에서 무슨 일 있었니?"

"좀 피곤해서요. 밥도 이미 밖에서 해결하고 왔고요."

"그래, 직장인한테 잠은 생명이지. 어서 방에 들어가서 쉬렴."

"잠깐 기다리세요. 집까지 모셔다 드릴게요."

"됐어, 번거롭게 나오지 마. 내가 애도 아니고. 요 앞 사거리에서 택시 타면 돼."

혜수가 손을 저으며 단화에 발을 집어넣었다. 그러다 돌연 뒤를 돌아보며 말했다.

"주말에 시간 되면 본가에 좀 들려. 말은 안 해도 네 동생이 보고 싶어 하는 눈치야."

정우에게는 10살 차이가 넘는 늦둥이 남동생이 한 명 있었다. 정우가 따로 나와서 산 이후로는 많이 봐야 일 년에 두 번이 될까 말까였다.

"주말에 찾아뵐게요."

"그럴래? 아, 그리고 정우야. 실은 그날 말이야."

"최 전무님께 말씀 들었어요. 한 회장님께서 찾으신다고요."

한 회장은 '세현 그룹'을 강남 중심에 우뚝 세운 인물이자 정우의 조부다. 일흔을 넘긴 연세에도 말끔한 용모와 경건한 체력으로 메스컴에서는 그를 쉽게 꺾이지 않는, 혹은 절대 시들지 않는 '실세'라고 표현하곤 했다.

조부의 얼굴을 본 지가 벌써 3개월 전이던가.

며칠 전, 최 전무는 정우를 따로 불러 일 년에 세 번 이상은 회장님을 찾아뵙는 게 기본적인 소양 아니냐며 나무랐다. 한 회장은 뵙고 싶다고 해서 뵐 수 있는 인물이 아니었다. 그가 직접 소환할 시에만 얼굴을 가까이 할 수 있었다. 그걸 최 전무도 잘 알고 있었다. 뻔히 알면서도 그리 말한 건 정우의 위치를 경각시키려는 노골적인 의도였다.

'어차피 회장님을 뵙는다고 해도 한 팀장은 만년 팀장인 거 알지? 그러니까 너무 필사적이지 마. 다 시간 낭비, 체력 낭비야. 여태 그래왔던 것처럼 기획 1팀이나 잘 꾸려나가라고.'

만년 전무가 할 충고는 아니었다. 그래서인지 정우의 귀에는 같잖은 비아냥거림으로밖에 들리지 않았다.

"찾아뵐 때도 됐죠."

"곧 태주 씨 기일이라서 부르신 모양인데, 네 아버지 떠난 지도 벌써 10년이 넘었어. 이만하면 네 몫은 다 한 거 아니겠니?"

그러니 마음의 짐을 이제는 내려놓으라며 혜수는 집을 나서는 순간까지 정우를 다독였다.

혜수가 떠나자 정우는 넥타이를 느릿하게 잡아당겼다. 어머니를 이런 식으로 돌려보낸 게 마음에 걸렸다. 다른 사람에게는 쌀쌀맞게 굴어도 혜수에게만큼은 언제나 다정한 정우였다. 그러니까 왜 쓸데없는 생각을 해선.

'지이이잉.'

휴대폰에서 진동이 울렸다. 발신자를 확인한 정우는 마저 넥타이를 풀며 통화 버튼을 눌렀다.

"왜."

─잘 들어갔나 걱정돼서 연락해봤어.

수화기 너머로 재현의 웃음소리가 들렸다.

─오늘 좀 긴장했던 거 같아서. 너답지 않게.

재킷을 벗던 정우의 손길이 멈칫했다. 미묘한 간극을 눈치챘는지 재현은 바로 본론을 꺼냈다.

─나정이 말이야. 그때 네가 말한 그 애 맞지?

"……."

─내가 착각한 건가? 신경 쓰인다는 사람이 당연히 세나 선배일 줄 알았는데.

정우는 대답이 없었다. 째깍째깍. 초침 굴러가는 소리만이 드넓은 거실을 채웠다.

"송재현."

─…….

"은나정한테 쓸데없는 소리 하기만 해봐."

정우의 음성이 어느 때 보다 날카로웠다.

─그럼 금요일 날 퇴근하고 학원에 잠깐 들러. 줄 거 있어. 또 연락할게.

손쓸 새도 없이 통화가 끊겼다. 송재현은 늘 이런 식이었다. 대학 시절부터 특유의 눈웃음으로 사람 속을 박박 긁더니, 지금까지도 변함이 없었다. 게다가 오늘은 녀석에게 손수 먹이를 쥐여 준 꼴이 되지 않았나.

정우는 소파에 등을 기대며 눈을 감았다. 온종일 그의 마음을 짓눌렀던 한 여자가 머릿속을 가득 채웠다.

'뭔가 단단히 착각하신 거 같은데요.'
'……'
'저 좋아하는 사람 있습니다.'

그게 누구일까, 생각하지 않으려고 해도 머리가 의지와 상관없이 굴러갔다.

'무엇보다 팀장님은 제 스타일이 아니세요. 그러니까 제 말은……'
'……'
'앞으로 굴러도 뒤로 굴러도 팀장님을 좋아하는 일은 절대 없을 거란 소리예요.'

당신은 절대 아니라고 못 박는 장면만 되새기면 거짓말처럼 기분이 가라앉았다. 그러다가도 제 몸을 무구하게 감상하던 하얀 얼굴만 생각하면, 은나정, 그 여자의 말간 눈동자만 되새기면…….

감긴 정우의 눈꺼풀이 천천히 뜨였다. 열기 짙은 시선이 굳게 잠긴 버클 밑으로 향했다. 그조차 의식하지 못한 욕망이 감출 새도 없이 정장 바지 위로 도드라졌다.

정우는 재킷을 벗으며 안방으로 들어갔다. 꿰입은 옷가지들이 하나둘씩 커다란 침대에 쌓여갔다. 팽팽한 근육이 어둠 속에서 드러나며 검은 욕망을 애써 숨기고 있던 속옷이 마지막으로 사라진 순간, 정우는 지체할 거 없이 욕실로 향했다.

'쾅!'

문이 굳게 닫히며 쏴아아ㅡ. 거센 수압의 물이 욕실 바닥을 적셨다.

* * *

다음날.

"……결국 또 못 잤어."

출근한 나정의 두 눈이 퀭했다. 잘 마시지도 않는 커피를 쭉쭉 들이켜도 소용없었다. 어젯밤의 여파는 오후까지 쭉 이어졌다.

"요새 안색이 영 그런 게, 정말 나 몰래 야근하는 거 아니야?"

점심시간을 앞두고 이 과장이 똑똑, 파티션을 두드렸다. 가타부타 변명할 힘도 없었다. 나정은 축 늘어진 채로 손을 내저었다.

"차라리 그런 거면 좋겠네요."

"뭐야. 진짜 집에 우환이라도 들이닥쳤어?"

"아뇨. 그게 아니라……."

"팀장님 이번에 새로 생긴 일식집 가 보셨어요? 음식 맛이 깔끔한 게 한 끼 식사로 딱인 거 있죠?"

낭랑한 목소리에 나정의 시선이 돌아갔다. 외부 미팅을 마치고 돌아온 정우의 곁으로 입사 동기, 혜나가 달라붙는 모습이 보였다.

"속이 좋은 건지. 철이 없는 건지. 매번 까이고도 지칠 줄을 몰라. 저게 말로만 듣던 신입의 패기인가?"

두 사람을 지켜보던 이 과장이 혀를 두르며 고개를 저었다. 무슨 소리인가 싶어 귀를 기울이자 주열이 소곤거렸다.

"혜나 씨가 한 팀장님 좋아하는 거 몰랐어?"

"……헉. 진짜요?"

"나정 씨도 보면 사람이 참 한결같아. 아무리 주변 환경에 무심한 편이라지만 이 정도면 눈치가 없는 거 아냐? 딱 봐도 좋아 죽기 직전이구먼."

나정의 시선이 다시금 혜나를 향했다. 그녀는 여전히 정우와 대화 중이었다. 굳이 따지자면 시도하는 모습에 가까웠다. 살며시 몸을 흔드는 것 하며 이따금 입술을 말아 무는 표정에서는 정우를 향한 설렘이 잔뜩 묻어났다. 그에 비해 정우에게서는 이렇다 저렇다 할 표정이 없었다. 시종일관 무심한 태도로 혜나를 상대했다.

"틈만 나면 팀장님이랑 대화할 타이밍만 노리니 티가 안 날 리가."

그래서 그렇게 바라본 건가.

나정은 문득 탕비실에서 느낀 혜나의 싸늘한 눈빛을 떠올렸다.

"근데 나정 씨. 진짜 소개팅 받아볼 생각 없어? 내 대학 후배가 최근에 우리 회사로 부임했거든. 입사하자마자 소문이 파다해. 여기가 장난 아닌 거로."

이 과장이 얼굴을 손짓하며 씩 미소 지었다. 정우와 눈이 마주친 건 그때였다. 옆에서 열심히 종알거리는 혜나의 존재가 무안스럽게도 그는 나정을 빤히 직시했다. 그러자 밤잠을 설치게 했던 그의 단단한 상체가 또다시 나정의 머릿속을 범람했다. 나정은 서둘러 자리에서 일어났다. 이 과장을 향해 거부의 의사를 밝히는 것도 잊지 않았다.

"죄송하지만 이번에도 사양하겠습니다. 그럼 전 점심 약속이 있어서 이만!"

겉옷을 챙기며 쌩하니 정우를 지나쳤다. 그제야 정우의 시선이 곁에서 떨어질 줄을 모르는 혜나에게로 옮겨졌다.

"김혜나 씨."

"네. 팀장님."

"적당히 하죠."

"……네?"

혜나의 커다란 눈망울이 빠르게 끔뻑였다. 정우는 이미 부서로 돌아간 뒤였다. 긴 다리로 직원들의 자리를 지나치던 그가 잠시 걸음을 멈추며 어딘가를 응시했다. 조금 전 부리나케 뛰어나간 나정의 자리였다.

* * *

"얼굴이 왜 그래? 어디서 맞고 왔어?"

점심을 먹던 도중이었다. 맞은편에 앉은 여진이 석연찮은 시선으로 나정의 안색을 살폈다. 늘 뽀얗던 그녀의 피부가 오늘따라 푸석했다.

"잠을 좀 설쳐서 그래."

"뭘 얼마나 설쳤길래."

"그냥……."

나정은 말끝을 흐렸다. 도저히 상사의 몸을 생각하느라 설쳤다고 말할 수 없었다.

"그나저나 어제 그건 왜 물어본 거야?"

"그거?"

"한 팀장 말이야."

나정이 돌연 눈을 번쩍 뜨며 여진을 바라봤다. 고개를 획획 돌려 주변에 아무도 없는 걸 확인하고 나서야 자그맣게 속삭였다.

"한 팀장님 말이야. 대체 어떤 사람이야? 학교에서 유명했다며."

"진심으로 몰라서 묻는 건 아니지?"

"왜? 그럼 안 돼?"

여진이 숟가락을 탁, 소리 나게 내려놓았다. 넌 정말 안 되겠구나, 하는 한심한 눈빛이 나정을 향하더니 손가락 두 개가 눈앞에 들이밀어졌다.

"동에 번쩍 서에 번쩍. 한정우는 딱 이 두 가지만 알면 돼."

……동에 번쩍, 서에 번쩍?

"한정우만 나타났다 하면 어디선가 인파가 우르르 몰려서 생긴 별명이야. 날파리 한 마리 날아다니지 않는 구멍가게도 심폐소생술 시켰다는 거 보면 말 다 했지."

"……그 정도였어?"

한정우는 그야말로 'H 대학교'를 대표하는 간판이라 말할 수 있었다. 그 화제성이 얼마나 크면 그가 졸업한 지도 벌써 몇 년이 흘렀는데, 아직도 그의 이야기가 학교를 떠돌아다녔다.

"넌 옆에서 직접 보니까 알 거 아니야. 한정우가 어떻게 생겼는지. 그렇게 생긴 사람이 이 좁은 땅덩어리에 얼마나 될 거 같냐?"

나정은 새삼 정우의 생김새를 떠올렸다. 객관적으로 보나 주관적으로 보나 팀장의 얼굴에는 비현실적이다 싶은 점이 있었다. 전생에 나라를 몇 개 구했나 싶을 정도로 흠잡을 구석을 찾아보기 어려웠다.

"생긴 것만 잘났어? 공부 잘해, 운동 잘해, 손대는 것마다 죄다 완벽해. 싹수없는 게 좀 흠이긴 한데, 그 얼굴이면 너그럽게 봐줘야지."

그것도 인정하는 바라서 나정은 반박하지 못했다.

"안 그래도 오늘 로비에서 마주쳤는데, 장코트가 어쩜 그렇게 잘 어울릴 수 있니? 공유 오빠한테도 절대 꿀리지 않을 정도라니까? 그 안에 숨겨진 몸은 또 얼마나 완벽하겠어."

"완벽하긴 하더라."

"응?"

"……응?"

"네가 그걸 어떻게 알아?"

나정은 아차 싶어, 입을 다물었다. 여진이 미심쩍게 바라보자 하하, 어색한 웃음을 흘렸다.

"내 말은 그럴 거 같다는 거지."

"싱겁긴. 근데 웬일로 송재현 아닌 다른 남자를 궁금해하신대?

그새 관심이라도 생겼어?"

"절대! 무슨!"

"하긴 한 팀장님은 함부로 물 수 있는 깜냥이 아니긴 하지. 이미 임자 있는 몸이기도 하고."

"……임자?"

나정은 문득 함께 승강기에 있던 도중 발견했던 정우의 반지가 떠올랐다. 오른손, 네 번째 손가락에 껴 있던 은색 반지.

"얼마 전에 나도 들은 건데 우리 부서에 한 팀장님네 집안이랑 교류하는 분이 계시거든. 그분한테 듣기로 한 팀장님이 유일하게 소통하는 여자가 딱 한 명 있다나 봐."

그 사람이 여자친구인 건가? 의문점을 갖기 무섭게 여진이 냉큼 말을 이었다.

"어느 기업의 딸이라는데, 지금은 외국에서 사진 공부 중이래. 유명한 포토그래퍼라고 했던 거 같은데. 아무튼 그쪽도 엄청난 미인이라는 거 보면 끼리끼리 어울리는 거지. 생각해보면 한 팀장님 대학생 때 CC는커녕 소개팅 한 번을 거들떠보지 않는 게 이상하다 싶었어."

"그런가. 난 다 처음 듣는 소리라서."

나정에게 대학 시절은 수업과 아르바이트를 한 기억이 전부였다. 수업이 끝나면 아르바이트를 하기 위해 부리나케 캠퍼스를 뛰어가던 시절이 엊그제였다.

"그러니까 연애 좀 하시라고요. 그 영양가 없는 짝사랑은 이쯤에서 그만 접으시고."

"재현 선배는 그런 마음 아니라니까."

"그럼 뭔데?"

"그냥……. 우상, 같은 거?"

말 같지도 않은 소리 하지 말라며 여진이 쏘아붙인 순간이었다. 딸랑, 소리가 울리며 서너 명의 회사 직원들이 가게 안으로 들어섰다.

"대리님이 오늘 쏘시는 거죠?"

"네. 드시고 싶은 거로 맘껏 드세요."

"진짜요? 그런 거 보면 그 소문이 사실인가 봐요."

"소문이요? 저한테 그런 게 있어요?"

"어머, 또 겸손한 척 구신다. 얼마 전부터 우리 회사에 회장님 손자가 다닌다는 소문 도는 거 아시면서. 그거 최 대리님 맞죠? 이제라도 늦지 않았으니까 솔직하게 털어놓으시죠."

"이런. 벌써 들킨 건가요?"

남자의 능청스러움에 그를 둘러싼 여직원들이 웃음꽃을 피워 냈다. 남자 하나에 여자 넷. 누가 봐도 매끄러운 남색 정장을 입은 저 남자가 청일점이란 걸 알 수 있었다.

"이번에 영업 1팀에 새로 부임한 최진원 대리."

여진이 상체를 낮게 숙이며 나정의 귀에 소곤거렸다.

"보다시피 외모가 출중한 것도 그렇고 착용한 게 죄다 명품이라서 이런저런 소문이 많아. 방금 들은 대로 회장님의 손자라는 둥, 집안이 막대한 땅 부자라는 둥. 누구랑 다르게 생긴 것만큼 매너도 좋은 편이라 나날이 주가 상승 중이지."

그 누구는 정우를 가리키는 게 분명했다. 한 팀장만큼은 아니지만, 자세히 살펴보니 진원도 남다른 외모의 소유자였다. 윤기 흐르는 밤색 머리칼과 남자치고 하얀 피부가 눈길을 끌었다. 자칫 차가운 인상 같다가도 웃을 때면 반달처럼 접히는 눈매가 특유의 분위기를 만들어냈다.

"벌써 최 대리 파가 생겼다는 말 도는 거 보면, 조만간 한 팀장 파에서 분열이 일어나지 않을까 싶어."

"여진아."

"응."

"넌 대체 모르는 게 뭐야?"

여진이 씩 웃으며 대답했다.

"내 미래? 그리고 오르지 않는 연봉?"

서글프게도 반박할 수 없는 답안이었다. 동정심을 느끼며 새우 덮밥을 한 숟갈 떠 입에 집어넣는데, 어디선가 시선이 느껴졌다. 고개를 돌리자 생각지 못한 상대와 눈이 마주쳤다.

화제의 인물, 최진원 대리였다. 초면인데도 불구하고 그는 나정을 민망할 정도로 깊이 응시했다. 졸지에 나정도 그를 빤히 바라보는 처지가 됐다. 그때였다. 진원의 눈꼬리가 부드럽게 휘었다. 고개를 가볍게 까딱이기까지 한다. 나정도 엉겁결에 고개를 숙였다. 종잡을 수 없는 첫 만남이었다.

* * *

자리로 돌아온 나정은 어느 때보다 열정적으로 업무에 매진했다. 뭔가에 몰두하는 것만큼 잡생각을 비우는데 좋은 방법은 없었다. 불행 중 다행히도 정우는 평소와 다를 게 없다는 것이었다.

그날의 사건을 의식하기는커녕 늘 그랬던 것처럼 나정을 공기 취급했다. 차라리 잘된 일이었다. 무방비한 상태로 그를 마주했다가 그의 몸이 덜컥, 떠오르기라도 한다면…….

그것만큼 위험한 불상사도 없었다. 게다가 평소 시간이 날 때면 공책에 스케치를 하곤 하는데, 어느 순간 정우의 몸을 그리고 있는 자신을 발견할 수 있었다. 제대로 미친 게 아닐 수 없었다. 그래서 나정은 되도록 정우와 마주치지 않기 위해 필사적으로 노력했다. 업무적인 일이 아니면 그가 앉은 자리는 쳐다도 보지 않았다. 그렇게 일주일이 흐른 어느 날이었다.

"내일이 벌써 주말이라니."

옆자리에 앉은 이 과장이 찌뿌둥한 몸을 기지개 켜며 어딘가를 응시했다.

"팀장님은 그새 가셨나 보네. 요즘 들어 금요일만 되면 칼퇴근하시는 게 숨겨둔 애인이라도 있으신 건가."

"팀장님 애인 생겼어요?"

"대박. 누군데요?"

짐을 챙기던 여직원들이 눈을 빛내며 달려들었다. 이 과장은 워워, 손짓하며 그들을 진정시켰다.

"그런 게 아닐까 싶다는 거지."

"아, 뭐야. 궁금하다 말았잖아요. 틈만 나면 사람을 낚는다니까."

"그만큼 내 입담이 좋다는 소리로 들어도 되지?"

"하여간. 말하는 거 보면 얄미워 죽겠어."

오 대리가 눈을 흘기며 투덜거렸다. 그러나 나정의 눈에는 애써 들뜬 감정을 숨기려는 사람처럼 보였다. 뭐 눈에는 뭐만 보인다고 오 대리의 시선이 항상 이 과장을 향해 있다는 걸 알아챈 건 올해 초, 회식 자리에서였다. 주열이 이상형으로 다홍빛 립스틱이 잘 어울리는 여자를 뽑은 다음날, 코랄 빛만 고수하던 오 대리의 입술에 다홍색이 덧발라졌다는 걸 눈치챈 사람은 오직 나 정뿐이었다.

"시간 괜찮으면 술 한 잔 어때요?"

오 대리는 새로 구매한 신상 백의 로고가 잘 보이게끔 어깨에 걸치며 이 과장을 향해 수줍게 웃어 보였다.

"우리 막 새로 생긴 일식집 가려던 참인데."

"미안하지만 난 오늘 선약이 있어서."

"웬 선약? 회사 아니면 집밖에 모르는 사람이. 이 과장님이야말로 애인 생긴 거 아니에요?"

"허허. 뭔 말을 못 하겠네. 대학 후배랑 술 약속 잡혀서 그럽니다. 아무튼 먼저 갑니다. 나정 씨, 수고해."

"들어가세요."

이 과장을 떠나보내자 남은 여직원들의 시선이 나정에게 닿았다. 그 의미를 알아챈 나정은 조심스레 외투를 챙겼다.

"죄송하지만 저도 선약이 있어서요."

금요일은 재현이 운영하는 미술학원에 가는 날이었다. 평소라면 들뜬 마음으로 출발했을 텐데, 오늘따라 몸이 물먹은 솜처럼 무거웠다. 그동안 정우를 피해 다니느라 온 신경을 곤두세운 탓인지 뒤늦은 피로가 몰려왔다.

오늘은 그냥 집에서 푹 쉴까.

"……죽겠네."

'띵.'

기다리던 승강기 문이 열렸다. 발을 집어넣던 나정은 순간 멈칫했다. 낯설지 않은 얼굴이 탑승해 있었다. 영업 1팀의 최진원 대리였다. 그가 어서 타라는 듯한 걸음 물러섰다. 얼떨결에 그의 옆자리를 꿰찬 나정은 층수 판만을 뚫어지라 응시했다. 반면 진원은 흥미로운 눈길로 나정의 동그란 옆통수를 응시했다.

"우리 구면이죠?"

"네?"

깜짝 놀란 나정이 옆을 돌아봤다. 진원이 미소를 머금으며 되물었다.

"기획 1팀 은나정 씨 아니에요?"

"……절 아세요?"

덮밥집에서 눈인사를 건넨 것도 그렇고, 서슴없이 제 이름을 불러오는 것에 슬그머니 거리를 두었다.

"잘 안다면 잘 아는 걸 테고. 모른다면 전혀 모르는 입장이긴 하죠."

이게 말이야, 방구야. 의중을 알 수 없는 언변에 나정은 경계 태세까지 갖추었다.

'띵.'

부드럽게 내려가던 승강기가 멈춰 섰다. 문이 열리며 커다란 그림자가 나정의 머리 위로 드리웠다. 별생각 없이 고개를 돌린 나정은 숨을 굳혔다. 진즉에 회사를 떠난 줄 알았던 정우가 승강기 앞에 우뚝 서 있었다.

왜 하필 여기서……. 여태까지 잘 피해 다녔는데.

"계속 거기 서 있게요?"

예고 없이 찾아온 침묵을 깨트린 사람은 진원이었다. 그는 뒤로 물러나며 정우가 설 수 있는 자리를 만들어주었다. 그제야 나정도 주춤주춤 물러나며 거울에 등을 기댔다.

정우의 긴 다리가 움직였다. 그는 정 가운데에 자리를 잡으며 등을 돌렸다. 그래서 그의 표정을 읽을 수 없었다.

"은나정 씨 이야기 많이 들었어요."

진원이 다시 말을 걸어왔다.

"주열 선배가 입이 닳도록 칭찬하더군요."

주열 선배라면…….

"이 과장님이요?"

"한 번쯤 뵙고 싶었는데, 드디어 얼굴을 보네요. 역시 듣던 대로네요."

대체 무슨 소릴 들었길래. 생각해보니 며칠 전에도 이 과장에게 소개팅 제안을 받았었다. 우리 회사에 부임한 후배라더니. 그게 진원이란 게 퍼즐처럼 맞아떨어졌다.

"나중에 시간 되면 커피 한잔해요. 그럼 먼저 가보겠습니다."

다음에 또 보자며 진원이 담백한 인사를 건네며 승강기를 빠져나갔다. 멀뚱히 서 있던 나정은 뒤늦게 내려야 할 타이밍이라는 걸 알아챘다. 급히 걸음을 떼는데, 대뜸 긴 팔이 그녀의 길목을 막아섰다. 정우의 팔이었다. 그가 닫힘 버튼을 누르자 붙잡을 새도 없이 문이 스르르 닫혔다.

"……팀장님?"

정우를 올려다보는 나정의 얼굴이 황망했다. 그가 버튼에서 손을 떼며 시선을 내리깔았다.

"내가 은나정 씨 상사인 건 알고 있나 보군요."

"……네?"

이게 무슨 말인가 싶어 나정은 빠르게 기억을 더듬었다. 설마 아까 진원을 상대하느라 알은척하지 못한 거 때문에 이러나.

"죄송합니다. 아까는 미처 경황이 없었어요. 근데 퇴근한 거 아니셨어요?"

"재무팀에 제출할 자료가 있어서 주고 가는 길이었습니다."

"아……. 네. 그럼 지금은 어디……."

가는 거냐고 묻고 싶었지만, 그 전에 승강기가 지하 주차장에 도착했다. 문이 열리며 정우가 자리를 박찼다. 홀로 남은 나정은 다시 1층으로 올라가기 위해 손을 뻗었다. 그러나 정우가 먼저였다. 그새 긴 다리로 돌아온 그가 바깥에서 승강기 열림 버튼을 누르며 나정을 응시했다.

"뭐 해요, 안 내리고."

"아, 저는 다시 올라가 봐야 할 거 같아서요."

"재현이 학원 가는 길 아닙니까?"

"네. 그렇긴 한데……."

그러니까 더욱 1층으로 올라가야죠, 라고 말하고 싶은 걸 나정은 꾹 참으며 애써 입꼬리를 올렸다.

"그럼 내 차 타고 가요."

순간 두 귀를 의심했다. 정우가 무심한 투로 덧붙였다.

"어차피 목적지도 같은데, 굳이 대중교통 타고 돌아갈 필요 있습니까?"

"……팀장님 저번 주로 모델 일 끝낸 거 아니셨어요?"

"재현이랑 개인적으로 볼일이 있어서 가는 거니까 오해하지 말아요."

나정은 선뜻 정우의 제안을 수락하지 못했다. 일주일 전, 그의 차를 얻어 타고 집에 귀가한 순간이 떠올라서였다. 그때 느낀 숨막히는 정적을 또다시 견디기가 못내 두려웠다.

"괜찮습니다. 제가 대중교통 타는 걸 좋아해서요."

정우의 길고 큰 눈매가 가느스름해졌다. 그가 날카로운 턱선을 삐딱하게 기울이며 말했다.

"커피는 되고 차는 안 되는 특별한 이유라도 있나."

"아……."

진원을 염두에 두고 하는 말이 분명했다.

"오늘은 금요일이라 차가 더 막힐 겁니다. 지하철은 더 심하겠죠. 그때처럼 사람들 틈에 껴서 가고 싶지 않으면 따라와요."

……그때처럼? 날 어디서 봤다는 건가. 버스든 지하철이든 퇴근 시간에 겹쳐 타다 보면 인파에 끼여 찌부러질 때가 있었다. 특히 작은 체격을 가진 나정에겐 이리저리 치이는 게 일상이었다.

"뭐 해요, 안 따라오고."

"아, 네. 금방 갑니다!"

긴 다리로 휘적휘적 걸어간 정우는 금세 운전석 옆에 도착한 상태였다.

왜 이렇게 내 주변에는 길쭉이만 있는 거야.

좀처럼 속도를 내지 못하는 다리를 원망하며 나정은 걸음을 재촉했다. 간신히 조수석에 올라타자 정우가 곧바로 시동을 걸며 차를 출발시켰다.

두 사람을 태운 차가 주차장을 빠져나갔다. 그때 건너편에 주차돼 있던 하얀색 세단에서 한 여자가 내리며 눈살을 찌푸렸다. 기획 1팀의 사원, 혜나였다. 그녀는 몹시 불쾌한 눈으로 점이 되어 가는 정우의 차를 주시하며 입술을 깨물었다.

"……왜 은나정이 정우 오빠 차를 타고 가는 거야?"

* * *

역시나. 정우의 차를 얻어 타자 긴 정적이 찾아왔다. 알 수 없는 긴장감도 함께였다. 그런 마음을 아는지 모르는지 그는 묵묵히 운전에만 집중했다. 그 모습을 힐끔거리던 나정은 새삼 한 가지 사실을 깨달았다.

잘생기긴 진짜 잘생겼구나.

처음 봤을 때도 느낀 거지만 이목구비가 자기주장이 강한 편인데도 정우의 얼굴은 거슬리는 거 없이 조화로웠다. 특히 인위적이지 않으면서 날렵한 콧날은 그의 직선적인 성격과 많이 닮아 있었다.

어느 거 하나 막힘없이 해결하는 남자. 그러나 그 이상으로 까칠한 성격 때문에 매일매일 눈치를 보게끔 하는 남자. 그래도 나정은 그런 정우를 상사로서 꽤 존경하는 편이었다. 비록 말 한마디 따뜻하게 해주지 않지만, 시원시원한 지휘력과 치밀한 리더십으로 기획 1팀은 몇 년째 실적 순위에서 부동의 1위 자리를 지키는 중이었다. 그중에 8할은 정우가 이뤄낸 몫이라고 말할 수 있었다. 그는 어떻게든 자신이 뱉은 말을 책임질 줄 아는 상사였다.

"뭘 그렇게 봐요?"

시선을 느낀 정우가 입을 열었다. 나정의 심장이 쿵, 발치로 떨어졌다. 도둑질하다 걸린 아이처럼 심장이 조마조마했다. 단순히 상사와 단둘이 있어서, 그래서 그런 거라고 염불 외우듯 속으로 중얼거리던 차였다.

"며칠 전부터 묻고 싶었던 건데."

"……."

"왜 또 날 피합니까?"

"그러니까요. 잘 피하고 있었……는데가 아니라 제가요? 제가 팀장님을 피했나요?"

당황하는 나정의 모습이 평소답지 않았다. 룸미러를 통해 정우의 시선이 느껴졌다.

"본인도 잘 아는 눈치 같은데."

"아……. 실은 그게……."

말꼬리를 늘리던 나정은 결국 자포자기 심정으로 털어놓았다.

"……알고 계셨어요?"

"눈 한 번을 마주치지 않는데, 티 안 나는 게 이상하다는 생각은 안 드나 보네."

불현듯 정우와 시선이 뒤엉키기라도 하면 나정은 헐레벌떡 고개를 숙이거나 어디론가 튀어 나갔다. 의도적으로 그를 피하는 게 분명했다.

"죽기 살기로 피하길래 처음엔 그러려니 했는데. 한 가지 이해가 안 가는 게 있어서."

신호가 멈춘 틈을 타 정우가 브레이크를 밟았다. 그가 고개를 돌려 나정을 주시했다. 얼마 전 그녀의 밤잠을 설치게 했던 뜨겁고 한없이 짙은 눈이었다.

"안 좋아한다면서."

"……."

"나 같은 거 좋아할 이유도, 그럴 일도 절대 없을 거라더니."

눈빛만큼이나 그의 목소리가 깊고 낮았다.

"왜 자꾸 사람을 신경 쓰이게 하지?"

나정에게 정우는 상사, 그 이상 그 이하도 아니었다. 적어도 정우의 눈에는 그렇게 보였다. 아니, 그게 확실했다. 나정이 기획팀에 입사한 지도 일 년이 흘렀다. 그때부터 지금까지 한결같은 여자였다. 매번 그를 훑어 내리기 바쁜 다른 여직원들과 달리 나정은 관심을 가지기는커녕 그에게 눈길 한 번 주지 않았다. 그런 면이 정우가 생각하는 나정의 큰 장점이었다.

회사는 조직적으로 운영이 되는 곳이니만큼 자연스레 타인의 신경을 쓸 수밖에 없는 환경에 노출돼 있었다. 하지만 나정은 달랐다. 뭉칠 때 뭉쳐도 쉽사리 자신에 대한 정보를 흘리지도, 그렇다고 의구심을 가지는 사람들의 시선을 의식하지도 않았다. 본인에게 가장 어울리는 옷을 입은 것처럼 매사에 자연스럽게 행동했다. 누가 봐도 자존감이 높은 사람처럼 굴었다.

그러니 정우에게 시선 한 번 주지 않는 나정의 태도는 전혀 문제 될 게 없었다. 평소 그녀다운 행동이라고 생각하면 될 일이었다. 그런데 왜. 굳이 짚고 가려는 건지. 이게 다 송재현 때문이다.

그 녀석 꼼수에 넘어가 학원에 나타나지 않았다면 이 여자를 의식할 일도 없었을 텐데. 항상 그랬던 것처럼 스쳐 지나갈 감정이라며 억누르고 말았을 텐데.

"……자꾸 생각이 나서요."

정우의 시선이 옆으로 돌아갔다. 나정이 안전벨트를 손에 꼭 쥔 채 정우를 바라보고 있었다. 그 모습이 꼭 겁에 질린 하얀 토끼를 연상케 했다. 하지만 두 눈만큼은 또렷하고 말간.

정우가 처음 나정에게 시선을 주게 됐던 그날처럼 나정은 토씨 하나 바꾸지 않고 속마음을 솔직하게 털어놓았다.

"……팀장님 몸이 자꾸 생각나서 잠을 잘 수가 없어요."

4. 전하지 못한 진심

　나른한 햇살이 내리쬐는 토요일 아침. 나정은 마당에 있는 텃밭에 쪼그려 앉아 부지런히 흙을 파냈다. 새로운 씨앗을 심어야 할 시기였다. 어렸을 때부터 해온 일이라 어려울 건 없었다. 어딘가 반쯤 넋이 나간 그녀의 얼굴만 빼면 평소와 다르지 않은 일상이었다.

　"⋯⋯미쳤지. 미쳐도 단단히 미쳤지."

　옆에서 일을 거들던 진희가 힐끔 나정을 쳐다봤다. 벌써 한 시간째 같은 말이 나정의 입에서 흘러나왔다. 회사에서 돌아온 후로 줄곧 저 상태였다.

"엄마, 다녀올게요."

"이제 가는 거야?"

현관문을 열고 나온 나은이 나갈 채비를 했다. 청바지와 흰 셔츠만 걸쳤는데도 남다른 옷맵시에 진희의 입가에 흐뭇한 미소가 걸렸다. 아무리 제 새끼라지만 좋은 유전자만 쏙쏙 빼닮은 게 키우는 맛이 있었다.

"뭐야, 어디 가?"

줄곧 멍을 때리던 나정이 겨우 정신을 차리며 나은의 차림새를 살폈다. 진희가 냉큼 덧붙였다.

"글쎄. 네 동생이 과외 자리를 잡아 온 거 있지?"

"과외? 그런 말 없었잖아. 야, 은나은. 네가 돈이 어디 있어서 과외를 받아?"

집 사정이 좋지 못해 세 자매 전부 다 사교육과는 거리가 멀었다. 그래도 투정 하나 부리지 않고 잘 자라주었다.

"그게 아니라 중학생 과외를 해준다지 뭐야."

진희가 이해하기 쉽게 상황설명을 보충하자 나정은 다소 놀란 듯 눈썹을 들어 올렸다.

"벌써?"

나은은 이제 막 대학교에 입학한 스무 살 신입생이었다.

"S 대 실력이 어디 가겠니? 과외 학생 구한다는 공지 올리자마자 한 시간도 안 돼서 연락 왔더란다."

나은이 찰랑거리는 긴 머리를 쓸어 올리며 나정을 내려다봤다. 하염없이 벌어진 눈높이가 익숙한 굴욕감을 선사했다.

"솔직히 말해 봐. 언니 회사에서 무슨 일 있었지?"

어제부터 혼이 쏙 나간 게 수상하다는 눈빛이었다.

"일은 무슨. 쓸데없는 소리 그만하고 어서 가렴."

나정이 허공에 손을 획획 내저었다. 마저 씨앗을 심는데, 진희가 냉큼 손에 들린 삽을 빼앗아 갔다.

"이제 그만하고 들어가. 직장인은 주말에 일하는 거 아냐. 고운 손에 흙냄새 밸라."

"다 했어요. 이것만 정리하고 들어갈게요."

"어서 일어나래도."

진희가 단숨에 나정을 일으켜 세웠다. 그러곤 엉덩이에 묻은 흙을 팡팡 털어주기까지 한다. 나정이 '엄마!' 크게 소리치며 얼굴을 붉혔다. 진희가 깔깔 웃으며 엄지를 추켜올렸다.

"우리 큰딸. 동생들보다 길이는 좀 아쉬워도 엄마가 이 바스트는 남부럽지 않게 낳아줬으니까 어디 가서 기죽지 말아. 엊그제 호정이네 엄마랑 목욕탕을 다녀왔는데, 너같이 몸매 좋은 아가씨는 한 명도 없더라."

그놈의 몸매, 몸매. 나정은 얼굴에 열이 몰리는 것을 의식하며 서둘러 장비를 정돈했다.

"근데 저번에 집 앞까지 데려다준 남자랑은 정말 아무 사이도 아닌 거야?"

"누구요?"

"나람이가 봤다는 그 비싼 외제 차 주인 말이야."

진희는 아직도 기대를 버리지 못한 눈치였다. 그도 그럴 것이 나정은 27년이란 세월 동안 연애 한 번은커녕 집 사정이 좋지 못해 공부와 아르바이트만 주야장천 뛰어다녀야 했다. 그게 다 능력 없는 부모 탓 같아 진희는 틈만 나면 하느님을 비롯한 모든 신께 기도했다. 나정이에게 좋은 사람이 찾아와주길. 그런 놈이 하늘에서 뚝, 떨어지기만 하면 모든 걸 쏟아부을 준비가 돼 있었다.

"······진지하게 회사를 그만둬야 할까 봐요."

"갑자기 회사는 왜?"

진희가 화들짝 놀라며 묻자 소리 없는 아우성이 나정의 입안을 맴돌았다. 미쳤지, 은나정. 미쳐도 단단히 미친 거야. 그게 아니고서야 어떻게 그런 상스러운 말을 상사 얼굴에 대고 대놓고 할 수 있어?

나정은 어젯밤부터 줄곧 패닉 상태였다. 차에서 정우와 나눈 대화가 쉬지 않고 머릿속에 재생됐다.

'······팀장님 몸이 자꾸 생각나서 잠을 잘 수가 없어요.'

그야말로 돌아버린 발언이 아닐 수 없었다.

'그렇다고 좋아한다는 건 절대 아니구요!'

폭탄을 던진 게 나정이라면, 수습하기 위해 애를 쓰는 것도 나정이었다.

'항상 모델 사진을 앞에 걸어두고 그림을 그리는 게 습관이 됐거든요. 근데 남자 몸을 실제로 보는 건 이번이 처음이라서······.'

그래서 그 충격에 자꾸 생각이 나는 것 같다며 나정은 최선을 다해 해명했다. 정우는 반응을 보이는 대신 나정을 물끄러미 바라봤다.

'그러니까.'
'……'
'나를 좋아하지는 않지만, 내 몸은 마음에 든다는 건가?'
'……네?'
'방금 한 말.'
'……'
'내 귀엔 그렇게 들리는데.'

말이 또 그렇게 되나요. 그렇다고 볼품없는 몸이라고 말할 순 없었다. 그건 누가 들어도 명백한 거짓말이었으니까.

'아마도 그런 거, 겠죠?'

"그렇기는 뭐가 그래. 악!"
나정은 괴로움에 몸부림쳤다.
'지이이잉.'
"나정아, 전화 온다."
평상에 놓인 나정의 휴대폰이 진동했다. 나정은 비척비척 걸어와 휴대폰을 건네받았다. 발신자도 확인하지 않고 전화를 받았다.
ㅡ나정아. 주말 잘 보내고 있어?

"누구세……, 재현 선배?"

축, 늘어졌던 나정의 어깨가 빠르게 솟아올랐다.

—혹시 지금 바쁠까?

"아니요. 안 바빠요! 근데 선배 무슨 일로 연락하셨어요?"

재현이 나정에게 개인적으로 연락한 적은 손에 꼽았다. 그림에 관한 이야기가 아니면 사적인 대화를 나눈 적 또한 드물었다. 나긋한 음성이 나정의 귓가를 간지럽혔다.

—일 없으면 우리 집, 놀러 올래?

* * *

정우는 뜀박질에 한창이었다. 주말임에도 불구하고 그는 아침 일찍 나와 조깅을 강행했다. 한 시간을 넘게 뛰었으나 그의 기세에는 흐트러짐이 없었다. 이마에 살짝 묻어난 땀과 눈썹을 가린 앞머리가 봄바람을 맞아 살랑거리는 것 이외에는 평소와 변함없는 모습이었다.

한강 강변을 달리던 중이었다. 혜수에게서 전화가 걸려왔다.

"네, 어머니."

—오늘 오는 거 맞지?

"네. 씻고 바로 출발할게요."

—숨소리 거친 거 보니까 운동 중이니? 주말에는 좀 쉬엄쉬엄하라니까. 누가 쫓아오는 것도 아니고.

정우는 하루도 빠짐없이 운동을 했다. 어려서부터 잡힌 습관이었다. 체력을 기르기 위해 안 해본 운동이 없었다. 그래야만 거

뜬히 버텨낼 수 있었다. 그를 둘러싼 환경에서, 그리고 완벽한 성과를 내기 위해서.

−정우야. 혹시 집에 왔는데 나 없어도 연락하지 마. 잠깐 아버님께 다녀오려고.

오늘은 한 회장이 모든 가족들을 한 자리에 초대한 날이었다.

−맘 같아선 너랑 태오랑 종일 있고 싶은데, 맏며느리로서 참석을 안 할 수가 없네.

비록 남편이 세상을 먼저 떠났을지언정 혜수는 여전히 세현 가의 식구였다. 그에 비해 정우의 처지는 달랐다. 식구라고 단정 짓기에는 선이 철저한 관계였다. 그게 새삼 신경 쓰였는지 혜수가 다정스레 말했다.

−정우 너는 여기 와서 푹 쉬고 있어. 알았지?

"어머니, 저 전화 들어와요. 다시 또 연락드릴게요."

−그래. 이따 보자.

정우는 곧바로 다음 통화를 이어갔다.

"왜."

혜수를 대한 것과는 상반된 음성이었다.

−운동 중인가 보네. 혹시 방해한 거야?

무미건조한 정우의 반응이 익숙하다는 듯 재현이 웃음을 머금으며 물었다.

"아니. 괜찮아. 무슨 일인데?"

−어제 학원은 왜 안 왔어? 온다더니.

한순간이었다. 멈출 줄 모르던 정우의 다리에 제동이 걸린 것은.

"하아, 하아."

좀처럼 지친 기색을 보이지 않던 그에게서 거친 숨소리가 흘러나왔다.

─그러고 보니까 나정이도 어제 결석했던데. 둘이 무슨 일 있었어?

정우는 허리춤에 손을 얹으며 잠시 눈을 감았다. 뒤틀린 호흡을 정돈하려 했지만, 소용없는 짓이었다.

'……팀장님 몸이 자꾸 생각나서 잠을 잘 수가 없어요.'

정우는 가만히 왼쪽 가슴에 손을 얹었다. 뜀박질에 심장이 뜨거워진 건지 아님 은나정, 그 여자 때문에 밤잠을 설친 탓에 피가 뜨거워진 건지 분간하기 어려웠다. 참으로 거슬리는 기분이 아닐 수 없었다. 잘도 그런 말을 뱉어놓고, 냅다 줄행랑을 쳤겠다? 갑자기 급한 일이 생겼다며 나정은 대뜸 차에서 내리더니, 쏜살같이 정우의 눈앞에서 사라졌다.

─왜 말이 없어? 나정이랑 같이 오는 거 아니었어?

"용건 없으면 끊어."

─시간 되면 집에 좀 들르라고. 받아 갈 건 받아 가야지.

정우는 알겠다며 통화를 종료했다. 그리고 다시 자세를 잡으며 뛰기 시작했다. 복잡한 머릿속을 정리하듯 달리고 또 달렸다.

* * *

"나 혼자 가도 괜찮다니까."

혜수가 못마땅한 표정을 지었다. 연락도 없이 나타난 정우의 등장 때문이었다. 깔끔하게 차려입은 진회색 슈트는 누가 봐도 성북동에 가는 차림새였다. 덕분에 홀로 한 회장을 찾아뵈려던 혜수의 계획은 보기 좋게 틀어지고 말았다.

"이미 회장님께 찾아뵙는다고 연락드렸어요."

"언제?"

"며칠 전에요."

"못 살아. 누굴 닮아서 고집이 이렇게 센지."

"근데 태오는요?"

정우가 무심히 집 안을 둘러봤다. 띠동갑 남동생 태오가 보이지 않았다.

"어젯밤에 나가고 여태 안 들어왔어. 친구 집에서 잔다고 문자는 남겨뒀던데. 왜 자꾸 밖으로만 돌려고 하는지. 형 온다고 그렇게 귀가 닳도록 말 해줬는데도."

어렸을 때는 정우가 눈앞에서 사라지기라도 하면 울고불고 난리더니, 머리가 커진 후로는 사춘기가 온 소년처럼 정우를 경계했다. 혜수가 답답한 마음에 그 이유를 물었지만, 태오는 좀처럼 입을 열 생각을 안 했다.

"나중에 만나면 네가 한소리 좀 하렴. 오토바이 끌고 다니는 것만 생각하면 자다가도 심장이 철렁해."

정우는 희미한 웃음으로 대답을 일관했다.

두 사람은 곧바로 차를 타고 성북동으로 향했다. 익숙한 길목에 들어서자 암갈색의 웅장한 대문이 드리웠다. 담벼락에 설치된 센서가 정우의 차를 감지하며 굳게 닫힌 대문을 활짝 열었다. 게이트를 지나 갓길에 심어진 푸른 가로수를 달리다 보면 산을 깎아 만든 한 회장의 거처가 나타났다.

"정우 오빠."

차를 주차하고 나오는 길이었다. 혜수를 먼저 올려 보낸 정우가 승강기를 타다 말고 뒤를 돌아봤다. 생각지 못한 상대가 정우를 보며 활짝 미소 지었다. 기획 1팀의 사원 혜나였다.

"지금 온 거야?"

그녀가 총총 뛰어와 서슴없이 정우에게 팔짱을 꼈다. 반면 정우는 날 선 눈으로 혜나를 상대했다,

"네가 왜 여기 있어."

혜나의 얼굴에 잔뜩 서운한 기색이 묻어났다.

"왜겠어. 할아버지께서 부르셨으니까 온 거지."

가족들만 부르신 게 아니었나.

"따로 물어볼 게 있다고 어젯밤에 연락 오셨거든. 근데 오빠. 전부터 말하고 싶었는데, 회사에서 살갑게 좀 대해주면 안 돼? 무서워 다닐 수가 있어야지."

생각에 잠겨 있던 정우가 시선을 내리깔았다. 눈길만 닿아도 좋다는 듯 혜나의 볼이 금세 달아올랐다.

"김혜나."

"응. 오빠."

"공과 사 구분 못 할 거면 회사를 그만두든지, 아니면 하루빨리 김 회장님 회사로 옮기든지 해."

혜나는 건축으로 역사가 깊은 대기업, 송진건설의 막내딸이었다. 그녀의 아버지 김 회장은 한 회장과 오랜 세월을 협력해오며

끈끈한 관계를 이어왔다.

혜나가 정우를 처음 본 것도 이곳 한 회장의 거처에서였다. 첫눈에 반했다는 말이 정확했다. 열다섯. 고작 정우의 어깨에 닿을까 말까 했던 혜나는 첫사랑에 빠진 소녀처럼 정우를 졸졸 따라다녔다. 홀로 시작한 짝사랑은 손쓸 수 없을 만큼 커져 현재까지도 진행 중이었다. '송진'이 아닌 '세현'에 입사한 것도 그래서였다. 조금이라도 더 정우와 같은 공간 아래 함께하고 싶었다.

"나 건축에는 영 소질 없는 거 알면서."

혜나가 능청스럽게 대구하며 정우를 올려다봤다. 슬그머니 그의 눈치를 살피는 게 뭔가 할 말이 있다는 표정이었다.

"실은 어제 말이야. 은나정 씨랑 같이 차 타고 가던데. 무슨 일 있었어?"

"그게 왜 궁금하지?"

정우가 차갑게 선을 그었다. 혜나의 얼굴에 당혹감이 서렸다.

"……그렇게 말하면 나 진짜 서운해. 뻔히 내 마음 다 알면서."

정우는 자신에게 호감이 있는 사람을 알아채는 데는 선수였다. 당연히 혜나의 마음도 포함이었다. 그래서 그가 회사에서 더 냉랭히 구는 점도 있었다.

"설마 은나정 씨한테 관심 있는 건 아니지? 오빠, 쉽게 여자 차에 태우고 그러는 사람 아니잖아."

있다면 단 한 명. 혜나의 하나뿐인 친언니, 세나가 유일했다. 유일하게 정우의 진심을 얻어낸 사람. 그래서 혜나가 쉬지 않고 시기 질투를 해야만 했던 대상.

"그리고 나정 씨, 좋아하는 사람 있는 거 같던데."

혜나가 숨죽이며 정우의 반응을 살폈다. 때마침 승강기가 목적지에 도달했다.

"어머, 혜나 아니니?"

로비에서 정우를 기다리고 있던 혜수가 혜나를 알아보곤 활짝 미소 지었다.

"어머님, 안녕하셨어요."

"이게 얼마 만이야."

"그러니까요. 너무 보고 싶었어요."

살갑게 혜수를 대하면서도 혜나의 신경은 온통 정우에게 쏠려 있었다. 무심한 얼굴에서 감정을 읽어내기란 불가능이었다.

* * *

드넓은 다이닝 룸에 들어서자 익숙한 얼굴이 하나둘씩 보였다.

"형님 오셨어요? 정우도 왔구나."

세현 그룹 차남의 부인, 송지영 여사가 부드럽게 웃으며 정우와 혜수를 반겼다. 정우는 가볍게 묵례했다. 지영의 눈꼬리가 우아하게 휘었다. 그러나 그 속에 담긴 깊은 멸시까지는 숨길 수 없었다. 그녀만이 아니었다. 여기에 참석한 모두가 정우를 달가워하지 않았다. 대놓고 힐끔거리며 수군거리기 바빴다.

"근데 태오는요?"

"일이 있어서 참석 못 했어."

"아무리 그래도 그렇지. 스무 살이면 끼고 빠질 자리 정도는 알아야죠."

끼고 빠질 자리. 언뜻 태오를 향한 일침 같아도 정우를 저격하는 발언이었다.

"동서."

"네, 형님."

"벌써 발톱 드러내지 마."

"……"

"교양이 없으면 품위라도 갖춰야지."

장내의 분위기가 싸늘하게 가라앉았다. 혜수가 나붓이 웃었다.

"알잖아. 나 욕심 없는 사람인 거."

현재 본사에 속한 한 회장의 혈육은 손에 꼽았다. 손자 중에는 정우가 유일했다. 그를 제외한 핏줄들은 계열사를 운영하거나 그마저도 지지부진한 성과를 내 언제 목이 내쳐질지 모르는 상황이었다. 그게 못내 지영은 불쾌하다는 표정이었다. 그와 달리 혜수는 별 감흥이 없었다. 정우가 세현 가의 새 주인이 되어도 그만, 안 받아도 그만이었다. 하지만 제 새끼를 건드린다면 말은 달라졌다.

"재준이 식품에서 백화점으로 자리 옮겼다면서."

혜수의 눈가에 희미한 웃음이 번졌다.

"거기선 얼마나 버틸까 싶네."

"어머, 형님 모르셨어요? 재준이 곧 본사로 갈지도 몰라요. 실적을 워낙 잘 내서. 회장님이 엊그제께 글쎄, 상무 자리를 제안하셨다네요? 미안해서 어쩌니, 정우야."

우려하는 척하면서도 '세현'에 네 자리는 없다는 진심이 노골적으로 드러났다.

"그래? 그럼 더 긴장해야겠어. 길어야 일 년이면 내쳐질 텐데."

"······뭐라고요?"

"본사에는 재준이 능력을 커버해줄 직원들이 없을 거야. 다 한 가롭지 못한 사람들이라."

"······형님, 말조심하시죠."

지영의 입술이 파르르 떨렸다. 옆에 앉은 아들, 재준의 표정도 눈에 띄게 굳어갔다.

"조심할 게 있을까? 사실을 그대로 읊어준 거뿐인데. 그러게. 식사하러 왔으면 기분 좋게 먹고 가야지. 꼬리부터 세우니까 없던 입맛도 달아나잖아. 안 그래요. 다들?"

동의를 구하는 물음에 반박하는 사람은 아무도 없었다. 혜수가 남편을 잃은 처지일지라도 한때 청와대를 주름잡던 국방부 장관 집안의 장녀라는 건 변함없는 사실이었다.

"말은 바로 하셔야죠. 정우가 형님 친아들은 아니잖아요."

"동서. 내가 방금 좋은 말로 주의 준 거 같은데."

"형님이야말로 왜 별것도 아닌 거로 선을 긋고 그러세요. 사람 무안하게. 저도 사실을 읊은 거뿐인걸요. 안 그러니, 정우야?"

지영이 살갑게 물었다. 정우는 시선을 널리 뻗었다. 이곳에 그의 대답을 바라는 사람은 아무도 없었다. 익숙한 냉랭함이 주변을 둘러쌌다.

"그런 거 보면 아주버님이 참 안 됐어요. 정우를 양자로 거두지만 않았어도 돌아가실 일은 없으셨을 텐데."

"그만하지 못해?"

보다 못한 지영의 남편이 아내를 제지했다. 하지만 한 번 뚫린 입은 멈출 줄 몰랐다.

"태오가 오죽 충격이 컸으면 오토바이를 끌고 다니겠어요."

"그게 무슨 소리야?"

줄곧 여유롭던 혜수가 날카롭게 되물었다. 남편 태주가 생을 마감한 해, 태오는 고작 네 살밖에 되지 않았다. 사고로 아버지가 떠났다고만 여태 알고 있지, 그 안에 숨겨진 이야기는 전혀 알지 못했다.

"어머, 모르셨어요? 태오, 이미 아는 눈치던데. 전 그 충격으로 오토바이를 타나 싶었죠. 아무튼 작년에 그거 끌고 다니다가 교통사고 낸 것만 생각하면 아직도 아찔하다니까요."

그 일로 태오는 한 회장의 눈 밖에 나게 됐다. 혜수는 기분 나쁜 티를 내기는커녕 정우를 지그시 바라봤다. 이 집안에 들어선 순간부터 언제나 가시방석에 앉은 것처럼 살아온 아들이었다. 아무리 맷집이 생겼을지언정 상처받는 것과는 별개의 문제였다.

"작은어머니께서 운영하는 관광 사업 말입니다."

여태 침묵을 유지하던 정우가 흔들림 없는 눈으로 지영을 직시했다.

"적자로 그래프를 채우는 중이라고 들었습니다."

갑작스러운 공격에 지영은 말을 잇지 못했다.

"그래서 드리는 말씀인데, 면세 사업을 확장하기보단 축소하는 쪽이 좋을 겁니다. 현재로선 투자된 자금의 반도 회수하기 어려워 보이거든요. 아, 물론."

"……."

"다른 사업은 절대 병행하지 마시고요. 남은 돈마저 길바닥에 뿌리고 싶은 게 아니라면요."

모두가 기겁하며 정우를 바라봤다. 지영의 눈 밑이 부들부들 떨렸다. 그녀가 사업 수완에 있어 영 소질이 없다는 건 이미 이 바닥에서 유명한 바였다.

"너……. 지금 말 다 했니? 끼어들 수준이란 게 있지. 어딜 감히!"

"거기까지 해."

묵직한 저음이 살벌한 공기를 뚫고 흘러들어 왔다. 미닫이문이 양쪽으로 열리며 건장한 체구의 노인이 걸어 들어왔다. 이곳의 주인, 한태완 회장이었다. 그가 등장하자 약속이라도 한 것처럼 모두가 자리에서 일어나 허리를 숙였다.

"정우."

그는 식사를 시작하는 대신 정우를 불렀다. 정우가 고개를 들어 한 회장과 시선을 교류했다.

"따라 들어와."

곳곳에서 탄식이 터져 나왔다. 왜 또 저 녀석이냐며 이해할 수 없다는 뉘앙스였다. 하지만 정우는 누구보다 잘 알고 있었다. 한 회장의 울타리 안에 자신은 절대 포함되지 않는다는 걸.

정우에게 삶이란 억누르는 것이었다. 아홉 살. 한 달에 두 번씩 보육원을 찾아오는 남자가 있었다. 12년 전 세상을 떠난 정우의 양아버지, 태주였다. 그는 천사 같은 어른이었다. 세간의 이미지 때문에 '척'만 하고 가는 가증스러운 어른들과 달리 태주는 진심으로 아이들을 좋아했다. 그중에서도 유독 정우에 대한 애정이 남달랐다. 더 작고 귀여운 아이들이 넘쳐나는데도 그는 아홉 살 치고 체격이 큰 정우에게 관심을 쏟아부었다.

'정우야. 이 아저씨랑 가족이 돼보는 건 어때?'

그러던 어느 날, 태주가 다정히 손을 내밀며 제안했다. 당연히 거짓말이라고 생각했다. 항상 그랬으니까. 아이가 커서 망설여진다는 둥, 애가 생긴 건 잘 생겼는데 말수가 없는 게 마음에 걸린다는 둥. 어른들은 정우의 남다른 외모에 호기심을 갖다가도 금세 흥미를 잃고 돌아섰다. 하지만 태주는 달랐다. 꼬박꼬박 정우를 찾아왔다. 함께 시간을 보내고 추억을 만들었다. 손을 잡고 그의 집에 들어서던 날도 그랬다.

'네가 정우구나? 태주 씨 말대로 정말 잘생겼네. 너무 좋다. 이런 멋진 아들이 생겨서.'

아들.
혜수가 밝게 웃으며 정우를 끌어안았다. 그제야 정우는 실감했다. 나에게 가족이 생겼구나.
어머니 혜수는 아버지 태주보다 더 따뜻한 사람이었다. 끼니마다 정우에게 따스한 밥을 먹이고, 좋은 냄새가 나는 옷을 사 입혔다. 행복했다. 항상 친절한 두 사람을 보고 있으면 정말 가족이 생긴 듯한 기분이 들었다.
그러나 생에 처음 느껴본 행복은 길지 못했다. 혜수와 태주가 볼일이 있다며 집을 비운 어느 날이었다. 검은 양복을 입은 남자들이 불시에 들이닥쳤다. 그리고 그들 사이로 50대 중반으로 보이는 남자가 묵직한 구둣발 소리를 내며 걸어 들어왔다. 세현의 총

괄자, 한태완 회장이었다.

'너구나. 내 아들 인생에 걸림돌이 된 게.'

그는 감흥 없는 눈길로 정우를 내려다보며 단도직입적으로 굴
었다.

'네가 왜 이곳에 있을 수 있다고 생각하니?'
'……'
'안타깝게도 네 '엄마'가 임신할 수 없는 몸이라서 그렇단다.'

그래서 네가 입양된 거라며 태완의 선득한 눈이 잔인한 현실
을 알렸다.

'꽤 쓸 만한 머리를 가졌더구나. 그러니 계속 이곳에서 지내고
싶다면 그 머리를 잘 굴려보렴.'

그게 무슨 소리인지 그때는 알지 못했다. '세현 가'에 발을 디디
고서야 보이지 않던 현실이 눈앞에 펼쳐졌다.

'형. 미쳤어? 어떻게 저런 천박한 출신을 양자로 들일 수가 있
어.'
'그래요. 아주버님. 분명 아주버님 명성에 먹칠만 할 거예요. 지
금이라도 어디 외국으로 확 보내버려요.'

'지금은 어리다고 쳐. 머리만 좀 커져 봐. 어떻게 변할지 모르는 일이야. 당장 갖다 버려. 당장 눈앞에서 치우라고.'

모두가 어린 정우를 못 잡아먹어서 안달이었다. 그럴 때마다 욕받이가 되어 정우를 막아주는 건 아버지 태주였다. 어떤 모진 소리에도 그는 흔들리지 않았다. 오히려 더욱 당당히 정우가 제 아들이라며 주변 사람들에게 소개하고 다녔다.

그래서 정우는 더 미친 듯이 학업에 매진했다. 태주의 이름에 먹칠하지 않기 위해, 그의 인생에 걸림돌이 되지 않기 위해 쉴 틈 없이 내달렸다. 하고 싶은 게 있어도, 가지고 싶은 게 있어도 꾹 참아냈다. 그러다 단 한 번. 단 한 번 욕심을 가져본 적이 있었다. 그날.

태주가 세상을 떠났다.

"김 실장 말로는 기획 1팀의 실적이 정점을 찍었다더구나."

서재에서 간단한 브리핑을 마친 정우가 시선을 들었다. 한 회장은 뒷짐을 진 채 푸른 숲이 우거진 바깥 풍경을 감상 중이었다.

"언제까지 팀장직에만 머무를 생각이야?"

세현 가의 핏줄이 아니라는 이유로 특혜 없이 제힘으로 팀장직에 이름을 올린 정우였다. 하지만 이 이상으로 올라가는 건 무리였다. 한계가 있었다. 감히 꿈꿔서도 안 될 바람이었다.

'태주가 이루지 못했던 것까지 정우, 네가 다 이뤄내야 할 테야.'

아버지가 세상을 떠나자 한 회장은 그렇게 말했다. 아버지는 꿈이 많은 사람이었다. 회장직에 오르면 주주들을 설득해 사회에 도움이 될 법한 신규 사업을 진행할 거라는 목소리가 아직도 선명하다. 그래서 조부와 약속했다. 아버지를 대신해 세현에 뼈를 묻겠다고. 그가 이루지 못한 삶을 대신 살겠다고.

"서른하나면 나쁘지 않은 나이야."

정우의 눈이 가늘어졌다. 한 회장이 몸을 틀어 정우를 마주했다.

"네가 서 있는 자리에서 치고 올라가려면 많은 게 필요할 테야. 지금의 네 능력으론 어림도 없겠지."

그러니 그가 요구하는 것은 단 하나였다.

"곧 적당한 혼처를 알아보마."

* * *

어색해 죽겠네.

무릎을 감싸 쥔 나정의 손에 땀이 가득 고였다. 그녀는 현재 재현의 집 거실 소파에 다소곳하게 앉아 있는 중이었다. 그런데 자꾸만 불편함을 느끼는 건 이 하늘하늘한 원피스 때문일 것이다. 여진의 강력 추천으로 입게 된 옷이었다.

……도움을 청한 내가 미쳤지. 한 번도 남자 집에 방문한 적 없던 게 문제였다. 집에 놀러 오라는 재현의 연락을 받고 나정은 곧바로 여진에게 SOS를 청했다.

'이거야말로 신이 내린 기회야. 오늘 눈 딱 감고 고백해버려.'

'……미쳤어?'

'그럼 뭐? 언제까지 지지부진하게 송재현만 바라볼 거야? 너 그러다 진짜 몸에서 사리 나온다. 오늘로 깔끔하게 끝내자고.'

단둘이 고립된 공간에 있는 거만큼 좋은 기회도 없다며 여진은 나정을 꾸미는데 혼신을 쏟아부었다. 덕분에 나정은 원하지도 않은 인생샷까지 건지게 되었다. 허리까지 내려온 갈색 긴 생머리는 반묶음으로 묶여 웨이브가 져 있었고, 평소 깔끔한 셔츠를 추구하던 몸에는 바람만 불면 살랑거리는 원피스가 입혀져 있었다. V넥으로 파인 디자인이 나정의 가녀린 목선과 뽀얀 피부를 한껏 돋보이게 했다. 전체적으로 사랑스럽고 풋풋한 분위기가 물씬 풍기는 옷차림이었다.

"좀 더 일찍 불렀어야 했는데, 저녁에 오라고 해서 미안해."

부엌에서 음식을 만들던 재현이 진심으로 미안하다는 표정을 지었다. 방심하고 있던 나정은 소파에서 튕겨 나오며 손사래를 쳤다.

"아, 아니에요! 저야말로 초대해주셔서 감사해요."

"근데 나 샴페인 좋아하는 건 어떻게 알았어?"

집들이 선물로 가져온 샴페인 병을 재현이 가볍게 흔들어 보였다.

"그냥…… 느낌?"

"안 그래도 당기던 참이었는데. 역시 나정이야."

실은 거짓말이었다. 대학생 시절 재현을 만나는 날이면 나정은 습관처럼 그를 관찰했다. 그래서 샴페인을 즐겨 마신다는 것쯤은 어렵지 않게 알아낼 수 있었다. 냉장고 옆에 있는 와인셀러가 눈길을 끌었다.

"근데 저 때문에 괜히 일만 늘어난 거 아니에요?"

식탁에 차려진 음식의 가짓수가 만만치 않았다. 모두 재현의 손에서 탄생한 것들이었다.

"내가 좋아서 그래. 요즘 요리하는데 맛 들였거든."

요리가 취미라니. 언제나 느끼는 거지만 완벽한 사람이 아닐 수 없었다.

"근데 나정아."

"네."

"너 오늘 왜 이렇게 예쁘게 하고 왔어?"

"……네?"

생각지 못한 칭찬에 나정의 몸이 굳었다. 재현이 나긋이 속삭였다.

"평소랑은 좀 달라서."

지금인가.

여진이 말한 그 적절한 타이밍이란 게. 하지만 도무지 입이 열리지 않았다. 접착제라도 발라놓은 것처럼 떨어질 생각을 하지 않았다. 긴 망설임 끝에 나정은 용기 내 입술을 움직였다.

"저 선배."

"응?"

"사실은요."

'띵동.'

"잠깐만."

재현이 인터폰 앞으로 다가섰다. 그는 스스럼없이 화면을 터치하며 덧붙였다.

"올 사람이 한 명 더 있거든."

'띵동.'

얼마 가지 않아 초인종 소리가 다시금 울렸다.

"제가 열어 드릴게요!"

나정이 쏜살같이 부엌을 빠져나갔다. 뒤늦게 민망함이 밀려왔다. 양 볼은 사과처럼 발갛게 달아올랐다. 미쳤어. 진짜 고백이라도 하려고 했던 거야? 제 배짱으로는 절대 상상도 할 수 없는 행동이었다. 혼란스러운 마음을 정리하며 빠르게 도어록 해제 버튼을 눌렀다.

'달칵.'

문이 열리자 나정은 속사포로 상황을 전달했다.

"재현 선배가 지금 부엌에서 음식 만드는 중이라서요. 그래서 제가 대신……."

"은나정?"

나정의 입술이 굳게 다물렸다. 낯설지 않은 음성에 고개가 들렸다. 상대의 얼굴을 확인하기 무섭게 눈 밑이 뻣뻣하게 굳었다. 이름 모를 또 다른 손님은 바로, 한정우 팀장이었다.

* * *

왜 또 이렇게 된 걸까. 네모난 식탁을 중심으로 나정과 재현, 그리고 나정의 맞은편에는 정우가 앉아 있었다. 나정은 좀처럼 정우의 얼굴을 쳐다보지 못했다. 그에게 폭탄 발언을 던진 게 불과 하루 전이었다. 이런 식으로 마주할 거라곤 상상도 못 했다.

"이거 봐, 정우야. 나정이가 집들이 선물로 사 온 건데 향이 무척 좋아."

재현이 샴페인 병을 흔들며 와인 잔에 내용물을 따랐다. 정우에게 내밀자 그가 팔짱을 끼며 고개를 가로저었다.

"차 가지고 왔어."

"마시고 여기서 자고 가면 되지."

"본가로 다시 가 봐야 해."

"아, 맞다. 오늘 어머님이랑 약속 잡혔다고 했지. 그러고 보니까 한 회장님은 잘 뵙고 온 거야? 나도 얼굴 안 뵌 지 오래됐다."

처음 듣는 이야기에 나정의 귀가 쫑긋 세워졌다. 이를 눈치챈 재현이 특유의 눈웃음을 궁금증을 해소시켜 주었다.

"실은 정우랑은 어렸을 때부터 알고 지낸 사이거든."

"아…… . 대학 동문이 아니고요?"

"응. 그때 바로 수업 시작해야 해서 말할 여유가 없었는데. 내가 정우를 처음 본 게 열한 살 때였나…… ."

재현의 부모님은 예술계에서 알아주는 성악가이자 우리나라에서 가장 큰 갤러리 관을 운영하는 관장이었다. 부모님들끼리는 있는 집 자식들이 그러하듯 사교계에서 연을 맺었지만, 재현과 정우의 인연은 남달랐다. 정우의 아버지 태주가 재현을 직접 찾아오며 알게 된 관계였다. 아들인 정우에게 좋은 친구가 생겼으면 한다는 게 그 이유였다. 정우는 어렸을 때나 지금이나 쉽게 곁을 주지 않는 성향이었다. 그 비좁은 문을 뚫고 그의 세상에 발을 디딘 인물은 재현이 유일했다.

"그땐 우리가 이렇게 친해질 줄 몰랐어. 한정우 성격이 워낙 깐깐해야지."

뭐라 대꾸할 법도 한데, 정우는 말없이 나정을 응시하기만 했다. 이 집에 발을 디딘 순간부터 그랬다. 머리부터 발끝까지 훑는 그의 시선이 꽤 노골적이었다. 어딘가 모르게 가라앉은 듯한 무심한 표정은 괜스레 사람을 초조하게 만들었다.

나정은 어디다 눈을 둬야 할지 막막했다. 무슨 말이라도 꺼내고 싶은데, 정우의 시선이 스치기라도 하면 어제의 흑역사가 머릿속을 생생히 스쳐 갔다.

"여태 둘이 같이 있었어?"

침묵을 유지하던 정우가 나지막이 입을 열었다. 재현이 고개를 끄덕이며 대답했다.

"응. 나정이는 사실 너 온다는 거 몰랐어. 미안해, 나정아. 말도 없이 정우를 초대해서."

"아니에요. 괜찮아요."

"둘보다는 셋이서 보는 게 좋을 거 같아서."

나정은 연신 괜찮다며 웃어 보였다. 그러나 들뜬 마음이 식는 건 어쩔 수 없었다.

그럼 그렇지. 선배가 나랑 둘이서 볼 리 없잖아.

생각해보면 대학 시절에도 비슷한 일화를 겪은 적이 있었다.

'야. 생각해봐. 다리 건너 있는 미술대에서 고작 너 하나 가르치겠다고 경영관으로 오는 게 쉬운 일로 보여? 백퍼 송재현이 너한테 관심 있는 거야.'

최소한 호감이 있지 않으면 얼굴을 보러 올 일도 없다며 여진은 틈만 나면 나정의 등을 떠밀었다. 용기를 가지고 재현이 있을 미술대로 향한 날. 그를 발견하기 무섭게 나정은 마음을 접어야 했다. 선후배, 동기 할 거 없이 재현은 많은 사람에게 둘러싸여 있었다. 그중의 반 이상은 여학생이었다. 재현은 나정에게만 친절한 선배가 아닌 모두에게 상냥한 유명 인사였다.

그날을 되새기며 나정은 잔을 들었다. 입안이 썼다. 헛헛한 마음을 달래려 샴페인을 한 모금 마시는데, 순간 정우와 눈이 마주쳤다. 착각일까. 그의 기분이 좋지 않아 보인다면. 깊이를 가늠할 수 없는 눈동자가 속마음을 읽어내려는 것 같아 급히 눈길을 돌렸다.

"많이 먹어, 나정아."

재현이 파스타를 포크로 곱게 말아 나정의 접시에 내려놓았다.

"……고마워요, 선배."

나정은 최대한 덤덤한 척 파스타를 포크로 말아 꿀꺽 삼켰다.

"……맛있어요."

"그래? 다행이다. 정우 너도 좀 먹어. 몸 관리한다고 빼지 말고. 나정아. 정우, 이 녀석 완전 운동 중독자다? 중학생 때부터 안 해본 운동이 없을 정도야. 고등학생 때는 청소년 하키 선수로 잠깐 뛴 적도 있었어."

그래서 몸이 그렇게 좋았구나. 일반인이 아무리 열심히 관리한다고 해도 정우의 몸은 쉽게 가질 수 있는 것이 아니었다.

"그래서 묻는 건데, 그날 어땠어?"

"그날이요?"

"우리 소묘 수업한 날 말이야. 나정이는 처음이지? 실제 모델을 앞에 두고 그린 적이."

"……그렇죠?"

나정은 난감했다. 왜 또 하필 주제가 몸으로 돌아가는지. 자연스레 정우가 의식됐다.

"좋았어?"

"네?"

나정이 화들짝 놀라며 어깨를 움찔거렸다. 재현이 웃음을 꾹 참으며 물었다.

"다른 수강생들은 수업에 대해 굉장히 만족해 한 거 같았거든. 새삼 나정이 감상평도 궁금해서."

그러면서 재현의 시선은 정우에게로 향했다. 반응을 살피는 것이다. 이런 공격을 많이 당해본 정우는 능숙하게 상황을 전환했다.

"먹던 거나 마저 먹지?"

"……좋았어요."

두 남자가 멈칫하며 나정을 바라봤다. 상황을 회피하기 바빴던 나정은 언제 그랬냐는 듯 꿋꿋하게 제 의견을 전달했다.

"사진만 보고 그리는 거랑 실제 모델을 보고 그리는 건 엄청난 차이가 있더라고요. 비율을 좀 더 사실적으로 잡을 수 있어서 도움이 많이 됐어요."

유사 모델과 실제 모델을 그리는 것은 큰 차이가 있었다. 거기서 오는 간극을 몸소 체험한 나정은 한동안 풀리지 않던 문제를 해결할 수 있었다.

"그리고……."

나정은 조심스레 정우를 바라봤다. 눈이 마주치기 무섭게 고개를 푹 숙였다. 그날 본 정우의 몸이 생생하게 떠올랐다. 나정은 개미 기어가듯 작은 목소리로 중얼거렸다.

"그냥 다 좋았어요."

"그래? 정우가 고생해서 운동한 보람이 있네."

"먹어."

정우가 버터에 발린 새우를 무작정 재현의 입속으로 집어넣었다. 한마디로 입 다물란 소리였다. 재현은 싱긋 웃으며 착실히 정우의 경고를 무시했다.

"그나저나 나정이 오늘 너무 예쁘지 않아?"

어느 정도 술이 들어갔을 때였다. 재현이 한껏 꾸미고 온 나정을 보며 미소 지었다. 난데없는 칭찬에 나정은 돌이 되었다. 예쁘다는 재현의 말에 놀란 것도 있지만, 그걸 왜 정우에게 묻는지 알다가도 모를 일이었다.

웬만한 예쁜 여자는 다 만나봤을 남자였다. 그런데 단 한 명도 거들떠보지 않았다는 건 눈이 우주에 붙어 있거나 독특한 취향의 소유자가 분명했다. 정우가 물이 담긴 와인 잔에 입을 대며 나정을 바라봤다. 꿀꺽, 꿀꺽. 물이 식도를 타고 넘어갈 때마다 남자다운 목울대가 느리게 솟았다 내려앉았다. 두 눈은 나정의 차림새를 느릿하게 훑어 내렸다. 검은 시선이 가느다란 발목에 닿은 순간, 정우가 잔을 내려놓으며 무심히 대답했다.

"그러네."

* * *

한 잔만 마신다는 게 분위기에 취해 주량을 훌쩍 넘어섰다. 그 과정에서 나정은 꽤 많은 이야기를 듣게 되었다. 가령 그녀의 상사 한정우가 얼마나 대단한 업적을 세우고 다녔는지. 그래서 얼마나 많은 이성에게 고백을 받고 다녔는지 등등등.

나정은 비틀거리는 시야를 바로잡기 위해 고개를 뒤로 물렸다. 세상이 빙글빙글 돌아가기 일보 직전이었다. 그러다 식탁에 놓인 화보집에 시선이 갔다. 메인 모델로 선 남자의 얼굴이 익숙했다.

"······모델 일도 했다는 거지?"

화보 속 주인공은 다름 아닌 정우였다. 재현의 말로는 스무 살 때 찍은 사진이라고 했다.

'아는 누나가 사진 공부를 하던 중에 모델이 필요하다면서 정우한테 간곡히 부탁한 적이 있거든. 근데 알잖아. 한정우 성격에 이런 걸 찍겠어?'

거의 빌다시피 애원해서 성사된 촬영이었다고 한다. 그런 것치고 매우 완성도 높은 결과물이었다.

사진 속 앳된 정우의 얼굴이 눈에 띄었다. 지금은 완벽한 남자의 얼굴이라면 이때는 깨끗한 소년미가 묻어났다. 의자에 앉아 무릎 하나만 올렸을 뿐인데, 물에 젖은 머리칼 때문인지 나른하지만, 퇴폐적인 분위기가 과즙처럼 흘러내렸다. 현역 모델과 견주어도 절대 꿀리지 않을 모습이었다. 굳이 따지자면 외모는 이쪽이 더 완벽하지만.

"나정아."

나정의 고개가 위로 들렸다. 잠시 나갔다 오겠다던 재현이 걱정스러운 눈으로 나정을 내려다보고 있었다.

"취했나 보구나."

"제가요? 아닌데. 완전 멀쩡한데."

나정이 헤벌쭉 웃으며 고개를 저었다. 그녀의 주량은 고작 소주 넉 잔밖에 되지 않았다. 샴페인을 비롯해 재현의 집에 있던 와인까지 마셨으니 취하고도 남을 판이었다.

"얼굴이 빨간데? 볼만 달아오른 게 꼭 복숭아 같다."

"아, 그럼 안 되는데. 못 생겨 보일 텐데."

"누가 그래? 나정이 너 예뻐."

"……거짓말하지 마세요. 선배도, 참."

"진짠데."

재현이 무릎을 굽히며 눈을 맞춰왔다. 나정은 민망해져 괜히 헛기침을 해 보였다.

"근데 어디 갔다 온 거예요?"

"아, 길고양이 밥 좀 주고 왔어. 그리고 정우는 전화 받을 게 있어서 조금 있다 들어올 거야."

"아……. 네."

나정의 입가에 쓴 미소가 걸렸다. 맞아, 선배는 그런 사람이었지. 예쁘다는 말에 설렜던 마음이 다시금 수면 밑으로 가라앉는다. 역시나 별 의미 없던 말이었던 거다. 재현은 뭐든 베풀고 나눠주기를 좋아하는 사람이었다. 나정이 반려묘 '토루'를 키우게 된 계기도 재현의 영향이 컸다. 그가 길고양이에게 밥을 주고 다닌 다는 이야기에 함께 따라다니다가 우연처럼 지금의 '토루'를 만 나게 되었다.

차곡차곡 쌓여온 추억을 되짚던 나정은 문득 자리에서 일어나 주먹을 쥐었다. 술기운에 용기를 얻은 건지, 아니면 이 순간이 아 니면 안 될 거 같다는 직감 때문인지 재현의 등 뒤로 성큼 다가 갔다.

"선배."

"응."

"……선배는 이상형이 뭐예요?"

"이상형? 글쎄. 따로 생각해본 적은 없는데."

식탁을 치우던 재현이 곰곰이 고민하는 표정을 지었다.

"음……. 나는 잘 웃는 사람이 좋은 거 같아. 근데 이상형은 갑 자기 왜?"

"예전부터 궁금했거든요."

"내 이상형이? 그럼 나도 물어봐야겠다. 나정이 이상형은 뭐 야?"

"저는……."

대답을 망설이던 나정은 예전부터 꼭 하고 싶었던 말을 용기 내 터트렸다.

"……선배처럼 다정한 사람이요."

"……."

"대학생 때부터 쭉 그랬어요. 다정하고 친절한 사람이 이상하 게 좋더라고요."

재현은 아무 말도 하지 않았다. 달라진 공기의 흐름을 눈치챈 얼굴이었다.

"선배, 실은요. 제가 예전부터 선배를⋯⋯."

"나정아."

"⋯⋯네?"

"거기까지만 하자."

순간 잘못 들었나 싶어 멍하니 재현을 올려다봤다. 그가 차분한 목소리로 상황을 정리했다.

"난 네가 쭉 좋은 후배로 남아줬으면 해."

"⋯⋯."

"그럴 수 있지?"

아⋯⋯. 깊은 탄식이 나정의 입안을 맴돌았다. 술이 확 깨는 기분이었다. 두 조각 난 마음을 달랠 새도 없이 고개를 끄덕였다. 그제야 재현의 눈꼬리가 휘었다. 나정이 평소 좋아하는 미소였다.

"고마워, 나정아."

너무도 다정한 목소리에 뜨거운 무언가가 울컥 차올랐다. 더 있다가는 그대로 토해낼 거 같았다. 식탁에 놓아둔 짐을 허겁지겁 챙기며 황급히 돌아섰다.

"선배. 죄송한데, 저 먼저 가볼게요."

"지금?"

"동생들이 치킨 사 오라는 걸 깜빡해서요. 더 늦기 전에 출발해야 할 거 같아요."

"그럼 잠깐 기다려. 차로 데려다줄게. 이 시간에 혼자 가기 위험해."

"아니에요, 괜찮아요."

혹시나 재현에게 붙잡힐까, 발걸음을 재촉했다. 눈 밑이 시큰시큰했다. 비집고 나오는 눈물을 안간힘으로 참아내는데, 나정의 두 다리가 얼마 가지 못해 멈추었다. 언제부터 있던 걸까. 정우가 차갑게 식은 얼굴로 현관에 서서 나정을 지켜보고 있었다.

5. 본색

30분 전.

잠시 밖으로 나온 정우는 끊었던 담배를 재킷에서 꺼내었다. 속
이 시끄러웠다. 연초를 입에 물고 라이터의 부싯돌을 굴렸다. 불
씨가 피어오르며 매캐한 연기가 바람결을 따라 공기 중으로 흩어
졌다. 그 흔적을 바라보는 그의 눈이 복잡했다.

'뭔가 단단히 착각하신 거 같은데.'

'……'

'저 좋아하는 사람 있습니다.'

비품실에서 듣게 된 나정의 고백은 언제부턴가 수시로 정우의 귓가를 맴돌았다. 상대가 누구일까. 회사 사람일까. 아니면 그녀의 측근이려나. 생각에 생각이 꼬리를 물었다. 그러다 문득 이러는 자신이 우습게 느껴졌다. 고민해봤자 그와는 거리가 먼 여자였다. '세현'을 등에 짊어진 이상 그에게는 정해진 코스를 착실히 밟아야 할 의무가 있었다. 그러니 쓸데없는 잡념은 일찌감치 접자며 생각을 정리한 게 바로 오늘 아침이었다. 불씨가 다시 피어오른 건 재현의 집에서 나정을 발견한 순간부터였다.

잘 하지 않던 색조 화장과 그녀의 몸에 걸쳐진 하늘하늘한 원피스가 낯설었다. 설렘이 묻어나는 미소 또한 처음 보는 것이었다. 정우처럼 나정은 평소 회사에서 감정을 잘 드러내는 편이 아니었다. 그래서 단번에 알 수 있었다. 그녀가 마음에 품은 상대가 누구인지.

"웬일이야. 담배를 다 피우고."

그 당사자가 길고양이들의 밥을 주고 다가오자 정우는 침묵하며 담배를 깊이 빨아들였다.

"성북동은 아닌 거 같은데."

재현은 흥미롭다는 듯 미소를 머금었다. 성북동을 방문할 때면 정우는 끊었던 담배를 종종 입에 물곤 했다. 몸이 고단할 시 나타나는 현상이었다. 그마저도 어느 순간부터 볼 수 없었다. 매번 그랬다. 버거워 보이는 일도 일정 기간이 지나면 정우는 일상처럼 여겼다. 기꺼이 버틸 수 있는 체력을 길러냈다. 그러니 현재 그를 혼란스럽게 만드는 원인은 단 하나였다.

"나정이구나."

"왜 말 안 했지?"

정우가 날카롭게 물었다.

"뭘?"

"집에 손님 있다는 말은 없었잖아."

그랬다면 찾아오지 않았을 것이다. 이미 전날 나정이 던진 말 때문에 밤잠을 설친 정우였다. 성북동을 방문한 건 차라리 잘된 일이었다. 복잡한 머릿속은 한 회장을 마주하면서 깨끗이 비워졌다. 다시 리셋. 그가 있어야 할 자리로 마땅히 돌아갔다.

"있다고 하면 네가 안 올 게 뻔하잖아. 그리고 이거."

재현이 무언가를 내밀었다.

"원래 주기로 했던 선물."

선물의 정체는 나정이 수업 때 그린 정우의 소묘였다. 그림을 펼쳐본 정우는 한동안 말이 없었다.

"한 땀 한 땀 정성을 다해 그린 게 티 나지 않아?"

재현이 뿌듯한 눈으로 도화지 속에 담긴 정우의 모습을 감상했다. 뭐, 하나 완벽하지 않은 구석이 없었다. 알맞은 비율과 적당한 채광은 물론 정우가 가진 특유의 분위기를 자연스럽게 살려냈다.

"학교에서 처음 만난 날부터 그랬어. 연못에 있는 수국을 보고 공책에 끄적거렸다는데, 이상하게 그림에서 꽃향기가 나는 착각이 드는 거야. 쭉 지켜보니까 뭐 하나 허투루 그리는 법이 없더라고."

나정은 예술에 재능이 충분한 친구였다. 그 숨겨진 재능을 알아

본 건 재현이 아닌 바로 눈앞의 정우였다.

"그런 거 보면 아직도 신기해. 네가 뭘 부탁하는 성격이 절대 아닌데."

정우가 군대에서 제대한 후, 학교로 복학한 무렵이었다. 먼저 연락하지 않는 한 절대 만나주지 않을 그가 무슨 이유로 재현이 있는 미술대까지 직접 찾아온 적이 있었다.

'웬일로 한정우가 연락도 없이 여기까지 행차하셨을까?'
'뭐 하나만 부탁하자.'

다짜고짜 용건부터 꺼내오는 모습에 재현은 수상함을 느끼면서도 이유 모를 구미가 당기는 걸 느꼈다.

'그에 상응하는 대가는?'
'원하는 게 있으면 뭐든.'
'기간은 무기한인 거지? 지금이 아니어도 괜찮냐는 소리야.'
'편할 대로.'
'좋아.'

그렇게 성사된 거래는 재현을 한 동아리방으로 이끌었다. 그리고 그곳에서 나정을 처음 만나게 되었다.

"근데 두 사람 같은 동아리 아니었어? 나정이는 널 기억 못 하는 눈치던데. 왜 그런 거야?"

"마주칠 일이 없었으니까."

대답하는 정우의 음성이 덤덤했다. 그때 자신은 군대에서 제대하자마자 한 회장의 권유로 회사에 입사해야 했고, 인턴으로 한창 바쁜 시즌을 보냈다.

"설사 마주쳤어도 은나정은 나 모를 거야."

그때나 지금이나 눈길 한 번 주지 않던 여자였다. 오랜 시간이 흘러 상사와 부하직원으로 마주하게 된 1년 전에도 나정은 생전처음 보는 사람처럼 정우를 상대했다. 철저히 경계선을 유지하며 회사 생활을 이어갔다.

"그래서 나정이가 부하직원이란 것도 여태 나한테 말 안 했구나. 널 기억 못 하니까."

이제야 비로소 이해가 간다는 듯 재현이 고개를 끄덕였다.

"그럼 넌 왜 여태 은나정이랑 연락하는 걸 숨겼는데?"

"숨긴 거 아니야. 나도 1년 전에 우연히 만나면서 다시 연락이 닿은 거지."

정말 우연이었다. 대학생 때와 변함없는 나정의 모습이 아니었다면 그대로 지나쳤을지 모를 일이었다. 그때 서로의 안부를 물으며 재현은 알게 됐다. 나정이 세현의 기획팀에 몸담고 있다는 사실을.

그런데 자신보다 일찌감치 그녀를 만났을 정우가 한 번도 나정에 대해 언급하지 않자 재현은 자그마한 계획을 실행했다. 바로 소묘 수업에 정우를 모델로 세우는 것. 물론 부탁한다고 순순히 응해줄 정우가 아니었다. 하지만 재현에게는 비장의 수가 있었다. 원하는 게 있으면 뭐든 들어주겠다는 정우의 소원권이 아직도 유효하다는 사실이었다. 7년 지난 후에야 그 소원을 사용하며 확실히 알게 되었다. 시간이 지나도 한정우는 여전히 은나정을 신경 쓰고 있다는 걸.

"그만 선 넘어."

하지만 그런 배려가 정우는 몹시 불쾌하다는 표정이었다.

"마지막으로 경고하는 거야. 오늘 같은 일이 또 일어나면."

"세나 선배 이후로 네가 이렇게까지 예민하게 구는 거 처음 봐서 그래."

정우가 짙은 한숨을 내쉬었다. 신경질적으로 머리칼을 쓸어 올리며 차갑게 식은 눈으로 재현을 바라봤다.

"껄떡하면 그 이름 꺼내는데, 나랑 이제 상관없는 여자야."

"그러니까 더……."

재현이 간절함을 담아 말했다.

"네가 나정이랑 잘 됐으면 좋겠어. 나정이 정말 좋은 애야."

더는 정우가 세현에 묶여 희생하는 삶을 살지 않았으면 했다. 죄책감에서 벗어나 그가 진정으로 원하는 삶을 살길 바랐다. 하지만 애석하게도 재현의 진심에는 모순이 숨겨져 있었다.

은나정이 좋아하는 사람. 생각만 해도 그녀의 가슴을 설레게 하는 사람. 빌어먹게도 그 주인공은 그의 하나뿐인 친구, 송재현이었다. 신의 장난이라도 되듯 재현에게 고백하는 나정의 떨리는 목소리가, 실연을 당하고 도망치는 그녀의 모습이 적나라하게 정우의 두 눈과 두 귀에 담겨왔다.

"왜……."

나정은 혼란스러운 표정이었다. 용기 낸 고백이 비극으로 돌아온 것도 서러운데, 이 모든 걸 정우가 지켜봤다는 것에 감당할 수 없는 부끄러움이 몰려왔다.

"나정아, 잠깐만 기다려."

다급히 뒤쫓아온 재현이 정우를 발견하곤 걸음을 멈추었다. 그 틈을 타 나정은 구두를 신고 재빠르게 정우를 지나쳤다.

'쿵.'

현관문이 굳게 닫히며 깊은 정적이 내려앉았다. 정우가 싸늘한 얼굴로 재현을 응시하며 말했다.

"송재현."

"……."

"너 오늘 실수한 거야."

* * *

나정은 미친 듯이 거리를 내달렸다. 부끄러워 차마 고개를 들 수가 없었다. 어쩌자고 그런 고백을 해서는. 어쩌자고 되지도 않는 욕심을 가져서는. 어쩌자고 잘 먹지도 않는 술을 마셔서는.

후회의 후회가 뒤따랐다. 용기 내 재현에게 고백했고, 보기 좋게 차였다. 그것도 그녀의 상사가 보는 앞에서.

'끼이이익.'

질주하던 두 다리가 급격히 속도를 줄이며 멈춰 섰다. 정우의 얼굴을 떠올리자 절로 아득함이 터져 나왔다.

"……쪽팔려, 진짜."

안 그래도 얼굴을 보기가 껄끄러웠는데, 이젠 정말 회사를 관둬야 하나 싶었다.

"근데 여긴 어디야?"

목적지도 정해놓지 않고 무작정 달렸더니, 시내 인근까지 다다르고 말았다. 밤 열 시가 넘었는데도 많은 사람이 길거리에 북적였다. 다정히 손을 잡고 걸어 다니는 커플들을 보며 나정은 씁쓸한 미소를 지었다.

"……왜 난 이 모양 이 꼴일까."

특별한 인생은 아니지만, 그래도 열심히 살아왔다고 자부할 수 있는 삶이었다. 공부 잘하는 친구들에게 뒤처지지 않기 위해 새벽 늦게까지 영어 단어를 달달 외웠던 학창 시절. 대학 등록금을 위해 매일같이 아르바이트를 뛰어다녔던 나날들. 남들 다하는 연애도 미뤄가며 취업 준비에 몰두했던 순간은 청춘이라고 부르기엔 다소 퍽퍽한 감이 없지 않아 있었다.

그래도 후회한 적 없었다. 그땐 그게 그녀가 할 수 있는 최선이었으니까. 그런데 왜 이제 와 후회가 되는 건지. 저러고 CC를 안 하고 싶었을까. 한때 그 상대가 재현이길 바란 적이 있었다. 그는 빡빡했던 그녀의 삶에서 유일한 쉼터였다. 그런데 잘못된 마음이었나 보다. 너무 과한 욕심을 부렸나 보다.

나정은 길 잃은 방랑자처럼 정처 없이 걷고 또 걸었다. 잠시 걸음을 멈춘 건 손바닥을 울리는 휴대폰 진동을 느끼면서였다.

─은나정. 좋은 시간 보내고 있어?

"……여진아."

─뭐야. 목소리가 왜 그래? 무슨 일 있어?

"그게……."

─설마 이번에도 고백 못 했어?

"아니, 했는데. 하긴 했는데 그게……."

좋아한다는 말조차 허락되지 않은 고백이라고 차마 말할 수 없었다. 서러움이 그득 차올랐다. 또다시 뜨거운 무언가가 목구멍을 치고 올라온 때였다.

"딱 봐도 혼자 같은데, 어디 가는 걸까?"

웬 낯선 남자가 나정의 손목을 서슴없이 낚아챘다.

"……누구세요?"

"궁금하면 오빠랑 같이 갈까?"

날티가 줄줄 흐르는 얼굴을 보아하니 호객행위를 하는 클럽 삐끼인 듯싶었다.

"……이거 놓으세요."

나정은 팔에 힘을 주며 남자를 밀어냈다. 그러나 지친 몸으로 체격이 큰 남성을 상대하기엔 역부족이었다.

"팅기지 말고. 좋은 자리 초이스 해줄 테니까 오빠랑 같이 가자. 오늘 물이 기가 막히게 좋아."

"아니, 됐으니까 이거 놓으라고요."

남자에게 거의 끌려가듯이 걸음이 옮겨졌다. 행인들의 이목이 자연스레 쏠렸으나 나정을 도와주는 사람은 아무도 없었다. 그때였다. 어디선가 나타난 긴 팔이 붙잡힌 나정의 손을 단번에 풀어냈다. 그와 동시에 몸이 뒤로 밀리며 단단한 품에 얼굴이 맞닿았다. 코끝을 두드리는 시원한 향기가 낯설지 않았다. 나정은 천천히 고개를 들었다. 정우가 나정의 어깨를 감싸며 남자를 싸늘하게 쳐다보았다.

"함부로 손대지 말지."

"당신 뭐야?"

나정을 친근하게 대하던 남자가 금세 얼굴색을 바꾸었다. 우락부락한 덩치가 자못 위협적이었다. 정우는 눈 하나 깜빡이지 않았다. 오히려 남자를 같잖다는 시선으로 내려다봤다. 188cm의 큰 키에서 오는 위압감에 남자가 잠시 주춤했다.

살집으로 부푼 남자의 체격과 달리 정우의 몸에선 지방이라곤 찾아볼 수 없었다. 범접할 수 없는 널따란 체격이 방패처럼 남자를 막아 세웠다. 정우는 더욱 나정을 자신의 품으로 이끌며 어디론가 전화를 걸었다.

"네. 치한 문제로 신고 좀 하려고 합니다."

정우가 예리한 눈초리로 남자와 그가 등지고 있는 건물을 훑었다.

"불법 운영도 포함이겠네요. 바로 주소 불러 드리죠."

"아이 씨발, 재수 없게."

당황한 남자가 바닥에 침을 퉤, 뱉으며 황급히 돌아섰다. 그 모습을 지켜보던 나정의 머리 위로 낮은 일침이 떨어졌다.

"전화는 왜 안 받습니까?"

여기까지 뛰어온 걸까. 정우의 넓은 어깨가 일정한 간격으로 들썩거렸다. 거친 숨소리와 귓가에 울리는 그의 심장 소리가 크고 빨랐다.

"……죄송해요, 통화 중이었어요."

"가요. 데려다줄게요."

정우가 재킷을 나정의 어깨에 걸쳐주며 앞장섰다. 붙잡힌 손목은 조금 전 남자에게 잡혔던 것과는 전혀 달랐다. 하나도 거북스럽지 않았다. 아프지도 않았다. 오히려 너무 부드러워서 나정은 속절없이 정우에게 이끌려 갔다. 정신이 또렷해진 건 그의 차에 탑승한 후였다.

"저, 팀장님."

"잠시만."

정우가 불쑥 팔을 뻗어왔다. 길고 흰 손가락이 나정의 어깨 위에 있는 안전벨트를 끌어 당겨오더니, 버클까지 완벽히 채우고 나서야 운전대에 올려졌다.

"눈 감고 있어요. 도착하면 깨워줄게요."

나정은 아무 말도 할 수 없었다. 이 순간만큼은 아무것도 물어보지 않는 정우의 배려가 고마웠다.

* * *

심란해서 못 잘 줄 알았더니, 나정은 금세 숙면에 빠져들었다. 작은 콧대에서 흘러나오는 숨소리가 여리고 가냘팠다. 정우는 벌써 30분째 나정의 곁을 지키는 중이었다. 그녀의 집과 가까운 골목에 차를 세우고, 팔짱을 낀 채 잠든 얼굴을 물끄러미 감상했다. 지금이 아니면 허락되지 않을 기회였다.

이렇게 가까이서 본 적이 있던가. 동그란 이마와 뽀얀 피부에 담긴 이목구비가 오밀조밀했다. 그래서인지 유독 핑크빛으로 물든 아랫입술이 도톰하게 느껴졌다. 손과 발도 작았다. 모든 게 다 작은 여자였다. 그의 품에 쏙 들어왔던 가녀린 체구만 생각하면 목 안이 간지러우면서 이름 모를 갈증이 치밀어 올랐다.

146

언제 이렇게 감정의 폭이 커진 거지. 분명 이 정도까지는 아니었던 거 같은데.

얼마 전만 해도 나정은 정우에게 신경 쓰이는 존재, 딱 그 정도였다. 자신을 기억하지 못해서. 그게 가끔은 괘씸하기도 해서. 그러나 한편으론 자신을 기억해주지 않았으면 하는. 구름처럼 유유히 스쳐 가 줬으면 하는 여자이기를 바랄 때가 더 많았다.

'그래서 스토킹했습니까? 범죄인 줄도 모르고? 아니, 알면서도 그랬나?'

그녀를 재현의 학원에서 마주치자 당혹스럽지 않았다면 거짓말이었다. 혹시나 다른 여자들처럼 불순한 사상으로 자신을 좇아온건 아닐까 싶다가도.

'그것도 모르고 잠시 말도 안 되는 착각을 했어.'

은근한 기대감이 심장을 헤집었다. 줄곧 겪었던 불쾌한 경험과는 전혀 다른 느낌이었다. 나정을 향한 감정을 억눌렀던 지난날의 노력이 물거품으로 돌아가듯 그녀만 보면 시시때때로 감각이 곤두섰다. 오늘이야말로 그 감정에 방점을 찍은 날이었다.

'……선배처럼 다정한 사람이요.'
'…….'
'대학생 때부터 쭉 그랬어요. 다정하고 친절한 사람이 이상하

게 좋더라고요.'

그 말을 들을 순간 온몸의 피가 차갑게 식어갔다. 태어나서 처음 느껴본 기분이었다. 만약 재현이 그 자리에서 나정의 고백을 받아줬다면…… 상상만으로도 깊이를 알 수 없는 뜨거움이 정우의 발끝을 타고 올라왔다.

"……으음."

나정이 몸을 웅크리며 고개를 돌렸다. 나쁜 꿈이라도 꾸는지 둥근 눈썹이 축, 쳐지더니, 눈가에 눈물이 맺혔다. 정우는 손을 뻗었다. 말간 액체를 훔친 순간, 거짓말처럼 나정의 눈이 뜨였다. 한동안 사물을 인지하지 못하던 그녀는 뿌연 눈꺼풀을 몇 번 끔뻑이더니, 입술을 느슨히 벌렸다.

"아……."

꿈을 꾸고 있는 걸까. 몸을 비스듬히 기울인 채 자신을 바라보는 정우의 모습이 낯설었다. 눈가에 닿은 그의 손길은 따스하다 못해 뜨거웠다. 황급히 몸을 바로 세웠다.

"죄송해요, 깜빡 잠이 들었나 봐요."

"받아요."

정우가 무언가를 내밀어 보였다. 나정이 의아한 표정을 지었다. 그가 건넨 것은 약봉지였다. 그 안에는 숙취해소제와 두통약이 들어 있었다. 얼떨결에 봉지를 받아들자 정우가 덧붙였다.

"월요일 아침에 회의 있는 거 잊지 않았겠죠?"

……그래서 준 거였구나. 별 의미 없는 챙김이라고 받아들인 나정은 곧잘 고개를 끄덕였다.

"명심하겠습니다. 그럼 살펴 가세요."

"은나정 씨."

"네, 팀장님!"

차에서 내리기 무섭게 뒤를 돌아봤다. 정우가 핸들에 팔을 걸치며 나정을 주시했다.

"혹시나 해서 하는 말인데."

'톡톡.'

핸들을 두드리는 손끝에서 찰나의 망설임이 느껴졌다. 다음 순간, 생각지 못한 말이 나정의 귓가를 울렸다.

"그럼 그만두진 말아요."

"……네?"

"충분히 재능 있으니까."

"……."

"아깝다는 소리입니다. 그럼 푹 쉬어요."

나정의 표정이 멍했다. 정신을 차렸을 때 정우의 차는 이미 사라진 지 오래였다. 뒤늦은 의문이 입안을 맴돌았다. 팀장님한테 저런 다정한 구석이 있었나.

* * *

시련이 들이닥쳐도 새로운 해는 뜨기 마련이다. 월요일 아침. 머리를 위로 질끈 묶고 기획팀으로 향하는 나정의 발걸음이 씩씩했다.

"좋은 아침입니다."

"오늘은 다른 날보다 출근이 늦었……, 뭐야. 나정 씨 눈이 왜 그래?"

일찌감치 부서에 도착한 이 과장이 깜짝 놀라며 자리에서 일어났다.

"어머, 진짜. 눈이 왜 이렇게 부었대?"

팀원들이 깜짝 놀라며 나정의 얼굴을 살폈다. 통통 부어오른 눈두덩이에 시선이 몰려들었지만 나정은 당황하지 않고 상황을 설명했다.

"주말에 영화 한 편을 봤는데, 너무 슬프더라고요. 그래서 펑펑 울어버린 거 있죠?"

"얼마나 슬펐으면 이렇게나 부어?"

"혹시 맘껏 울고 싶은 날이 생기면 말씀하세요. 목록별로 추천해 드릴 수 있어요."

나정은 산뜻하게 웃으며 의자에 착석했다. 그리곤 평소처럼 다이어리를 꺼내 스케줄을 정리했다.

"야. 은나정. 나정아."

어디선가 나정을 부르는 작은 목소리가 들렸다.

"……여진이?"

언제 찾아온 건지 여진이 파티션 너머로 다급한 손짓을 해 보였다. 자리에서 일어나기 무섭게 팔목이 붙잡혔다. 여진이 나정을 이끌고 찾은 곳은 직원 전용 휴게실이었다. 아무도 없는 것을 확인한 그녀가 불같은 얼굴로 몰아세웠다.

"너, 뭐야. 주말 내내 연락도 안 되고."

"미안. 휴대폰 배터리가 다 닳아져서 연락한다는 걸 깜빡했네."

"그럼 충전했어야지."

"그러려고 했는데, 영화가 너무 재미있어서 그만."

"장난해? 재미있는데 눈은 왜 부어."

"결말이 새드였거든."

일요일 내내 나정은 방에 갇혀 그동안 보지 못한 영화들을 하나둘씩 해치웠다. 하필 일요일 저녁에 관람한 영화가 슬픈 서사를 담고 있는 내용이었다. 덕분에 눈물 콧물 아주 쏙쏙 빼내야 했다.

"내가 얼마나 놀란 줄 알아?"

여진은 쉽사리 화를 누그리지 못했다. 갑자기 연락이 끊겨 온종일 애가 탄 얼굴이었다.

"그래도 팀장님이 데려다주신 덕분에 무사히 잘 들어갔어."

"팀장님? 한정우 팀장님?"

나정은 아차, 싶어 급히 입술을 깨물었다.

"너 그 시간에 한 팀장님이랑 있었어?"

"……실은 그게 말이지."

"빼지 말고 바른대로 불어."

머뭇거리던 나정은 하는 수 없이 그동안 있었던 일을 하나둘씩 털어놓았다. 단 하나. 정우가 누드모델로 선 적이 있다는 것만 빼고.

"그럼 통화 중에 난입한 남자 목소리가 한 팀장님이었다는 거네."

"나 차였어, 여진아."

"그래. 차, ……뭐?"

여진이 인상을 퍽 구기며 되물었다.

"누구한테? 설마, 송재현?"

"응."

"이런 미친."

······욕할 것까지 있나.

여진이 벽에 주먹을 꽂으며 이를 갈았다.

"송재현 이거 진국인 줄 알았더니, 완전 꽃뱀이었네? 그래. 눈웃음 살살치면서 여지 줄 때부터 알아봤지."

"선배가 꽃뱀이라니. 그건 좀 아니다."

"넌 눈두덩이가 그 꼴인데 아직도 송재현 편을 들고 싶니?"

"영화 때문이라니까."

"웃기고 있네. 호러물 보면서도 조는 계집애가."

재현에게 차인 다음 날. 신기하게도 가슴이 아프거나 세상이 무너질 것처럼 슬프지도 않았다. 아마도 예감했던 거 같다. 그가 자신을 여자로 보지 않는다고. 함께 있을 때마다 몇 번이나 느꼈으니까. 오히려 숙취로 인한 두통 때문에 괴로운 아침을 맞이해야 했다. 다행스럽게도 누가 준 숙취해소제 때문에 그로부터 말끔히 벗어날 수 있었지만.

"됐어. 차라리 잘된 거야. 이참에 소개팅 한 번 제대로 해보자."

"안 그래도 너한테 부탁하려고 했어."

"······진심이야?"

아무리 인물 좋고, 능력 좋은 놈을 갖다 붙여줘도 거들떠보지 않던 나정이었다. 송재현이라는 콩깍지에 단단히 씐 그녀에게는 주변을 살필 겨를이 없었다.

"나도 이제 연애하고 싶어."

나정의 음성이 단단했다. 어제 생각을 정리하며 내린 결론이 있다면 단 하나였다. 더 늦기 전에 남들처럼 평범한 일상을 맘껏 즐겨보는 것.

"단, 조건이 하나 있어."

"조건? 그게 뭔데."

"진지하게 말고, 가볍게 만날 수 있는 사람이었으면 좋겠어."

스물일곱. 누구는 결혼을 생각하고 만남을 가질 나이라지만, 나정에겐 아니었다. 이제야 자금적으로도 환경적으로도 여유가 생겨난 그녀에게 깊은 만남은 부담스럽게 다가왔다. 무엇보다 마음을 다해 좋아하는 것. 더는 하고 싶지 않았다. 그게 사물이든, 사람이든.

"그러니까 소개해줘. 만나볼게."

여진이 감동에 찬 얼굴로 나정을 덥석 끌어안았다.

"그래, 잘 생각했어. 이 언니가 A급으로만 쫙 뽑아줄게. 만났는데 막상 별로다? 그럼 그 자리에서 바로 연락해. 다음 놈 대기시킬 테니까."

대학 시절부터 워낙 사람들과 어울려 다니기를 좋아했던 여진이었다. 아직도 연락하고 지내는 지인만 수백 명에 가까웠다.

"근데 있잖아."

휴게실 문을 열고 복도로 나온 참이었다. 여진이 목소리를 최대한 낮추며 물었다.

"한 팀장님은 별로니?"

"뭐?"

나정이 깜짝 놀라며 걸음을 멈추었다.

"아니, 인물 좋은 놈이야 얼마든지 소개해줄 수 있지. 근데 팀장님 외모는 아무리 눈 씻고 둘러봐도 찾을 수가 없잖아."

그게 소개팅과 무슨 연관이 있을까.

"내 말은 송재현이랑 오랜 죽마고우란 게 좀 마음에 걸리긴 하지만, 그 기회로 밥도 같이 먹었다며. 이참에 팀장님이랑……."

"말이 되는 소리를 해."

나정이 단호히 선을 그었다.

"팀장님이랑 내가 어떻게……."

상상도 할 수 없는 만남이었다. 나정이 바라는 건 가벼운 만남이자 평범한 연애였다. 그건 존재만으로 이목을 집중시키는 정우의 일상과는 거리가 멀었다. 어제도 겪지 않았나. 그에게 손목이 붙잡혀 걷는 것만으로도 힐끔거리던 시선들을.

"은나정 씨."

나정의 고개가 불쑥 들렸다. 방금까지 그녀의 머릿속을 가득 채웠던 정우가 복도 한가운데에 서 있었다.

"안녕하세요, 팀장님. 인사팀 홍여진이라고 합니다."

정우를 발견한 여진이 허리를 넙죽 숙였다. 정우는 고개를 가볍게 까딱이는 것으로 인사를 대신했다.

"우리가 한 이야기 다 들은 건 아니겠지."

여진이 조바심에 속닥거렸다.

"설마. 걱정하지 말고 어서 가봐."

"그럼 가보겠습니다."

여진이 한 번 더 허리를 숙이며 빠른 속도로 정우를 지나쳤다. 비로소 둘만 남게 되자 나정은 입가를 힘껏 끌어당겼다.

"좋은 아침입니다, 팀장님."

정우는 화답하는 대신 퉁퉁 부은 나정의 눈을 지그시 바라봤다. 그러나 그것도 잠시. 손목에 찬 시계에 눈길을 주더니, 냉랭히 돌아섰다.

"곧 회의 시작입니다."

"네. 바로 들어가겠습니다."

역시 그럼 그렇지. 평소와 변함없는 상사의 태도에 나정은 오늘 아침까지 머릿속을 맴돌았던 생각을 정리했다. 주말 밤. 그녀를 위로했던 정우의 다정함은 착각일 뿐이라고.

* * *

아침 회의는 새 아이템의 뼈대를 잡는 것으로 시작됐다. 세현 그룹이 이끄는 계열사 중 의류 사업은 독보적인 추세를 보였다. 올해도 그 명성을 이어가기 위해서는 고객들의 기대가 충만할 수 있는 신규 아이템이 절대적으로 필요했다.

"알다시피 저희 브랜드는 실용성을 1순위로 따지지만, 디자인도 못지않게 중요합니다. 아무래도 해가 지날수록 여름이 길어지다 보니 이 시기에 내놓을 신규 상품들이 올해 가장 큰 매출을 차지하겠죠."

신규 상품이 흥하냐, 망하냐에 따라 모두의 운명이 걸려 있었다.

"다음 회의는 영업팀과 디자인팀도 함께 참여하도록 하죠. 그때 각자 준비한 아이템을 토대로 이야기 나누겠습니다."

긴 원목 테이블의 중심에 앉아 있던 정우가 상황을 정리하며 회의를 종료했다.

"아, 그리고."

등을 보이던 그가 할 말이 있다는 얼굴로 팀원들을 내려다봤다.

"다음 달 초에 워크숍과 사내 체육대회가 함께 있을 예정입니다. 윗선에서 내린 지시니까 되도록 참석하는 쪽으로 생각하세요."

팀원들의 반응이 판이하게 갈라졌다. 누군가는 환호했고, 누군가는 절망했다. 나정은 후자였다. 많은 사람과 어울려 다니며 땀을 뻘뻘 흘리는 건 적성에 맞지 않았다. 초등학생 때 육상선수를 그만둔 이유 역시 그래서였다.

"갑자기 웬 체육대회? 올해는 무사히 넘어가는 줄 알았더니."

몇몇 여직원들이 회의실에 남아 체육대회 및 워크숍을 주제로 대화를 이어나갔다.

"윗선에서 내린 지시라잖아요. 뻔하죠. 회사가 성장하기 위해서는 협력이 필수다, 뭐다 겉만 번지르르한 말로 꼬드기는 거지. 실상은 직원들 재롱잔치가 보고 싶은 거면서."

"그래도 혜나 씨는 좋겠다. 웬만한 운동은 다 잘하잖아."

"어머, 누가 그래요. 아니에요."

잠자코 여직원들을 대화를 듣던 혜나가 입을 가리며 수줍은 미소를 지었다.

"왜 듣기로 발레랑 필라테스, 그리고 요가 강사 자격증까지 있다면서."

"그건 뭐 취미로 시작했다가 운 좋게 딴 거죠."

"어흥. 예쁜 것들이 겸손도 유난으로 떨어요."

오 대리가 얄밉다는 듯 눈을 흘기더니, 레이더망을 돌렸다.

"나정 씨는?"

"네?"

회의실을 정리하던 나정이 고개를 돌렸다. 동시에 혜나도 나정을 바라봤다. 착각일지 몰라도 회의하는 내내 얼굴이 따가워 눈을 들면 기다리기라도 한 것처럼 혜나와 눈이 마주쳤다. 반면 혜나는 아침부터 기분이 좋지 않았다. 성북동에 들러 한 회장을 독대한 후부터 예민해진 상태였다.

'세나가 곧 귀국한다고 들었는데. 혜나 네가 보기에는 어떻더냐?'

'……어떻다뇨?'

'여동생인 네가 보기에 세나가 여전히 정우를 전처럼 생각하는지 묻는 게야.'

이미 세나와 정우는 끝이 난 사이였다. 하물며 자신의 꿈을 위해서 뒤도 돌아보지 않고 파리로 떠난 언니였다. 이제야 그 비좁은 틈을 노릴 기회가 생겼는데 왜 또 김세나인 건데. 거기다 요즘 따라 범주에 있지도 않던 나정이 자꾸만 눈에 거슬리자 신경이 절로 곤두섰다.

"나정 씨는 뭐 잘하는 운동 없어?"

오 대리의 물음에 나정은 무미건조하게 대답했다.

"글쎄요. 딱히 없는 거 같은데요."

"하긴 그래 보인다."

빠직. 나정의 이마에 내 천(川) 자가 새겨졌다. 그럴 거면 대체 왜 물어본 건지.

"그러고 보니까 이번에 팀장님도 참석하시는 거겠죠? 아, 왜 작년에 급히 잡힌 해외 출장 때문에 피치 못 하게 빠지셔야 했잖아요."

"그러니까 더 무조건 참석하셔야지. 팀장님 보려고 벼르는 직원들도 많을 텐데."

"벼를 인물도 없다."

기대하는 여직원들을 향해 오 대리가 못마땅하다는 표정으로 쯧쯧, 혀를 찼다.

"난 팀장보다 그 누구니. 이번에 영업팀에 새로 부임한 대리 있잖아."

"최진원 대리님이요? 그분도 잘생기셨죠. 완전 스윗하다고 소문이 자자하던데요. 오 대리님, 최 대리님 같은 스타일 좋아하시는구나?"

"뭐……."

거짓말. 이 과장님 좋아하면서. 나정은 당장이라도 내뱉고 싶은 충동을 꾹 참으며 자리에서 일어났다. 그때 누군가 회의실 문을 노크하며 모습을 드러냈다.

"나정 씨. 아직 여기 있었구나."

"이 과장님?"

이 과장의 등장에 여직원들의 시선이 분산됐다. 그중 오 대리의 눈빛이 단연 돋보였다. 미어캣처럼 고개를 쏙 내빼 두 사람의 기류를 살피는 태도가 노골적이었다.

"부탁할 게 있어서 그러는데, 잠깐 시간 될까?"

"네. 금방 갈게요."

이 과장을 뒤따라 나정이 회의실을 빠져나가자 혜나가 살포시 한마디를 흘렸다.

"가만 보면 이 과장님이 나정 씨 많이 예뻐하는 거 같아요."

"누가 그래?"

오 대리가 발작하듯이 되물었다.

"제 눈에는 그렇게 보이던데, 아닌가요?"

"예뻐하는 거랑 이용해 먹는 거랑은 다르지."

"이용해 먹어요?"

"은나정 씨 사수가 이 과장이었잖아. 그러니까 바쁠 때마다 써먹는 거지. 혜나 씨도 참. 보는 눈 정말 없다."

괜찮은 척하면서도 오 대리의 얼굴에는 짜증과 초조함이 가득 묻어났다. 그걸 바라보는 혜나의 입가에 만족스러운 미소가 걸렸다.

* * *

부탁할 일이 있다더니, 이 과장이 향한 곳은 1층 로비에 있는 커피숍이었다. 그가 너그러운 눈짓으로 메뉴판을 가리켰다.

"나정 씨 마시고 싶은 거로 골라."

"갑자기요?"

그가 안타깝다는 듯 한숨을 푹 내쉬었다.

"보는 내가 안쓰러워 그래, 안쓰러워서. 여자 눈이 그게 뭐야."

매장에 설치된 거울에 나정의 얼굴이 비쳤다. 아침보다는 한결

나았지만, 여전히 두 눈이 퉁퉁 부어 있었다.

"솔직히 말해봐. 그 남자한테 차였지?"

"……남자라뇨?"

"아, 나정 씨가 마음에 담아뒀다는 남자 말이야."

……그새 도가 트이셨나. 소름 돋는 적중률에 나정은 애써 고개를 저었다.

"그런 거 아닙니다."

"아니긴. 딱 봐도 실연당해서 주말 내내 운 얼굴인데."

"영화 보고 운 거거든요."

"괜찮아. 사람이 다 그러면서 성장하는 거지. 실연이 없으면 행복이 왜 있겠나? 그런 의미로 내가 맛있는 음료를 대접……. 얼라? 어디 갔지?"

재킷 주머니를 뒤적거리던 이 과장이 낮게 탄식했다.

"이런. 지갑을 자리에 두고 왔네. 나정 씨, 잠깐만 여기서 기다려. 금방 다녀올게."

"아뇨. 그냥 제가 사 드릴게요."

"무슨 그런 서운한 소릴. 그래도 내가 한때 나정 씨 사수였는데. 금방 다녀올 테니까 저기 창가 자리에서 기다리고 있어."

이 과장이 손수 나정을 창가로 안내했다. 반강제적으로 의자에 앉게 된 나정은 하는 수 없이 이 과장을 기다리는 동안 휴대폰을 매만졌다. 그러던 중 메시지가 연달아 도착했다. 하나는.

은나정. 내일이야. 화요일 일곱 시. 강남 하니스 앞. - 여진여진

그새 소개팅을 주선했다는 여진의 연락이었고. 또 다른 연락은.

**나정아. 이 문자 보면 연락해 줄 수 있을까? 기다릴게. – ♥재
현 선배♥**

나정은 한동안 액정에서 눈을 떼지 못했다. 잊고 있던 감정이
불쑥 차올랐다.
"……바보. 그렇게 와버리면 어떡해."
생각해보면 막무가내도 그런 막무가내가 없었다. 무작정 고백하
고 무작정 도망쳐버렸으니 재현이 충분히 당황스러울 만도 했다.
나정은 조심스레 키패드 위로 손을 올렸다. 신중히 한 자, 한 자
를 입력해나갔다.

선배, 혹시 오늘 시간 될까요? 괜찮으면 제가 학원으로 갈게요.

긴 망설임 끝에 메시지를 전송한 순간이었다. 휘핑크림이 잔뜩
올라간 딸기 프라푸치노를 담은 잔이 탁, 소리를 내며 테이블에
놓였다.
"어? 진짜 빨리 오셨네……."
당연히 이 과장인 줄 알고 고개를 든 나정은 말을 잇지 못했다.
"주말 잘 보냈어요?"
전혀 예상치 못한 상대가 말끔한 얼굴로 나정을 내려다봤다. 그
러니까…….
"……최, 진원 대리님?"

"기억하네요. 못할 줄 알았더니."

"네. 안녕하세요. 근데 왜 여기에……."

진원이 스스럼없이 웃으며 맞은편에 자리를 잡았다.

"글쎄요. 연락받고 왔더니 은나정 씨가 마침 여기 있네요."

"연락이요? 무슨 연락……."

설마. 나정은 서둘러 주열에게 전화를 걸었다. 그러나 신호음만 갈 뿐, 그의 음성은 결코 들을 수 없었다.

'띠링.'

새 메시지가 도착했다는 알람음이 울렸다.

잘해봐. 최 후배, 아주 괜찮은 놈이야. 실연은 새로운 사랑으로 잊으라고~~~♥ - 이주열 과장님

휴대폰을 쥔 나정의 손이 부들부들 떨렸다. 진원이 피식, 웃으며 커피를 한 모금 마셨다.

"표정 보니까 주열 선배 큰 그림에 우리가 놀아났나 보죠?"

나정이 고개를 푹 숙이며 사죄를 표했다.

"죄송합니다."

"은나정 씨가 왜요?"

"저 때문에 여기까지 내려온 게 됐잖아요. 사실 이 과장님이 전부터 제 소개팅을 주선해 주고 싶어 하셨거든요. 몇 번이나 괜찮다고 말씀드렸는데도 이러시네요."

"그래서 안색이 안 좋았구나."

진원이 나정의 눈을 가리키며 씩 웃었다.

"꼭 실연당한 얼굴 같아서."

어디선가 쇠창살이 날아와 나정의 심장을 움푹, 찔렀다.

"자세히 보니까 혼자만의 사랑이었던 거 같기도 하고?"

이젠 찌르다 못해 헤집기까지 했다.

"그래도 다행이네요."

만신창이가 된 나정을 보며 진원은 담백한 목소리로 말했다.

"끝이 난 거 같아서."

"……."

"제대로 끝을 내야 마음도 새로운 시작을 받아들일 수가 있으니까요."

나정은 눈꺼풀을 느리게 끔뻑였다. 새로운 시작. 그 안에 담긴 의미가 모호했다.

"힘내라는 소리예요. 그래서 말인데, 종종 기획팀에 놀러 가도 되죠? 사실 이 회사에 온 지 얼마 안 돼서 친구가 별로 없거든요."

그럴 리가. 여직원들에게 둘러싸여 능숙한 언변으로 대화를 이끌어가던 그의 모습을 직접 목격한 게 엊그제였다.

"모르는 게 있으면 가끔 물어볼게요."

"그래도 저보다 경험 많은 상사이신데, 제가 도움 될 게 있으려나요."

"어쨌든 나보다 이 회사에 먼저 들어온 건 맞으니까요. 입사 선배쯤이라고 해두죠."

말이 또 그렇게 되나. 대화를 이어나가면 이어나갈수록 말리는 느낌이었다. 환기할 겸 나정은 어색하게 웃으며 창밖에 시선을 주었다. 익숙한 실루엣이 시야에 걸려든 건 그 찰나였다. 정우가 로비 입구에 서서 누군가와 통화를 하고 있었다.

말간 봄 햇살이 그를 향해 정통으로 내리쬐자 안 그래도 눈에 띄던 얼굴이 더욱 시선을 사로잡았다. 다들 같은 느낌을 받았는 지 정우의 곁을 지나치던 여직원들이 은근한 눈길로 그를 훑어 내렸다. 그게 불쾌했는지 정우가 로비 창가 쪽으로 몸을 틀었다. 그와 동시에 나정과 정통으로 눈이 마주쳤다. 기분 탓일까. 이곳을 응시하는 그의 새까만 눈동자가 싸늘하기 그지없었다. 무어라 입을 열려던 나정은 진원이 말을 걸어오자 잠시 정면을 바라봤다. 다시 창밖으로 눈을 돌렸을 때 정우의 모습은 찾아볼 수 없었다.

* * *

"한 팀장. 아, 왜 한 숟갈도 못 뜨고 있어? 음식이 입맛에 안 맞나?"

최 전무가 못마땅한 눈으로 정우를 바라봤다. 외부 미팅을 나가기 전, 임원 몇 명과 식사를 같이하던 중이었다. 한 회장의 권유로 한 달에 한 번씩은 꼭 가지는 만남이었다. 대체로 회사에서 일어나는 이슈와 주요 현안을 브리핑하는 데 시간을 소비했다.

오늘도 흔들림 없이 브리핑을 끝마친 정우였으나 저마다 복스럽게 음식을 흡입하는 임원들과 달리 그는 좀처럼 식사를 이어가지 못했다.

'말이 되는 소리를 해.' 팀장님이랑 내가 어떻게…….'
아침에 우연히 듣게 된 나정의 한마디가 줄곧 그의 머릿속을 맴돌았다. 단호한 그녀의 음성에 생각이 머물러 있기를 한참.

"죄송하지만, 저는 다음 스케줄이 있어서 먼저 일어나보겠습니다."

정우는 아직 식지 않은 국을 뒤로하며 식당을 빠져나왔다. 차를 타고 외부 미팅 장소로 향하는 동안 계속 나정을 생각했다. 그녀를 곱씹고, 곱씹고, 또 곱씹었다. 그러다 얼마 전 한 회장과 나누었던 대화가 머릿속을 스쳐 갔다.

'곧 적당한 혼처를 알아보마.'
'혼처라면 제 결혼을 추진하시겠다는 소리입니까?'
'그래야지. 언제까지 그 자리에만 머물러 있을 게야. 너도 이제 비상이란 걸 해봐야지.'

비상. 정우에게는 꿈꿀 수 없는 단어였다. 오직 자신의 힘만으로 이 자리까지 올라온 그에게 한 회장이 손수 날개를 달아주겠다는 것은 세현 가의 가족으로 인정하겠다는 선포와도 같았다. 장정 21년 만의 노력 끝에 찾아온 그림이었다. 그토록 바라던 순간인데, 정우는 하나도 기쁘지 않았다. 도리어 한 여자가 떠오르며 신경을 긁었다. 다른 남자의 곁에서 행복한 미소를 짓는 나정의 얼굴을 상상하자 정우의 오른발이 본능적으로 브레이크 페달을 짓밟았다.

차가 급히 도로 갓길에 멈추어 섰다. 정우는 블루투스 이어폰을 귀에 끼며 어디론가 전화를 걸었다. 신호가 잡히자 그는 지체할 거 없이 입을 열었다.

"접니다. 회장님. 드릴 말씀이 있어서 연락드렸습니다."

* * *

"집에 들러서 얼음찜질이라도 해야 하나."

나정은 심각한 얼굴로 거울을 바라봤다. 어느 정도 가라앉을 줄 알았던 눈두덩이는 퇴근 시간이 지나서도 팽팽했다. 이 얼굴로 어떻게 재현을 마주할 수 있을지. 그가 자신 때문에 울었다고 생각할까 봐 걱정이 앞섰다.

"……퇴근이 늦으시네."

나정의 시선이 정우의 자리로 향했다. 외근을 나간 그는 저녁 7시가 넘도록 자리에 돌아오지 않았다. 새삼 느끼는 거지만 기획팀에서 가장 늦게 퇴근하는 사람을 고르라면 단연 팀장이었다. 그래서 퇴근할 때마다 그의 눈치를 살펴야 하는 게 단점이었지만 그때마다 그는 걸리적거린다는 눈빛으로 팀원들을 죄다 쫓아냈다.

"모르겠다. 놓고만 가야지."

나정은 손에 쥔 테이크아웃 잔을 정우의 책상에 내려놓았다. 퇴근 시간에 맞춰 급히 사 온 허브차였다. 어젯밤, 집 앞까지 데려다준 그의 배려에 대한 소소한 답례였다. 외근을 마치고도 남은 업무를 해치울 상사의 모습이 눈에 선했다. 부디, 이 허브차를 마시고 푹 쉬길 바라는 마음으로 돌아선 순간이었다.

"여기서 뭐 합니까?"

어깨를 울리는 낮은 음성에 나정의 심장이 쿵, 내려앉았다. 커다란 그림자가 그녀의 얼굴을 덮쳐왔다. 그토록 기다리던 상사,

정우였다.

"······팀장님."

"왜 아직도 여기 있어요?"

"아, 그게."

나정은 난감한 미소를 흘리며 조금 전 정우의 책상에 내려놓았던 허브차를 내밀어 보였다.

"이거."

정우가 고요히 잔을 내려다보았다. 나정이 서둘러 덧붙였다.

"토요일 날 감사하다는 인사를 깜빡한 거 같아서요. 늦었지만, 집 앞까지 데려다주셔서 감사했습니다. 덕분에 남은 주말을 잘 보낼 수 있었어요. 마음도 한결 편해졌고요."

"근데."

정우가 한 걸음 다가와 팔을 뻗었다.

"눈이 이렇게 붓나."

그가 서슴없이 부은 눈을 어루만지자 나정의 어깨가 흠칫 떨렸다. 뜨거웠다. 무척. 잠잠해진 토요일 밤의 기억이 선명히 떠오를 만큼.

"이건······."

"그래서 새로운 인연으로 송재현을 잊어볼 생각인 건가?"

난데없는 재현의 언급에 나정의 눈이 커다래졌다. 정우가 덤덤한 얼굴로 말했다.

"소개팅 한다면서."

"그걸 어떻게······."

설마 여진이랑 대화한 걸 다 들었나.

"이미 한 명은 받은 거 같고."

"……네? 그게 무슨."

여진에게 소개받은 상대는 아직 얼굴조차 보지 못한 터였다. 그걸 정우가 알 리도 만무했다. 그렇다면…….

"설마 최진원 대리님 말씀하세요?"

"이름이 최진원인가."

곱씹는 그의 어투가 어쩐지 살벌했다.

"아, 최 대리님은 이 과장님께서……."

"알고 있습니다. 이 과장님이 주선자인 거."

정우가 생각하는 이 과장은 웃음이 실한 사람 같아도 선이 확실한 사람이었다. 그런 의미로 나정은 이 과장의 울타리에 포함된 유일한 인물이었다. 그가 나정을 동료로서 아끼는 게 눈에 훤히 보였다. 그러니 진심으로 그녀가 잘되길 바라는 마음에 주선자로 나선 게 분명했다.

"거기에 은나정 씨 동료까지 포함해 주선자는 총 두 명인가?"

"그렇긴 한데……. 저기 팀장님."

나정은 점점 상황이 이상하게 돌아가는 듯한 기분을 지울 수 없었다. 심문을 당하는 것 같은 매서운 압박감이 어깨를 짓눌렀다.

"그럼 나도 그 후보에 들어가는 거로 하죠."

"네. 그래야……."

순간 잘못 들었나 싶어 눈꺼풀을 빠르게 끔뻑였다. 정우가 재차 쐐기를 박았다.

"나도 그 후보에 포함시키라고."

"……무슨 후보요? 주선자요?"

무표정한 그의 얼굴에 희미한 짜증이 번졌다. 하지만 금세 좁힌 미간을 풀며 손에 든 태블릿 PC를 책상에 내려놓는다.

"내가 나를 소개하는 셈이니 주선자라면 주선자겠네요."

한동안 깊은 침묵이 흘렀다. 정우를 말없이 바라보던 나정은 슬 그머니 거리를 두며 진지하게 되물었다.

"혹시 제가 가여워서 그러세요?"

"가여워? 어째서?"

"제 입으로 이런 말 하긴 부끄럽지만, 상사가 보는 앞에서 좋아 하는 남자한테 차인 꼴이나 마찬가지인데."

"그런데?"

"……그 모습이 추해서, 또 불쌍하기도 해서. 그래서 선심 베푸 는 마음으로 하시는 말씀이면."

"은나정 씨."

"……네."

"은나정 씨 눈에는 내가 누굴 동정할만한 성격으로 보이나?"

정우가 거리를 좁혀오며 허리를 숙였다. 그가 양손으로 책상을 짚자 자연스레 상사의 품에 갇힌 꼴이 연출됐다.

나정은 바짝 책상에 붙어 섰다. 숨이 막혔다. 이곳은 엄연히 회 사였다. 모두가 퇴근한 상황이라지만 언제 타인이 출몰할지 모르 는 일이었다. 무엇보다 이런 상황을 만든 정우를 이해할 수 없었 다. 누구보다 공과 사를 중요시하는 남자가 아니던가.

더는 물러설 곳이 없단 걸 알면서도 엉덩이로 책상을 열심히 밀 었다. 역시나 역부족이었다. 끙끙거리는 나정을 정우는 여유롭게 내려다봤다. 마치 품에 가둔 먹이를 언제 먹어 치울까, 가늠하는 포식자처럼 새까만 동공이 집요하다 못해 뜨거웠다. 결국 나정이 애원하는 눈동자로 정우를 올려다봤다. 그가 여유롭게 시선을 얽으며 속삭였다.

"평소에 내가 너그러웠던 적이 있나 싶어서."

나정은 필사적으로 고개를 저었다. 아니요. 절대. 그럴 리가.

"그럼 왜……."

도무지 이해할 수 없었다. 갑자기 남자로 다가온 상사를 어떻게 받아들여야 할지 난감 그 자체였다.

"나도 누구처럼 가벼운 연애가 하고 싶어졌다면 이유가 되려나."

가벼운 연애? 어디서 들어본 말인데.

'진지하게 말고, 가볍게 만날 수 있는 사람이었으면 좋겠어.'

나정은 두 눈을 질끈 감았다. 역시 여진과 나눈 이야기를 그가 들은 게 분명하다. 막막한 얼굴로 바닥만 응시하는데, 익숙한 물건이 시야에 걸려들었다.

"반, 반지!"

나정은 옳다구나, 하는 표정으로 정우의 오른손, 네 번째 손가락에 껴 있는 은반지를 가리켰다.

"팀장님. 네 번째 손가락에 있는 이 반지요. 이거 여자친구 있다는 증표 아니에요?"

생각해보니 그가 유일하게 연락하는 여자가 한 명 있다고 들었던 거 같다. 그렇다면 착용한 반지도 그 여자와 관련 있을 가능성이 농후했다.

"아버지 유품입니다."

생각지 못한 대답에 나정의 혀가 돌처럼 굳었다. 정우가 손가락에 껴 있는 반지를 좌우로 움직이며 덧붙였다.

"돌아가신 후로 쭉 껴오던 건데 이 회사 다닌 후로는 가끔 오해를 사더군요. 그래서 굳이 해명하지 않았습니다. 쓸데없이 얼굴만 보고 다가오는 여자들을 사전에 차단할 수 있으니까. 그리고……."

반지를 살며시 위로 든 그의 표정이 복잡했다. 그러나 금세 제자리로 돌려놓으며 나정을 빤히 직시한다.

"이만하면 오해는 풀렸다고 보는데."

풀리다마다. 너무 풀려버려서 문제였다. 도리어 그의 아픔을 건드린 거 같아서 신경이 쓰였다.

"저 내일 당장 소개팅 있어요! 절대 취소할 수 없는 약속이에요."

나정은 마지막 희망이라 생각하며 빠르게 외쳤다. 틀린 말도 아니었다. 소개팅을 무산했다간 여진에게 제 관을 짜임 당할 수도 있었다.

"만나요."

"……네?"

"만나라고."

깔끔하다 못해 담백한 대답이었다.

"날 연애 상대 선택지에 포함시키라는 거지, 다른 남자 따위 만나지 말라고 강요할 생각 전혀 없으니까."

그런 것치고 꽤 위협적인 어투가 사람을 옴짝달싹 못 하게 했다.

"그리고 난 이미 사유가 충분하지 않나."

그가 고개를 비스듬히 기울이며 더욱 가까이 다가왔다.

"내 몸 때문에 잠을 못 잔다면서."

"……끅!"

잊고 있던 흑역사의 언급에 딸꾹질이 터져 나왔다.

"자꾸 생각난다면서."

"……끄윽!"

"그거면 충분하다고 보는데."

나정의 입술이 느슨히 벌어졌다. 더는 방어가 불가능했다.

"가벼운 연애라면 얼마든지 하실 수 있잖아요. 팀장님이라면 꼭 제가 아니어도 얼마든지……."

정우의 주변에 널린 게 이성이었다. 그를 눈독 들인 이성이 얼마나 많았던가. 나정이 흘려들은 것만 열 손가락을 채우고도 남았다. 그중에는 제법 예쁘다고 소문난 여직원들도 있었다.

"왜일 거 같습니까?"

흔들림 없는 눈이 나정을 직시했다. 또 그 눈이다. 한없이 짙어져서 선뜻 들여다보기가 겁이 나는 까만 눈동자가 머리부터 발끝까지 샅샅이 훑어 내렸다.

"그건 은나정 씨가 생각할 몫이지."

"……."

"나쁜 머리 아니잖아. 한번 잘 생각해봐요."

할 수만 있다면 아주 깊게. 되도록 자주. 정우가 깊은 눈 맞춤을 선사하며 나정의 손에 들린 허브차를 빼앗아 갔다.

"이건 잘 마실게요."

그가 테이크아웃 잔을 가볍게 흔들며 돌아섰다. 멀어져가는 널따란 등이 오늘처럼 야속한 적이 없었다. 하지만 나정은 차마 정우를 붙잡지 못했다. 쿵쿵쿵. 그녀의 심장이 걷잡을 수 없는 속도로 빠르게 뛰고 있었다.

* * *

"……다녀왔습니다."

"나정이 왔니?"

"언니 왔어?"

"우리 딸 왔어?"

현관문을 열자 곳곳에서 나정을 부르는 목소리가 들렸다. 평소라면 미소로 화답했을 테지만, 터덜터덜 집 안으로 들어서는 나정의 발걸음이 무거웠다.

"무슨 일 있었니?"

거실에서 분주히 상패를 닦던 도권이 단번에 달라진 나정의 분위기를 감지했다. 나정은 별일 아니라며 고개를 저었다.

"아빠, 오늘은 일찍 들어오셨네요."

"응. 어제 일을 좀 몰아서 했더니, 오늘은 다들 일찍 퇴근했어."

도권의 직업은 건축 설계사였다. 젊어서부터 건축에 온 인생을 바쳤던 그는 다니던 회사가 부도난 후로 다시금 밑바닥부터 갈고 닦으며 현재는 마음 맞는 동료 몇 명과 소규모 회사를 차려 건물을 짓고 다녔다. 말이 공동 대표지, 매번 야근을 밥 먹듯이 강행하는 게 일상이었다.

"배고프지? 금방 밥 차려줄게."

"그래. 나정아. 손만 씻고 어서 앉아."

주방에 있던 진희가 손수 식탁 의자를 빼내며 안장을 톡톡 두드렸다.

"죄송한데, 오늘은 방에서 쉴게요."

"아니, 왜."

"좀 피곤해서요."

도권과 진희, 그리고 소파에 앉아있던 나은의 시선이 허공에서 맞물렸다. 나정에게 무슨 일이 있다고 확신하는 눈빛이었다. 그때였다. 나정의 방문이 벌컥, 열리며 막내 나람이 뛰쳐나왔다.

"큰언니! 이거 뭐야?"

나람은 손에 들린 무언가를 열심히 흔들어 재꼈다. 멍하니 지켜보던 나정은 물체의 윤곽이 점점 선명해지자 놀란 입을 다물지 못했다.

"언니 이제 덕질까지 해?"

"너, 너…….. 이거 어디서 났어?"

"언니 핸드백에 꽂혀 있던데."

나정의 머리 위로 절망의 종소리가 댕댕댕, 울렸다. 나람이 방에서 가지고 나온 것은 정우가 스무 살 때 찍었던 귀하디귀한 화보집이었다. 간신히 진정된 심장이 또다시 발작을 일으키기 시작했다. 재현의 집에서 급히 나오느라 식탁에 있던 모든 걸 쓸어왔던 기억이 지금에서야 떠올랐다.

"나 이렇게 잘생긴 사람 처음 봐. 내가 좋아하는 앤더스보다 몇 배는 더 잘생겼다니까?"

앤더스는 나람이 평소 좋아하는 아이돌 그룹의 멤버 중 한 명이었다.

"……잘생기긴 무슨."

나정은 혀를 차며 대답했다. 수긍하는 사람은 아무도 없었다. 가족들이 고요한 눈으로 정우의 화보를 감상했다.

"언니가 왜 지금까지 남자친구가 없는지 알겠다."

가장 먼저 반응을 보인 건 나은이었다. 기다렸다는 듯 나람이 고개를 끄덕였다.

"나도 알 거 같아."

바톤을 받아 진희가 끄응, 앓는 소리를 냈다.

"그러게. 아무리 눈에 넣어도 안 아플 내 새끼라지만 이 얼굴을 별로라고 하면 평생 독수공방하면서 사는 거지. 엄마 진지하다, 나정아."

유일하게 나정의 편을 들어주는 건 도권이었다.

"아니, 다들 왜 그래. 내가 보기엔 그렇게 잘생기지도 않은 거 같은데. 몸이 좀……."

단번에 정우의 널따란 어깨에 도권의 시선이 붙들렸다.

"크흠. 어깨가 태평양 급이긴 하네. 아니지. 몸만 좋으면 뭐 하나. 남자는 인물이야, 인물. 이 턱선 좀 봐. 얼마나……."

매끄러우면서도 날카로움이 돋보이는 얼굴형이 아주 매력적이었다.

"적당히 각이 진 게 남자답구먼. 으흠. 그럼 이 찢어진 눈은……."

눈, 코, 입은 별로겠거니 화보를 쏘아보던 도권은 차마 입을 떼지 못했다. 뭐, 하나 거슬리는 거 없이 정우의 얼굴은 완벽한 조화로 이루어져 있었다.

"……그만 하세요. 충분히 반성했으니까."

나정이 체념한 얼굴로 도권의 어깨에 손을 얹었다.

"전 이만 들어가서 쉴게요."

나람의 손에서 화보집을 빼앗아 든 나정은 곧장 방으로 향했다. 쿵. 문을 닫기 무섭게 그대로 주저앉으며 무릎에 얼굴을 파묻었다. 계획대로라면 퇴근한 직후 재현을 만나야 했다. 하지만 이런 정신으로 차마 대화를 나눌 수 없었다. 결국 급한 일이 생겼다며 재현에게 연락을 했고, 흔쾌히 다음에 보자는 답장이 돌아왔다.

"이게 다……."

나정은 손에 쥔 화보를 원망스러운 눈으로 노려봤다.

"팀장님 때문이잖아요."

갑자기 왜 훅 들어와서는 사람을 혼란스럽게 만드냐고요.

집으로 오는 내내 회사에서 나눈 대화가, 모두가 퇴근한 시간을 틈타 그와 밀착했던 비좁은 거리가 시간이 지날수록 그림처럼 선명하게 남아 나정을 괴롭혔다. 이제 좀 꽉 막힌 제 연애사가 풀리나 싶더니 예고치 못한

난관을 맞닥뜨린 기분이다.

한편 문밖에서는 나정을 제외한 네 식구가 옹기종기 모여 토론을 이어갔다.

"요새 나정이한테 무슨 일 생긴 거 같지? 부쩍 예민해진 게 말이야."

"남자 문제가 확실한 거 같은데."

"좋아하는 사람 생긴 거 아닐까요?"

"설마 차여서 저러나?"

"큰언니 성격에 잘도 고백했겠다. 딱 봐도 가슴앓이 중인 거야. 남자 때문에 끙끙 앓는 거라고."

"어느 놈인지 잡히기만 해봐라. 내 아주 그냥!"

잠자코 세 모녀의 대화를 듣던 도권이 주먹을 움켜쥐었다. 자나 깨나 딸바보인 그는 유독 나정에 대한 애정이 남달랐다.

"근데 여보. 그건 언제까지 닦을 거예요? 누가 보면 우리 집 가보인 줄 알겠어."

"왜 가보가 아니에요?"

줄곧 마른 수건으로 닦아내던 상패를 도권은 흐뭇한 눈으로 바라봤다. 시민 표창장이라고 큼지막하게 박힌 문구 아래 '은나정'이라고 새겨진 이름 석 자가 가슴을 벅차게 했다. 나정의 나이, 열일곱. 새벽기도를 나서는 할머니의 가방을 훔치고 달아난 날치기를 잡아 받은 표창장이었다.

"아휴, 난 그때만 생각하면 아직도 아찔해요."

반면 진희는 진저리치며 어깨를 감싸 안았다.

"왜요? 무슨 일 있었어요?"

그날의 사정을 모르는 두 자매가 궁금하다는 표정을 지었다.

"글쎄. 날치기 손에 칼이 쥐어져 있었지, 뭐야. 자칫하면 나정이가 위험한 상황에 노출될 수도 있었다는 건데."

"그래서 더 장한 거 아니겠어요? 우리가 해준 것도 없는데, 위협에 빠진 사람을 지나치지 못하는 그 마음씨가 얼마나 고와. 날치기 손에 칼이 들린 걸 알면서도 덤벼든 건 무모하긴 했지만."

"알면서도 그랬다고요?"

말도 말라는 듯 진희가 허공에 손을 내저으며 탄식했다.

"한 청년이 먼저 할머니를 도와드리다가 칼에 손을 찔렸더래. 그걸 본 나정이가 참지 못하고 전력으로 질주해서 범인을 잡은 거고."

"그래서 그 오빠는요? 크게 다쳤어요?"

"그건 우리도 모르지. 나정이가 119 부르려고 급히 돌아갔더니, 그새 사라지고 없었다니까. 할머니 말씀으로는 손에서 피가 뚝뚝 떨어지는데도, 괜찮다면서 자리를 피했다는데……."

그날을 되짚어보던 진희는 한숨을 푹 쉬며 애틋한 눈으로 나정의 방문을 쳐다봤다.

"아무튼 우리 나정이야말로 좋은 짝 만나야 해요. 당신 말대로 우리가 해준 게 없는 아이잖아요. 저렇게 커 준 것만으로도 얼마나 감사해요. 그러니까 너희들도 엄마가 새벽 미사 가자고 하면 군말 없이 따라오란 말이야."

"……네에."

순순히 대답하는 막내 나람과 달리 나은은 나정의 방문을 고요히 응시할 뿐이었다.

* * *

'달칵.'

욕실 문이 열리며 긴 두 다리가 걸어 나왔다. 물기 맺힌 머리칼을 타올로 가볍게 털어내던 정우는 문득 진동을 느끼며 주변을 두리번거렸다. 씻기 전, 화장대에 놓아둔 휴대폰이 부르르 떨고 있었다. 본가에 있는 혜수에게서 걸려온 전화였다.

　─너 그게 사실이니.

　통화를 받기 무섭게 노심초사하는 음성이 날아들었다. 그 이유를 알 거 같아 정우는 초연하게 통화를 이어갔다.

　"한 회장님께는 오늘 오후에 연락드렸던 거 같은데, 그새 어머니한테 흘러 들어갔나 보네요."

　─지금 그게 중요해? 갑자기 결혼이라니. 그것도 아버님이 정해준 짝이랑. 그게 무슨 의미인지 정말 몰라서 그래?

　말 그대로 한 회장의 개가 되는 셈이었다. 아무리 그가 정우를 가족으로 인정했을지언정 그의 지휘 아래 세현을 책임지고 끌고 가야 한다는 것은 변함없는 사실이었다.

　"당분간은 아니니까 걱정 마세요."

　당분간은. 그 속에 담긴 의미가 모호했다.

　─어떻게 걱정을 안 해. 너보다 내가 아버님 성향을 더 잘 아는데. 태오가 갑자기 너한테 선 긋는 것도 이상하다 싶었어. 재준이한테서 태주 씨가 어떻게 눈을 감게 됐는지 다 듣고 저러는 거 아니야.

　한재준은 얼마 전 한 회장의 거처에서 정우를 경계하던 송지영 여사의 외아들이었다. 어려서부터 모친과 합세해 노골적으로 정우를 짓밟기 일쑤였다.

　─넌 다 알고 있었지? 다 알면서도 동생 감싸준다고 여태까지 입 닫고 있었던 거 내가 모를 줄 아니? 태오, 이 자식을 그냥.

　"그런 거 아니니까 괜한 오해 말고 푹 쉬세요. 또 연락드릴게요."

　─정우야.

"네, 어머니."

다급히 정우를 부르던 혜수는 한동안 말을 잇지 못했다. 옅게나마 떨리는 그녀의 숨소리가 스피커를 타고 흘렀다.

─다른 사람들이 뭐라 하건, 누가 너한테 훈장질을 하건 신경 쓰지 말고 오직 너만 생각해. 엄마 소원이야.

"알겠어요."

통화를 끝낸 뒤 정우는 한동안 오른손, 네 번째 손가락에 박힌 상흔에서 눈을 떼지 못했다. 그가 항상 반지를 끼고 다니던 손가락이었다. 그 상처를 숨기듯 그는 다시금 반지를 끼며 생각했다.

그래, 당분간은. 당분간은 자신만 생각하자고.

6. 수작(1)

"웬일로 언니가 이 시간에 출발해?"

아침 여덟 시. 평소라면 더 일찍 회사로 출발했을 나정이 오늘은 남들과 비슷한 출근 시간대에 집을 나섰다.

"너야말로 아침 일찍 어디 가? 학교 수업 있어?"

"아니. 알바."

"알바? 전에 말한 그 중학생 과외?"

"응."

이 시간에 과외를 한다고? 순간 납득이 가지 않아 고개를 갸웃거렸지만, 그 전에 먼저 나은이 코앞까지 얼굴을 들이밀며 예리하게 나정의 이목구비를 하나하나 뜯어보았다.

"……왜, 왜 그런 눈으로 보는데?"

"언니 화장했어?"

"……응. 왜? 이상해?"

"아니. 평소보다 좀 진한 거 같아서. 향수도 뿌렸네?"

나은이 목덜미 부근에 다가와 킁킁, 냄새를 맡았다. 절로 어깨가 움츠러들었다. 취조당하는 듯한 기분을 지울 수 없었다.

"진짜 무슨 일 없는 거 맞지?"

"……그렇다니까."

"그럼 됐어. 수고해."

더 캐물을 줄 알았던 나은은 미련 없이 반대 방향으로 걸음을 옮겼다. 괜스레 가슴을 쓸어내리던 나정은 뒤늦게 소리쳤다.

"너야말로 쓸데없는 데 관심 두지 말고 공부 열심히 해!"

"어련히 잘하실까."

나은이 가볍게 팔을 흔들어 보였다. 맞는 말이라 반박할 수 없었다. 따지고 보면 세 자매 중 가장 어른스러운 인물을 뽑으라면 단연 나은이었다. 지극히 현실주의자인 성향과 냉철한 이성주의가 더해져 어떤 고난이 닥쳐와도 손쉽게 헤쳐 나갈 아이였다.

"……지금 남 걱정할 때가 아닌데."

나정은 통유리에 비춘 자신의 모습을 점검했다. 화사한 프릴 블라우스와 코랄 색감의 H라인의 스커트가 이제 막 찾아온 봄처럼 단아하고 풋풋했다.

뭐야? 왜 회사에 없어? 여덟 시면 칼같이 출근하는 은나정 어디 갔음? - 여진여진

간신히 지하철을 타고 회사에 도착하자 여진에게서 메시지가 도착했다.

설마 오늘 소개팅한다고 설레서 잠이라도 설친 거야? - 여진여진

잠이야 설치긴 했다. 다만 그 이유가 소개팅 때문이 아니란 게 문제지.
"정신만 똑바로 차리면 돼, 정신만."
나정은 로비를 걷는 내내 주문을 걸었다. 호랑이에게 물려가도 정신만 차리면 위기에서 벗어날 수 있다는 속담이 있지 않던가.
"세상에, 비율 무슨 일이래요."
"얼굴이 미쳤네, 미쳤어. 슈트 핏이 남다른 건 알고 있었지만……."
"대리님. 제 눈이 이상한 걸까요? 왜 저분 뒤에서 광이 나는 거 같죠."
승강기 앞에 도착하자 익숙한 수군거림이 귓가를 간지럽혔다. 함께 승강기를 기다리던 여직원들을 비롯해 로비에 있던 직원들의 시선이 한곳에 집중돼 있었다.
설마…….
나정은 급히 시간을 확인했다. 오전 8시 40분. 정우의 평소 출

근 시간은 8시 20분이었다. 상사보다 늘 먼저 회사에 도착했기에 오늘도 그가 이쯤 출근할 거라 믿어 의심치 않았다. 평소보다 집에서 늦게 나온 이유 역시 그래서였다. 차라리 팀원 모두가 있을 때 그를 마주하는 게 낫지, 단둘이서 남겨져 있는 장면만 상상하면 숨이 턱 막혔다.

'또각또각.'

묵직한 구둣발 소리가 들리기 시작하자 나정은 바짝 긴장하며 돌아섰다.

"좋은 아침입니다."

역시나 듣기 좋은 중저음의 주인공은 정우였다. 나정은 꽤 놀란 표정이었다. 예상치 못한 조우라서가 아니었다. 남다른 정우의 차림새 때문이었다. 그는 평소 겉치장에 힘을 주고 다니는 편이 아니었다. 항상 깔끔한 스타일을 고수했으며 굳이 따지자면 옷은 그의 잘난 외모를 좀 더 돋보여주는 하찮은 액세서리에 불과할 뿐 있어도 그만, 없어도 그만이었다.

그런데 왜…….

장인이 손수 그를 위해 재단한 것처럼 남색 줄무늬 슈트가 단단한 골격에 틈 없이 맞붙어 있었다. 안에 받쳐 입은 하얀색 와이셔츠는 가슴 근육에 팽팽히 당겨져 자칫 크게 움직였다간 단추가 우두둑, 뜯어질 기세였다. 소맷단 밑으로 보이는 커다란 손등과 그 위로 도드라진 핏줄마저 완벽했다. 그래도 역시나 눈을 뗄 수 없는 건 남자의 외모였다. 머리카락 한 올조차 남김없이 말려 올라간 포마드 헤어와 그 밑으로 물 흐르듯 이어진 이목구비는 날카로우면서도 섹시한 분위기를 풍겼다.

"······좋은 아침입니다."

나정은 간신히 정우에게 인사를 건네며 고개를 푹 숙였다. 때마침 승강기가 도착했다. 서둘러 발을 들였다. 뒤따라온 정우가 자연스레 나정의 옆자리를 차지했다.

어떡하지.

나정은 입술을 잘근 깨물었다. 차마 아무렇지 않은 얼굴로 정우를 상대할 자신이 없었다. 그러나 복잡한 생각도 잠시. 이번 승강기가 마지막 열차라도 되는 것처럼 직원들이 비좁은 공간에 몸을 욱여넣자 나정의 등이 거울에 달라붙었다. 늘 출근 시간보다 1시간 일찍 회사에 도착했던 그녀로서는 당황스러운 광경이 아닐 수 없었다. 결국 삐, 경고음이 울리고 나서야 문이 겨우 닫혔다.

······숨 막혀 죽을 거 같아.

자꾸만 밀려오는 인파의 몸짓에 숨쉬기가 버거웠다. 그때였다. 한 남성이 급격히 몸을 뒤로 물렀다. 그대로 나정의 가슴과 맞닥뜨리나 싶더니, 곁에 있던 긴 팔이 남자의 등을 밀어냈다. 남자가 화들짝 놀라며 곧바로 사과를 해왔다.

"죄송합니다."

남자의 사과 덕분인지 사람들이 조금씩 자리를 양보했다. 나정의 몸을 결계처럼 단단히 보호하는 긴 팔도 한몫했다. 나정은 슬그머니 시선을 들었다. 기다렸다는 듯 정우가 시선을 얽어왔다. 어느새 승강기에 남은 사람은 정우와 나정 단 둘뿐이었다. 나정은 다급히 승강기 문 앞으로 다가갔다. 지문 하나 묻지 않은 깨끗한 문을 통해 정우의 시선이 따라붙는 게 느껴졌다. 평소와 다른 나정의 차림새가 눈길을 끈 모양이었다.

항상 생머리였던 긴 머리에 웨이브를 준 것도, 정장 바지만 고수하던 하얀 다리에 덧입혀진 화사한 스커트도. 그리고 8cm가 넘어 보이는 하얀색 하이힐까지. 누가 봐도 오늘 저녁에 있는 소개팅을 위해 신경 쓴 티가 역력했다. 그런데 왜 엄한 상대의 시선이 신경 쓰이는 건지. 거울에 등이 붙은 바람에 웨이브가 엉망이 되진 않았을지, 치마에 구김이 가진 않았을지 오만가지 생각이 머릿속을 떠돌아다녔다.

'띵.'

승강기 문이 열리자 나정은 쏜살같이 튀어 나갔다. 부서에 도착하자 이 과장이 가장 먼저 모습을 보였다. 그는 나정을 향해 반갑게 손을 흔들다가도 눈을 크게 떠 보였다.

"오늘은 웬일로 늦게 출근……, 나정 씨 드디어 남자친구 생긴 거야?"

"엥? 진짜?"

"그러게. 오늘 왜 이렇게 이쁘게 하고 왔대?"

갑작스레 이목이 쏠리자 나정은 난감한 웃음을 흘렸다. 하지만 그 관심도 한 남자의 등장으로 금세 휘발되었다. '어머나' 하는 감탄사가 곳곳에서 터져 나왔다.

"팀장님. 혹시 오늘 중요한 약속이라도 있으세요?"

간 큰 직원 한 명이 호기심을 이기지 못하고 물었다.

"예를 들면 여자친구랑 데이트 같은 거?"

그의 대답을 오매불망 기다리는 팀원들의 눈빛이 은하수처럼 반짝였다. 단 한 사람. 정우의 앞에 서서 이러지도 저러지도 못한 채 바짝 굳어 있는 한 여자만 제외하면. 무심한 얼굴로 서 있던 정우가 시선 밑, 작고 둥그런 나정의 정수리에 눈길을 주며 말했다.

"여자친구는 아니어도 신경 쓰이는 사람은 있습니다."

* * *

"형. 오늘은 오전에 무조건 촬영 끝내는 거 맞죠?"

태오는 아침 일찍 J 스튜디오를 찾았다. 오전부터 촬영 스케줄이 잡혀 있었다. 그의 또래는 대학을 다니기 바쁜 시간이었지만, 태오는 아니었다. 그는 대학 대신 일자리를 택했고, 그중 하나가 피팅 모델이었다. 지금은 이 바닥에서 이름이 꽤 알려져 스타들이 애용하기로 소문난 몇몇 편집숍의 모델로 활동 중이었다.

"너 근데 어머님한테 진짜 허락 안 받아도 되냐?"

스튜디오를 운영 중인 형택이 탐탁지 않은 눈길을 보냈다. 그는 정우의 대학 동기이자 어머니 혜수하고도 안면이 있는 사이였다.

"스물이면 성인인데, 허락을 왜 받아요."

"내가 너 정우 봐서 써주는 것도 있지만 인마, 그 녀석 알면 어쩌려고 그러냐. 그런 거 보면 송재현 간도 크지. 대학도 안 간 녀석이 어디가 이쁘다고 나한테 보내서는."

처음 태오에게 모델 자리를 제안한 건 재현이었다. 그 형의 그 남동생이라고 정우보다 키만 작을 뿐이지, 태오의 스펙도 만만치 않았다. 180센티를 훌쩍 넘는 키와 너른 체격은 스무 살치고 어른의 냄새가 났다.

"아무튼 한정우 알면 나도 더는 너 책임 못 져."

"그렇게 말하면 섭섭하죠. 형이 나 때문에 뽑아먹은 돈이 얼만데."

"뽀, 뽑아먹다니. 그건 내가 다 사진을 잘 찍어서 그렇지!"

포토그래퍼인 형택은 원래도 이 바닥에서 유명했지만, 태오의 사진을 찍으면서 더 높은 반열에 이름을 올렸다고 해도 과언이 아니었다.

'찰칵.'

"아, 나은아. 아주 좋아!"

문득 터진 카메라 플래시 소리에 태오는 옆을 돌아봤다. B-포토라인에서 촬영이 한창이었다.

"쟤 누구예요? 처음 보는 앤데."

태오가 눈을 가늘게 뜨며 물었다. 웬만한 스튜디오 식구들과는 안면을 튼 사이였다. 모르는 얼굴이 없었다. 그러나 포토라인에 서서 무심한 표정을 짓고 있는 여자는 초면이었다. 긴 팔다리와 유독 하얀 피부가 눈에 띄었다.

"아, 나은이? 이번에 우리랑 새로 일하게 된 모델. 내가 손수 S 대 앞에서 캐스팅해 왔다는 거 아니냐."

"S 대?"

"그래. 그 유명한 S 대. 비율이 너무 좋아서 그냥 지나칠 수 없겠더라고. 거기 학생인 거 같아서 당연히 까일 거 알고 다가간 건데, 웬걸. 사진 찍어주면 페이 많이 주냐길래 무조건 오케이 했지."

형택이 기쁨에 찬 얼굴로 말하자 태오의 두 눈이 매섭게 나은을 훑어 내렸다. 그 시선을 느꼈는지 나은이 카메라 렌즈를 보다 말고 잠시 고개를 돌렸다. 자연스레 서로의 시선이 맞물리자 나은이 고개를 모로 세웠다. 초면인 주제에 뭔데 그렇게 바라보냐는 듯한 표정이었다. 무어라 말하려던 태오는 주머니에서 느껴지는 휴대폰 진동에 급히 몸을 돌렸다.

－한태오 너 어디야.

전화를 건 상대는 어머니 혜수였다.

"또 왜요. 저녁도 아니고 아침부터 간섭하는 건 좀 너무하다는 생각 안 들어요?"

－너 알고 있었다며.

"뭘요."

－태주 씨가 어떻게 죽게 됐는지 재준이한테 다 전해 들었다면서. 그래서 여태 정우한테 쌀쌀맞게 군 거니?

순식간에 태오의 표정이 어두워졌다.

"······형이 그래요?"

－네 형이 말할 사람으로 보이니? 내가 못 살아. 안 그래도 죄책감에 젖어 살아가는 애인데, 동생인 너까지 그렇게 굴면 어쩌자는 거야. 정우가 널 얼마나 아끼는지 몰라서 그래?

그거야 당사자인 태오가 가장 잘 아는 점이었다. 띠동갑 차이가 나는 형제답게 정우는 어린 태오를 키우다시피 챙겨왔다. 태오도 그런 정우를 네 살 때 떠나보낸 아버지라 생각하며 잘 따라다녔다.

－이제 어쩔 거야. 할아버지가 정우 결혼까지 강행하게 생기셨는데.

"형이 결혼을 한다고요?"

생소한 단어에 태오가 눈살을 구겼다.

－네 할아버지 성격 몰라서 그러니? 어떻게든 밀어붙이시겠지.

정우를 아예 세현 일가 사람으로 뿌리박게 하려는 거야.

한때 태오가 정우를 원망했던 것처럼 형을 미워하는 사람이 또 있다면 그건 한 회장일 게 분명했다. 그래도 그렇지. 이 상황에 결혼이 가당하기나 하나. 조선 시대에 사는 것도 아니고. 하여간에 할아버지 성질머리 하곤.

"일단 끊어봐요. 내가 해결 볼 테니까."

─네가 뭘 어떻게 할 건데. 고작 스무 살짜리가. 저녁에 일찍 들어오기나 해!

날카로운 일침과 함께 통화가 끊겼다. 낮게 한숨을 내쉬던 태오는 곧바로 누군가에게 메시지를 보냈다.

나정 누나. 잘 지내고 있어요?

"나은아. 잠깐 이리 와볼래?"

그새 촬영을 끝낸 나은을 향해 형택이 손짓했다. 나은이 순순히 다가오자 그가 옆에 선 태오를 가리키며 덧붙였다.

"여기는 한태오. 우리 스튜디오의 메인 모델이자 앞으로 나은이와 함께 촬영을 진행할 친구야. 우리가 맡은 브랜드 중에 커플 아이템이 주인 브랜드도 있거든. 두 사람 얼굴 합이 잘 맞을 거 같은데, 한태오 뭐하냐. 너도 인사해야지."

태오는 어딘가 석연치 않은 표정이었다. 돈만 보고 이 일을 택한 나은의 심리가 마음에 들지 않았다. 그래도 형택의 얼굴을 생각해 팔을 쓱, 내미는데.

"오후에 학교 수업이 있어서요. 먼저 가볼게요."

"어? 어. 그래. 나은아, 다음 촬영에서 보자."

나은이 무심히 태오를 스쳐 지나갔다. 덕분에 태오의 팔은 한동안 허공에 머물러야 했다.

"······저 싸가지."

싸늘한 눈빛으로 나은의 뒤태를 좇자 나은이 거짓말처럼 출입문에 멈춰 서서 뒤를 돌아봤다. 바깥에 주차된 오토바이와 태오를 번갈아 보던 그녀가 소리 없이 입술을 움직였다.

'날라리 같은 게.'

"야!"

당장이라도 나은에게 달려 나가려는 태오를 형택이 화들짝 놀라며 당겨 안았다.

"네가 참아라, 참아."

"형은 왜 저런 걸 들였어요."

"저런 거라니. 너야말로 나은이한테 뭔 실수라도 했냐? 저럴 애가 아닌데. 차갑긴 해도 예의가 없진 않거든."

"예의가 있기는 개뿔."

"솔직히 말해서 없어도 봐줄 만하지. 아까 얼굴 못 봤어? 그 비율에 S 대 다니는 것도 완벽한데 생긴 것도 예쁘잖냐."

"예쁘기는······."

나은의 얼굴을 되짚어 보던 태오는 조용히 입을 다물었다. 분하게도 나은의 생김새는 예쁜 축에 속했다. 스치듯 본 화려한 이목구비가 어느새 태오의 뇌리에 강하게 박혀 있었다.

* * *

그때 학원에서 약속한 부탁, 지금 쓰고 싶어서요. – 태오

모처럼 찾아온 태오의 연락이었다. 나정은 반가운 마음으로 대화를 이어나가던 중 고개를 갸웃거렸다.

부탁? 그런 약속을 했었던가. 설마. 그날을 말하나.

누드모델로 화실에 나타난 정우를 발견하곤 급히 이젤에 몸을 숨긴 날이었을 것이다.

'누나, 왜 그래요?'
'제하 머르는 처 해져.'

공 벌레 같은 몸짓을 태오는 눈감아주는 대신 한 가지 제안을 해왔다.

'그럼 내 부탁 하나만 들어줘요.'

그걸 말하는 건가.

나정은 가물가물한 기억을 더듬으며 메시지를 전송했다.

무슨 부탁인데?

'띠링.'
곧바로 답장이 도착했다.

소개팅 자리를 주선하고 싶어요. - 태오

……소개팅? 여기저기서 소개팅 자리를 알아봐 주겠다는 사람이 나타나자 나정은 난감한 얼굴로 액정을 주시했다. 이건 뭐 전화위복이라 볼 수도 없고.

"누구야? 소개팅남?"

함께 점심을 먹던 여진이 궁금하다는 눈빛을 보내왔다.

"아니, 그냥 아는 동생."

"뭐야? 소개팅남이랑 톡 주고받는 거 아니었어?"

"뭐, 가끔?"

여진이 주선해준 소개팅 상대는 회계 사무소를 운영하는 사업가였다. 그래서인지 몰라도 주고받는 메시지가 깔끔하고 예의 발랐다.

"근데 오늘 한 팀장님 이야기 들었어? 난리도 그런 난리가 없었잖아. 어떻게 인사과까지 소문이 날 수가 있냐."

그 소문이 뭔지 알 거 같아 나정은 굳이 캐묻지 않았다.

"좋아하는 여자 생긴 거겠지?"

"……어?"

"한 팀장님 말이야. 신경 쓰이는 사람이 있다잖아."

여진이 스파게티를 포크로 돌돌 말아가며 눈을 가늘게 떠 보였다.

"그렇게 힘 빡 주고 회사에 온 적도 처음이고. 백퍼 이 건물에 요주의 인물이 있다는 건데. 대체 누굴까. 누가 그 철옹성 같은 남자를 뚫었으려나. 넌 뭐 아는 건 없어?"

"없, 없는데?"

"없으면 없는 거지. 말은 왜 더듬고 그래?"

"……내가 뭘."

"그나저나 은나정이. 꾸미니까 아주 볼 만해? 장담하는데, 오늘 소개팅 무조건 성공이야. 이 건물에 벌써 너한테 호감 산 남자도 있을걸. 벌써 저기 한 명 꽂힌 거 같은데? 이쪽으로…… 뭐야. 진짜 이쪽으로 오잖아."

여진이 당혹스러운 표정을 짓자 저절로 나정의 고개가 돌아갔다. 상대의 얼굴을 확인한 나정이 눈을 크게 떠 보였다.

"……어?"

"또 보네요."

남자의 정체는 다름 아닌 최진원 대리였다. 그가 아는 체를 하자 여진이 눈동자를 분주히 굴렸다. 어떻게 최 대리와 아는 사이냐는 듯한 눈빛이었다. 나정은 무시하며 진원과 대화를 이어갔다.

"식사하러 오셨나 봐요."

"네. 근데 나정 씨 오늘은 스타일이 평소랑 다르네요?"

진원이 흥미로운 눈길로 나정의 의상을 감상했다.

"아……. 그게 저녁에 약속이 있어서요. 저랑 되게 안 어울리죠?"

"아뇨."

진원의 입가에 담백한 미소가 걸려들었다.

"나정 씨랑 잘 어울려요. 평소에도 이렇게 입고 다녀요. 보기 좋아요."

갑작스러운 칭찬에 되레 기분이 머쓱해졌다. 나정은 괜스레 목소리를 가다듬으며 말머리를 돌렸다.

"근데 대리님은 혼자 오신 거예요?"

"아. 사실 양식을 좋아하는 편이 아닌데, 상사분께서 꼭 크림파스타로 해장을 해야 한다고 하셔서요."

진원의 눈길이 닿은 곳에는 영업 1팀을 책임지는 강 팀장이 무인 포스기를 마주 보고 서 있었다. 그리고 그 옆에는…….

"……한 팀장님?"

작은 속삭임을 듣기라도 한 걸까. 강 팀장과 이야기를 나누던 정우의 시선이 정확히 나정이 앉은 테이블로 날아들었다. 나정은 서둘러 등을 돌리며 여진을 마주 봤다.

"어? 진짜 한 팀장님이시네. 아는 척하지 그래?"

"무슨 아는 체야. 너 다 먹었어? 먹었으면 빨리 일어나."

"뭐야, 갑자기. 누가 쫓아오기라도 해?"

착각일지 몰라도 등 뒤가 따가웠다. 화살촉 같은 무언가가 사정없이 등을 찌르는 기분이었다. 여진을 뒤로하고 자리를 박차려는데, 진원이 특유의 눈웃음을 치며 물었다.

"탕비실에 커피가 떨어졌던데, 어떤 거로 채워놓는 게 좋을까요?"

그걸 왜 저한테 물으시나요. 발목이 붙잡힌 나정은 순간 진원이 원망스러웠지만, 최대한 차분한 얼굴로 대답했다.

"다들 믹스를 자주 찾는 편이긴 하세요."

"나정 씨는요?"

"네?"

"나정 씨는 어떤 거 좋아해요?"

나정은 쉽사리 입을 떼지 못했다. 여전히 등살이 따갑다 못해 뜨거웠다.

* * *

그럼 오늘 일곱 시에 봐요.

소개팅 상대에게서 도착한 메시지를 나정은 물끄러미 바라보았다. 대망의 날이 찾아왔는데 마음이 심란했다. 설레야 하는데, 전혀 설레지 않았다.

"이게 다 팀장님 때문……."

휴대폰만 보고 걷던 탓일까. 순간 스텝이 꼬이며 몸이 휘청거렸다. 다행히 넘어지는 불상사는 일어나지 않았다. 누군가 뒤에서 나정의 팔을 잡아준 덕분이었다. 핏줄이 줄기처럼 도드라진 손이 낯설지 않았다. 온종일 회사를 떠들썩하게 만든 장본인. 정우였다.

"아……."

나정의 심장이 불안하게 쿵쿵 뛰었다. 반면 정우는 기울어진 나정의 몸을 바로 세우더니, 유유히 그녀를 스쳐 지나갔다.

"차 마시러 온 거 아닙니까?"

나정이 깜짝 놀라며 눈을 들었다. 정우가 탕비실 문을 잡고 그녀를 바라보고 있었다. 평소 커피보다는 차와 달달한 음료를 즐겨 마시던 나정이었다. 그런 취향까지 정우가 알고 있는 듯한 기분에 머릿속이 하얘졌다.

큰마음 먹고 탕비실에 들어서자 선반 앞에 서서 티백을 종이컵에 담는 정우의 뒷모습이 보였다. 고작 그 사소한 몸짓에도 눈길이 가는 건 왜인지. 걷어붙인 소매 사이로 드러난 두꺼운 팔목 때문인지 아니면 어젯밤 그가 예고 없이 내뱉은 고백으로 탁해진 공기 때문인지 몰라도 나정은 쉽사리 정우에게서 눈을 떼지 못했다.

"소개팅."

"……."

"오늘이라고 했던가?"

나정의 눈동자가 잘게 흔들렸다. 선반에 기대선 정우가 커피를 한 모금 마시며 물었다.

"몇 시에 봅니까?"

"……그걸 제가 대답할 의무는 없다고 보는데요."

승강기에서 그를 마주한 후로 처음 나누는 대화였다. 자꾸만 떠오르는 어젯밤 일을 억누르며 업무에 집중했던 자신과 달리 평온하기 짝이 없는 정우의 태도가 야속하기만 했다.

"……팀장님도 중요한 약속이 있으신가 봐요."

정우의 한쪽 눈썹이 위로 올라갔다. 무슨 말이냐는 듯한 표정이었다.

"평소랑 스타일이 좀 달라서요."

따지고 보면 그가 원하는 건 가벼운 연애라고 했다. 그러니 다른 이성과 약속을 잡은 건 아닐까, 신경 쓰이는 사람이 자신이 아니지는 않을까, 싶은 순간.

"은나정 씨 눈에는 어떤데요?"

"네?"

"지금 내 모습이 은나정 씨 눈에는 어떻게 비칠지 궁금해서."

"그거야……."

잠시 말끝을 흐리던 나정은 솔직하게 털어놓았다.

"……멋있으세요."

어쨌든 그는 그녀의 상사였고, 엄연히 이곳은 그녀의 직장이었다. 그러니 예의상 내뱉은 말일 뿐이라고 단정 지으려는데.

"그러라고 신경 쓴 건데, 잘됐네."

순간 잘못 들었나 싶어 나정은 고개를 퍼뜩 들었다. 선반 앞에 서 있던 정우가 어느새 두 발짝도 되지 않은 거리에 서 있었다. 음영 진 그의 얼굴이 비틀리며 새까만 동공에 나정의 얼굴이 가득 들어찼다.

"조금이라도 내가 기억에 박혔으면 해서."

"……."

"그래야 오늘 소개팅이 힘들어질 테니까."

나정은 멍한 얼굴로 정우를 올려다봤다. 그러니까 지금…….

"……수, 작 부리시는 거예요?"

"수작?"

나직이 곱씹던 정우가 눈살을 찌푸렸다.

"고작 이 정도로 수작이라 부르면 우습지 않나. 애들 소꿉장난도 아니고."

아직 제대로 시작도 안 했다는 어투였다.

"그러니까 피하지 말아요."

날 선 경고가 귓가를 자극했다. 틈만 나면 자신을 피해 다니는 나정의 노선을 다 알고 있다는 듯. 짙은 눈동자가 숨김없이 욕망을 드러내며 그녀를 휘감았다.

"피할수록, 자꾸 누구 말처럼 수작 부리고 싶어지니까."

* * *

제 상사는 잘난 외모를 적재적소에 써먹을 줄 아는 남자였다.

"하하. 제가 그래서 거기서 어떻게 했냐면요."

"……."

"저…… 나정 씨?"

"네?"

"오늘 일이 힘드셨나 봐요. 이럴 거면 주말에 볼 걸 그랬나요?"

"아, 아니에요. 죄송해요. 제가 잠시 다른 생각을 하느라."

나정은 멋쩍게 웃으며 붉은 핏기가 맴도는 스테이크를 내려다봤다. 큼지막한 고깃덩어리는 어느새 먹기 좋은 크기로 잘려져 있었다. 눈앞의 소개팅남이 손수 칼질을 해서 만든 결과물이었다.

약속대로 7시 강남 하니스 앞에 나가자 훤칠한 생김새의 남성이 차를 끌고 나정에게 다가왔다. 메신저를 나누며 느꼈던 것처럼 젠틀하고 적당한 유머 감각이 있는 남자였다. 여진의 말처럼 첫 소개팅 상대로는 더할 나위 완벽했다. 그랬는데…….

'조금이라도 내가 기억에 박혔으면 해서.'

'……'

'그래야 오늘 소개팅이 힘들어질 테니까.'

틈만 나면 남자의 얼굴 위로 정우의 얼굴이 덧그려졌다. 이러면 안 된단 걸 알면서도 남자의 생김새와 정우의 생김새를 비교하게 됐다. 빌어먹게도 승산이 없는 게임이었다. 남자도 모난 곳 없이 훈훈한 외모에 속했지만, 등장부터 시선을 사로잡는 정우하고는 상대가 되지 않았다. 내가 원래 이렇게 속물이었던가. 분명 말도 안 되는 계략이라 생각했다. 어떻게 옷차림 하나 바뀌었다고, 사람이 하루아침에 달라 보일 수 있을까.

'제가 팀장님 겉모습에 흔들릴 거라고 생각하세요?'

그래서 나정은 따지듯이 물었다. 고작 남들보다 특별한 외모를 가졌다는 이유로 사람 마음을 쉽게 보는듯한 정우의 심보가 마음에 들지 않았다.

'설마.'
'…….'
'그랬으면 내가 은나정 씨한테 눈길을 주지도 않았겠지.'

그러나 돌아온 대답은 전혀 예상 밖의 것이었다.

'처음부터 날 신경도 쓰지 않았으니까.'
'…….'
'그래서 조금이라도 눈에 거슬렸으면 해서 입은 거뿐입니다.'

낯설기만 한 그 진중한 음성이 수시로 귓가에 아른거렸다. 꼭 자신만을 위해 입은 옷이라는 듯 그가 선보였던 슈트 차림이 도무지 눈앞에서 사라질 기미를 보이지 않았다. 나정은 고개를 털며 정우의 흔적을 지우려 애를 썼다. 첫 소개팅을 이렇게 망칠 순 없었다. 비록 말주변은 없지만, 남자가 묻는 말에 곧잘 대답하려고 노력했다.

"나정 씨는 취미가 뭐예요?"

"취미요?"

"네. 저희 또래들 사이에서는 취미를 공유하는 게 가장 큰 관심사라서요."

"저는……."

나정은 고심 끝에 대답을 내놓았다.

"그림이요."

"와, 멋지네요. 뭔가 나정 씨랑 잘 어울려요."

"하하, 그런가요."

"그림을 취미로 그리면 그런 것도 하려나요?"

"그런 거요? 뭐 어떤……."

"누드모델을 앞에 세워두고 그림을 그리는 거요."

아……. 나정은 난감한 미소를 흘렸다. 어떻게 대답해야 하나 고민하는데, 남자가 먼저 입을 열었다.

"사실 주변에 예술 하는 친구들이 있는데, 전에 모델로 한 번 서 줄 수 있냐고 제의를 준 적이 있어요. 듣고 기가 찼지만요."

"……왜요?"

"천박해서요."

……천박? 생각지 못한 단어 선택에 나정의 표정이 급속도로 어두워졌다.

"아무리 그래도 그렇지. 사람을 벗겨놓고 한 시간 이상을 그린다는 건 좀……."

방금까지 괜찮아 보이던 남자의 얼굴이 물에 불린 물감처럼 이지러졌다. 그 위로 사정없이 줄을 긋고 싶다는 충동이 일었다.

"다른 예술 행위는 몰라도 그건 이해하기 어렵더군요. 모델로 참여하는 사람이나, 그리는 사람이나. 나정 씨는 취미라고 했으니까 그런 걸 하지는 않겠죠?"

당연히 너는 그 천박한 취미에 눈독을 들이지 않겠지, 라며 확신하는 남자의 눈빛이 전의를 불태웠다.

"이런 말 섣부른 감이 없지 않아 있지만."

남자가 스테이크를 썰던 나이프를 테이블에 내려놓으며 나정을 깊이 주시했다.

"전 나정 씨를 지금보다 더 깊이 알아가고 싶습니다."

그러면서 왜 안경 너머에 있는 눈깔은 은근슬쩍 가슴으로 향하는지.

"느낌이 아주 좋아요."

만난 지 고작 두 시간도 채 되지 않은 사이였다. 그 짧은 시간에 어떤 느낌을 받았을지는 알 만했다.

"죄송하지만, 그건 무리일 듯싶네요."

"……네?"

남자가 당혹스러운 표정으로 나정을 바라봤다. 나정은 레스토랑을 나갈 채비를 하고 있었다. 빠트린 짐이 없나 확인하곤 미련 없이 돌아선다.

"……나정 씨, 잠깐만요!"

남자가 갈급히 나정을 불러 세웠다.

"이렇게 떠나시면 안 되죠. 혹시 제가 실수한 게 있다면 말씀해 주세요. 고치겠습니다."

"아뇨. 그런 거 없어요."

"그럼 왜……."

남자는 이해할 수 없다는 표정이었다. 자리가 이어지는 내내 나정의 얼굴에는 은은한 미소가 감겨 있었다. 확신할 수 있었다. 그녀도 제게 호감이 있는 거라고.

"아쉽게도 제가 윤승우 씨 취향을 저격한 여자는 아닌 거 같아서요."

"그게 무슨 말입니까. 전 납득할 수 없습니다."

제대로 보나 거꾸로 보나 나정은 남자의 완벽한 이상형이었다. 풋풋한 얼굴과 품에 쏙 들어올 거 같은 아담한 체구는 보호 본능을 일으켰으며, 하얀 블라우스 위로 은근히 굴곡진 몸매는 연애 세포를 자극하다 못해 강렬히 찔러댔다. 그 마음이 같잖다는 듯 나정은 무표정한 얼굴로 씹어뱉었다.

"제가 좀 천박한 취미를 가져서요."

* * *

─그래서 박차고 나왔다고?

"응. 미안해. 그래도 너한테는 미리 말해줘야 할 거 같아서."

−나한테 미안할 게 뭐 있어. 아니, 근데 어떤 놈을 붙여준 거야. 무조건 멀쩡한 놈으로 보내라고 귀가 닳도록 말했더니.

여진은 연신 미안하다며 사과를 해왔다. 따지고 보면 그녀에게는 죄가 없었다. 그래도 좋은 남자를 소개해주겠다고 여러 지인에게 연락해 만든 소개팅이었다. 만약 여진이 소개팅남의 성향을 미리 알았다면 애초에 자리조차 마련하지 않았을 것이다.

−귀한 시간만 버려서 어떡하냐.

"아니야. 그래도 그 말하기 저까지는 괜찮았는걸. 생각해보면 거기서 욱한 나도 이상하지."

미술은 고작 취미일 뿐인데, 천박하다는 남자의 품평에 짓밟힌 지렁이처럼 꿈틀거리고 말았다. 꼭. 아직도 미술에 대한 꿈을 접지 못한 사람처럼.

−그래도 그렇지. 뭐? 천박? 가다가 확 박이나 맞아버려라.

"됐어. 덕분에 소개팅이란 것도 해보고 좋은데 뭘."

−기다려 봐. 더 좋은 상대가 있을 거니까. 근데 너 집 아니야? 왜 이렇게 주변이 고요해?

"아, 잠깐 회사 왔어."

−이 시간에?

시침이 정확히 오후 열 시를 향해가고 있었다. 나정은 게이트에 출입증을 찍으며 승강기에 올라탔다.

"오늘 늦게 출근하느라 해결 못 한 일이 좀 있어서. 밀리면 답이 없겠더라고. 그것만 해치우고 바로 집 가려고."

−너도 참 독하다. 어쩜 대학 다닐 때랑 다를 게 없냐.

"이거라도 잘해야 살아남지."

남들처럼 특별한 무기가 없다면 성실해서라도 이 험난한 사회생활을 버텨야 한다는 게 나정의 신념이라면 신념이었다.

"여진아. 나 부서 도착해서. 다시 연락할게."

여진과 통화를 끝낸 나정은 옷매무새를 정돈했다. 오랜만에 입은 치마가 이토록 불편할 수 없었다. 결국 이 꼴로 야근 당첨이지만. 첫 소개팅을 허무하게 날렸다는 사실에 기분이 울적해지다가도 나정은 마음을 다독였다. 첫술에 배불러지려는 건 큰 욕심이었다.

"뭐지?"

부서에 도착한 나정은 멈칫하며 눈을 끔뻑거렸다. 어찌 된 영문인지 불이 꺼져 있어야 할 공간에 빛이 맴돌았다. 흘러나오는 빛줄기를 따라가자 익숙한 자리가 나타났다.

"……팀장님?"

이 시간까지 업무를 보고 있던 건가. 잠시 자리를 비운 모양인지 정우의 모습은 찾아볼 수 없었다. 주인의 것으로 추정되는 남색 재킷만 의자에 걸려 있을 뿐이었다.

어떡하지.

이대로라면 그를 마주칠 수도 있었다. 하는 수 없이 집에서 해칠울 수 있는 업무 자료만 찾아서 나가려는데, 등 뒤로 인기척이 느껴졌다. 나정은 굳이 돌아보지 않아도 상대의 존재를 알아챘다. 항상 그에게서 풍기던 머스크 향이 코끝을 은은하게 맴돌았다. 거기다 알싸한 담배 향까지. 잠깐만. 담배? 팀장님이 담배를 피우던가? 고개가 반사적으로 돌아갔다. 역시나 정우가 와이셔츠만 입은 채 나정의 둥그런 정수리를 내려다보고 있었다.

"……팀장님."

"왜 여기 있습니까?"

마치 소개팅 자리가 아닌 왜 이곳에 있느냐는 듯한 물음이었다.

"……아, 그게. 뭘 두고 나가서."

나정은 멋쩍은 미소를 흘리며 주섬주섬 짐을 챙겨 들었다. 그 모습을 무심히 지켜보던 정우가 자리로 돌아가 재킷을 몸에 둘렀다.

"기다려요. 데려다줄 테니까."

"아뇨, 괜찮습니다!"

"그 다리로 지하철 타는 건 무리일 텐데."

정우의 시선이 나정의 굽 높은 하이힐에 닿았다. 출퇴근을 생각해 항상 굽 낮은 플랫 슈즈만 고집하던 그녀였다. 아까부터 쓰라린 통증이 들더라니. 나정은 오른발을 들어 뒤꿈치를 확인했다. 살집이 발갛게 달아오르다 못해 물집이 통통한 모양새로 잡혀 있었다.

"짐 쌌으면 따라와요."

정우가 순식간에 부서를 빠져나갔다. 하는 수 없이 그를 뒤따르던 나정은 차에 올라타고 나서야 막대한 현실감과 맞닥뜨렸다. 밥은 소개팅남이랑 먹고, 갈 때는 상사의 차를 얻어 타다니. 슬그머니 정우의 옆태를 바라봤다. 잘난 이목구비가 오늘따라 유독 날카로움을 띄었다. 전부터 차가운 기류가 그의 주변을 감싸고 있었다.

"……담배 피우시나 봐요."

나정은 슬며시 입을 열었다. 분위기 전환을 위해 무슨 말이라도 해야 할 것만 같았다. 이 과장님에게 듣기론 팀장은 담배를 피우지 않는다고 했다. 몇 번 권유한 적은 있으나 그때마다 괜찮다는 말이 돌아왔다고.

"속이 시끄러울 때면 가끔 찾곤 합니다."

신호가 멈춘 틈을 타 정우가 대답했다.

"속이요? 왜…….”

무구한 눈으로 묻던 나정은 급히 입을 다물었다. 혹시나, 싶은 생각이 스쳤다. 설마 내 소개팅 때문에……. 문득 시야에 정우가 차올랐다. 그가 나정을 깊이 주시하고 있었다.

"그럼 내가 괜찮을 줄 알았습니까?"

아무리 다른 직원들보다 업무량이 많은 편이라지만, 늦어도 오후 아홉 시에는 퇴근하는 게 정우의 일상이었다. 지금껏 한 번도 흐트러져본 적 없는 일과였다. 그런데 차곡차곡 쌓아온 성벽이 와르르 무너지듯 나정이 퇴근한 후 그는 좀처럼 업무에 몰입하지 못했다. 잡념이 길어질 때면 아무도 없는 회사 옥상 테라스에 올라가 담배를 피웠고, 그러다 통유리에 비치는 자신을 보곤 자조적으로 미소 지었다.

아침과 상반된 옷맵시가 눈길을 끌었다. 소매 셔츠는 팔꿈치까지 걷어 올려 있었고, 넥타이는 느슨히 풀린 게 누가 봐도 초조함이 묻어난 모습이었다. 그런데도 선뜻 나서지 않은 건 나정에게 자신의 감정을 강요하고 싶지 않아서였다. 수십 년을 이름도 알지 못하는 이성들에게 대시 받으며 정우가 한 생각이 있다면 그것만큼 이기적인 고백도 없다는 것이었다. 자신의 마음이 크다고 아무런 준비도 되지 않은 상대에게 무작정 밀어붙이는 건 옳지 않은 방법이었다. 그래서 이 여자의 속도에 맞춰 다가가려 했던 건데…….

그게 할 짓이 못 된다는 거다. 다른 남자와 함께 있는 나정을 상상하면 자꾸만 피가 들끓었다. 이기적으로 굴고 싶어졌다. 당장 그녀를 찾아내서 제 곁에 박제하고 싶었다.

"……아무렇지 않아 보여서."

나정이 슬그머니 입술을 달싹였다. 양손은 안전벨트를 꾹 쥔 채였다.

"……그래서 아무렇지 않을 줄 알았어요."

분명 회사를 나서기 전까지 정우에게서는 별다른 점을 찾아볼 수 없었다. 언제나 그랬던 것처럼 나정에게 눈길 한 번 주지 않으며 쌓인 업무를 해치우는 데에만 치중하던 남자였다. 흔들리는 모습 따위 결코 볼 수 없었다.

"착각, 했다면 사과드리겠습니다."

아니지. 내가 여기서 사과를 왜 해? 하지만 그래야만 할 거 같았다. 차 안을 가득 메운 탁한 공기와 어둠 속에서도 유독 짙은 정우의 눈동자를 가만히 보고 있노라면 알 수 없는 감정에 끌려가는 기분이었다.

"그래서 소개팅은 잘했습니까?"

차가 인적 드문 골목에 들어섰을 때였다. 나정의 집 근처에 차를 주차한 정우가 조용히 시동을 끄며 물었다. 나정은 초조하게 입술을 말아 물었다. 그나마 정적을 채우던 엔진 소리마저 사라지자 말 못 할 긴장감이 맴돌았다. 굳이 고개를 돌리지 않아도 제 얼굴을 빤히 들여다보는 정우의 눈길이 선명히 느껴졌다.

"……뭐, 그럭저럭."

창밖에 시선을 주며 그녀는 애써 덤덤한 목소리로 대답했다. 식사도 제대로 하지 못한 채 파투 난 소개팅이었다고 차마 고백할 수 없었다. 자꾸만 그쪽의 잘난 얼굴이 떠올랐다고는 더 말할 수 없었다.

"괜찮은 놈은 아니었나 보네."

"……네?"

정우가 확신에 찬 눈으로 나정의 가느다란 발목을 지그시 응시했다.

"애초에 정신머리가 제대로 박힌 놈이었으면 이런 발로 돌려보내지 않았겠지."

"아, 이건……."

나정은 반사적으로 통통 부은 발목을 손으로 가렸다. 따지고 보면 윤승우, 그 남자에게는 죄가 없었다. 그는 떠나려는 나정을 절박하게 붙잡았고, 그걸 마다하고 자리를 박찬 건 그녀였으니까. 만약 훈훈한 분위기 속에 식사를 끝마쳤다면 그의 차를 타고 함께 집 앞까지 왔을지 모르는 일이었다. 하지만 그게 다 무슨 소용일까. 떠나간 소개팅에 미련이 남기는커녕 여전히 제 발목을 끈덕지게 주시하는 정우의 눈길에만 온 신경이 곤두섰다. 그의 시선이 닿는 곳마다 피부가 화끈거렸다.

민망한 마음에 은근슬쩍 발을 옆으로 빼는데, 정우가 대뜸 팔을 뻗어왔다. 커다란 손으로 나정의 발목을 부드럽게 감싸 쥐더니, 손쉽게 구두를 벗겨낸다. 그리고 두 다리를 단번에 들어 올리며 자신의 허벅지에 내려놓는다.

"자, 잠깐만요!"

나정은 화들짝 놀라며 정우를 제지했다. 물론 소용없는 짓이었다. 운동이 취미인 남자를 힘으로 밀어내기란 역부족이었다.

"가만히 있어요. 물집 터지면 은나정 씨만 고생입니다."

"그, 그래도 이건 좀……."

그의 손이 서슴없이 발등을 매만지자 나정의 엉덩이가 움찔거렸다.

"씻지도 않았는데……."

속 타는 마음도 모르고 그는 차분한 손길로 조수석 서랍을 열어 무언가를 꺼내 들었다. 예비용으로 비치된 반창고였다. 작은 연고도 함께였다. 그가 어떤 짓을 할지 눈앞에 뻔히 그림이 그려졌다. 나정은 다급히 정우의 팔목을 붙잡으며 애원했다.

"……제가 하면 안 될까요?"

네? 제발요. 제발 이것만큼은 안 된다면 간절히 고개를 내젓자 그가 무심한 목소리로 대답했다.

"응. 안 돼."

"……앗."

별안간 나정의 입술에서 신음이 터져 나왔다. 정우가 아킬레스건을 건드린 탓이었다. 그새 물집이 터진 모양인지 그의 손가락이 살갗을 스치자 안 그래도 쓰린 통증이 더욱 증폭되며 등줄기를 찌르르, 울렸다. 발가락이 절로 움츠러들었다.

반면 정우는 꼼지락거리는 나정의 발가락에서 눈을 떼지 못했다. 연고를 바르고, 반창고를 붙일 때마다 수시로 까딱거리는 게 생동감이 넘쳤다. 그걸 보고 있자니 한 가지 생각이 입안을 맴돌았다.

"여기도 작네."

"……네, 네? 뭐라고요?"

고통에 몸부림치던 나정이 듣지 못했다는 얼굴로 되물었다. 정우는 대답 대신 마지막 상처에 반창고를 꼼꼼히 붙여주었다. 그러자 기다렸다는 듯 나정이 허벅지에 힘을 주었다. 붙들린 다리를 빼내기 위한 몸짓이었다. 물론 이번에도 소용없는 짓이었다.

무슨 사람이 힘이 이렇게 세?

고작 그는 한 손으로 다리를 붙잡고 있을 뿐인데, 올무에 휘감기기라도 한 것처럼 허벅지가 꿈쩍도 하지를 않았다. 그 찰나, 정우가 예고 없이 나정의 발등을 매만졌다. 그것도 모자라 발바닥을 크게 감싸더니, 아기자기한 발가락을 하나둘 어루만진다. 낯선 감촉에 나정의 어깨가 빳빳해졌다. 생전 처음 느껴보는 감각이 아랫배에 몽글몽글 차올랐다.

"……티, 팀장님."

경직된 근육은 없는지 발가락을 하나하나 매만지는 그의 손길이 섬세했다. 고작 발을 만지는 것뿐인데, 야한 기분이 드는 건 왜인지. 밴드가 붙여진 새끼발가락을 어루만지며 그가 말했다.

"웬만하면 다치지 말지."

꽤 진중한 목소리였다. 발갛게 부어오른 발을 살피는 눈빛은 지금껏 나정이 보지 못한 것이었다. 은근한 번민과 애타는 감정을 느꼈다면 착각이려나. 그래서였다. 줄곧 가슴속을 맴돌던 의문을 불쑥 터트린 것은.

"……팀장님은 왜 제가 신경 쓰이세요?"

수 없이 생각했다. 그가 갑자기 자신에게 관심을 보이는 이유가 무엇인지. 1년 넘게 기획팀에서 일하며 작은 추파라도 느꼈던 적이 있었나? 아니, 전혀. 어떤 낌새도 눈치챌 수 없었다. 그렇다고 정우에게 특별 대우를 받은 적 있냐고 묻는다면 그거야말로 절대 아니라고 대답할 수 있었다. 그는 여느 직원들을 대하는 것처럼 나정에게도 별반 다르지 않았다. 얼굴에서는 표정이란 걸 찾아보기가 어려웠고, 가끔 감정을 느끼나 싶을 정도로 사무적인 태도가 거리감을 느끼게 했다.

매사에 딱딱하고 차갑기만 하던 상사. 그랬던 사람이 갑자기 남자로 다가오기 시작하자 나정은 이 상황을 어떻게 받아들여야 할지 막막했다. 자꾸만 자신을 향한 그의 감정에 대해 의구심이 샘솟았다.

"질문이 모호한 거 같은데."

침묵을 유지하던 정우가 조용히 운을 띄웠다.

"그럴 땐 왜 내가."

"……"

"은나정 씨한테 미쳐 있는지를 물어봐야지."

나정은 마른침을 꼴깍, 삼켰다. 설마 그가 날 좋아할까, 했던 가정이 눈앞에서 확인 사살 당하자 말문이 턱 막혔다. 마른 입술을 간신히 움직이며 되물었다.

"왜…… 왜 저한테 미, 쳐 있는데요?"

제 입으로 직접 말하니 더 믿기지 않았다. 그만큼 현실감이 없는 그림이었다. 사실 이 모든 게 꿈은 아닐까, 싶은 순간 담백한 대답이 귓가를 울렸다.

"잘 뛰어서."

“…….”

“여전히 잘 뛰어서 좋아합니다.”

바짝 긴장해 있던 나정의 동공이 잠시 느슨해졌다.

잘, 잘 뛰어서? 예쁜 것도 아니고. 귀여운 것도 아니고. 청순해서도 아닌. 고작 잘 뛰어서?

예상치 못한 답안에 입술이 느슨히 벌어졌다. 이런 반응을 예상했다는 듯 정우는 조급한 기색 없이 나정의 다리를 내려다보며 덧붙였다.

“틈만 나면 내 눈앞에서 달아나는 게 기특하다가도.”

“…….”

“언제부턴가 거슬리더라고.”

“…….”

“자꾸 품에 확 가두고 싶어지게.”

기특하면서 거슬린다는 건 대체 무슨 의미일까. 무수히 많은 질문이 머릿속을 맴돌았지만 나정은 어떤 것도 묻지 못했다. 그녀를 직시하는 정우의 눈이 짙고 뜨거웠다. 전보다 더 탁한 공기가 주변을 감싸더니, 그가 천천히 다가오기 시작했다. 서로의 거리가 좁혀질수록 그에게서 풍기는 특유의 시원한 향기가 코끝을 간지럽혔다.

이 이상 다가오면 안 되는데. 머리로는 그를 밀어내야 한다면서 몸은 움직일 기미를 보이지 않았다. 누구의 것인지도 모를 심장 소리가 뼛속 곳곳을 울렸다. 마침내 그의 얼굴이 가까워지자 질끈 눈을 감아버렸다. 입술도 있는 힘껏 앙다물었다. 그러나 시간이 흘러도 아무런 촉감도 느껴지지 않자 살금살금 눈꺼풀을 뜬 순간이었다.

"……흡."

나정은 저도 모르게 숨을 굳혔다. 코끝이 닿는 거리에 정우가 있었다. 칠흑처럼 까만 시선은 나정의 작고 도톰한 입술에 닿아 있었다. 낮게 깔린 눈꺼풀이 천천히 들리며 그의 동공이 나정을 지그시 응시한다. 그대로 입술이 집어 삼켜지나 싶더니.

'툭.'

나정의 몸에 대각선으로 매여 있던 안전벨트가 스르르, 풀리며 제자리로 돌아갔다. 이게 지금…….

'끔뻑끔뻑.'

나정의 눈꺼풀이 느리게 끔뻑였다. 뒤늦게 상황을 파악한 그녀의 눈동자가 잘게 흔들렸다.

미쳤나 봐. 뭘 생각한 거야, 대체.

쪽팔린 마음에 다급히 차에서 내리려는데, 따스한 온기가 불쑥 그녀의 얼굴에 맞닿았다. 정우의 손이었다. 그가 나정의 둥근 눈매 밑, 하얀 볼을 엄지로 살살 어루만지며 속삭였다.

"더 늦기 전에 집에 들어가요."

"……."

"진짜로 품에 가둬버리기 전에."

나정은 홀린 듯이 구두에 발을 욱여넣으며 조수석 문을 열었다. 차에서 냉큼 내리는 그녀의 몸짓이 훈련받은 군인처럼 날렵하고 가벼웠다. 하지만 떨리는 손끝까지는 숨기지 못했다. 찰나였으나 주먹 쥔 하얀 손등이 얕게 흔들렸다. 그런 그녀를 정우는 태연하게 감상했다. 운전석에 몸을 비스듬히 기대서는 당장 도망갈 태세의 나정을 여유롭게 훑어 내렸다.

"주말에 뭐 합니까?"

"……약속 있어요."

"일요일도?"

"아마 생길 거예요."

생긴 것도 아니고 생길 거는 뭔데. 어떻게든 이 상황을 모면해야 겠다는 생각에 말이 막 튀어나왔다.

"그래요, 그럼. 푹 쉬어요."

예상과 달리 정우가 순순히 물러나자 나정은 의아함을 감추지 못했다.

"회사에서 보죠."

하지만 그의 입가에 나른한 미소가 번지자 잘못된 생각이었다 는 걸 깨달았다. 얼마든지 널 회사에서도 몰아세울 수 있다는 것 처럼 들려서 순간 할 말을 잃어버렸다.

"아, 그리고."

"……"

"그 신발 웬만하면 신지 말죠. 그런 다리로는 잘 뛰지도 못할 텐 데."

종아리에 바짝 힘이 들어간 나정의 다리를 보며 정우가 탐탁지 않다는 표정을 지었다. 소개팅이 아니었다면 쳐다도 보지 않았을 신발이었다. 평소 나정이 선호하는 스타일도 아니었다. 다만 이런 문제까지 관여하는 것은 다소 과한 점이 있었다.

"그런 거 굳이 신지 않아도 충분히 예쁩니다."

따지려던 나정의 입술이 힘 한 번 쓰지 못하고 그대로 다물렸다.

방금 내가 뭘 들은 거지.

정우를 실은 차가 순식간에 점이 되어 떠나갔다. 한동안 못 박혀 서 있던 나정은 돌연 입술을 꾹 깨물었다.

"……뭐야, 대체."

자신의 소개팅 때문에 줄곧 신경 쓰였다던 남자의 모습이라고는 믿기 어려웠다.

이거 봐. 다 연기였던 거야. 괜찮지 않기는 무슨.

도리어 괜찮지 않은 건 나정이었다. 선선한 밤 날씨에도 불구하고 그녀의 귓불이 붉게 달아올라 있었다.

* * *

－누나. 이번 한 번만 딱 부탁할게요.

주말 아침부터 태오에게서 연락이 왔다. 용건은 아주 간단했다. 얼마 전부터 어필해왔던 소개팅 자리에 나정이 나와주길 바라는 눈치였다. 웬만하면 태오의 부탁을 다 들어주고 싶었지만, 이번만큼은 선뜻 그러겠다는 대답이 떨어지지 않았다.

"실은 태오야. 내가 사정이 좀 생겨서."

－사정이요? 그새 남자친구라도 생겼어요?

"아니, 그건 아닌데……."

－그거 아니면 딱히 걸릴 이유 없잖아요. 임자 있는 몸도 아니면서. 어떤 소원이든 다 들어준다더니, 설마 빈말이었어요?

태오의 목소리가 한껏 풀이 죽었다. 나정은 난처한 표정을 짓더니, 고민 끝에 입을 열었다.

"혹시 상대가 별로면 차만 마시고 헤어져도 될까?"

─당연하죠. 누나 맘에 안 들면 그 자리에서 쫑 내도 돼요. 거기까지 내가 관여할 문제는 아니라서. 근데 아마 그러긴 힘들걸요.

"왜?"

─좀 재수 없는 인간이긴 해도 생긴 거로는 까 내릴 수가 없거든요. 뭐, 저한테는 잘해주는 편이긴 한데, 직장에서는 성격 더러운 거로 유명하다더라고요. 인물이 워낙 좋아 다 커버 치는 거 같지만.

그런 재수 없는 인간을 꾸역꾸역 소개해주는 이유가 뭐냐고 묻고 싶었지만, 어차피 차만 마시고 헤어질 사이라고 생각하니 마음이 한결 편해졌다.

"오늘 세 시라고 했지?"

우연인지 몰라도 태오가 주선하는 소개팅 장소는 나정의 모교, 'H' 대학교 정문 앞 카페였다.

─고마워요, 누나.

"내가 어떻게 나올지 알고 벌써 감사 인사를 해? 말했지만 딱 차 한 잔만 마시고 올 거야."

─자리에 선뜻 나와 준다는 게 쉬운 일은 아니잖아요.

"그걸 알면서 무작정 들이댄 거야?"

─그냥 누나가 아니면 안 될 거 같았어요. 누나 좋은 사람이잖아요.

방금까지 장난기 어린 태오의 음성에 진중함이 더해지자 나정의 눈이 가늘어졌다. 평소 그녀가 생각하는 태오는 항상 밝은 거 같다가도 어딘가 모르게 어두운 내면이 느껴지는 친구였다.

─아, 이왕이면 그 인간이 누나한테 제대로 반했으면 좋겠는데.

"그럴 일 절대 없거든."

─그건 두고 볼 일이죠. 아무튼 나중에 밥 한 끼 살게요. 아, 맞다. 누나 학원에 안 나온 지 꽤 됐다면서요. 재현이 형이 그러던데.

"아, 그게……. 사정이 좀 있어서. 조만간 다시 나갈 거야."

─알겠어요. 그럼 그때 봐요.

통화가 끝나자 나정은 참고 있던 한숨을 푹 내쉬었다. 재현에게 연락한다는 걸 깜빡 잊고 있었다. 학원에 안 간 지도 2주가 넘어가던 차였다. 이쯤이면 재현에게 연락이 올 법도 한데, 아마도 그날 일이 마음에 걸려서 연락하지 못하는 모양이다.

"조만간 연락하지, 뭐."

나정은 벽에 걸린 시계를 바라보며 몸을 일으켰다. 오후 한 시. 약속 시각까지 한 시간 반 밖에 남아있지 않은 상황이었다. 서둘러 욕실로 들어서려는데, 신발장을 앞두고 나정의 두 다리가 멈추었다. 그녀의 시선이 얼마 전 소개팅에 신고 나간 하이힐에 닿았다. 그러자 자연스레 한 남자의 얼굴이 떠올랐다.

'그런 거 굳이 신지 않아도 충분히 예쁩니다.'

하여간 밤잠을 설치게 만드는 데는 일가견 있는 사람이라니까. 아닌가. 고작 예쁘다는 말 한마디에 잠들지 못한 게 이상한 건가? 하여간 은나정. 연애 못 해본 티 내는 것도 아니고.

마음이 싱숭생숭했다. 정우를 두고 다른 남자를 만나러 가는 두 발이 어쩐지 무겁게만 느껴졌다.

"……뭐 어때. 죄짓는 것도 아닌데."

그가 직접 그러지 않았나. 다른 남자를 만나도 관여하지 않겠다고. 그저 자신을 연애 상대 후보에만 포함시켜 달라고. 그런데도 선뜻 옷장에 있는 원피스에 손이 가지 않았다. 결국 아래 수납장에서 하얀색 티와 청바지를 꺼내 들었다. 머리도 손질하지 않았다. 씻고 나왔을 때 자연스럽게 말리는 컬 그대로 내버려 뒀다. 어차피 한 번의 만남으로 끝날 인연이라 생각하며 나정은 미련 없이 운동화에 발을 집어넣었다.

* * *

날씨가 좋았다. 구름 한 점 없이 맑간 하늘과 적당히 내리쬐는 햇볕은 따스하다 못해 마음을 아늑하게 했다.

"아직 도착 안 한 건가?"

나정은 태오가 말한 카페에 도착하자 연신 주변을 두리번거렸다. 대학생으로 추정되는 얼굴들만 보일 뿐, 오늘 만나기로 한 소개팅 상대는 찾아볼 수 없었다. 그러니까 인상착의가…….

'카페에 도착하면 바로 알 수 있을 거예요. 등장하면 시선이 쏠릴 거라서.'

태오의 설명대로라면 온갖 이목을 끌고 다니는 남자인 게 분명하다. 대체 얼마나 잘생겼길래. 그러고 보니까 내 주변에도 그런 사람이 한 명 있었던 거 같은데.

심심찮은 생각을 하며 나정은 창가에 자리를 잡았다. 어서 빨리 두 번째 소개팅을 정리하고 싶다는 마음뿐이었다.

* * *

태오가 직접 정우에게 연락을 한 건 거의 3년 만에 있는 일이었다. 태오는 부모님에게 기적처럼 찾아온 아이였다. 임신을 할 수 없는 몸이라고 했던 혜수에게 별똥별처럼 찾아온 남동생은 그 존재감을 발휘하듯 4kg 넘는 체중으로 태어나 온 집안의 사랑을 받고 다녔다.

열 살 넘게 차이 나는 남동생은 하얗고, 작았으며 그래서 더 소중하게 대할 수밖에 없었다. 정우는 틈만 나면 어린 태오의 곁을 지키며 어쩌면 혜수보다 더한 애정을 쏟아부었다. 그래서였을까.

'혀, 으아.'
'어머. 태오야. 방금 형아라고 한 거야? 정우 아빠, 이거 봐요. 우리 태오가 글쎄……'
'이 녀석. 정우가 썩 마음에 드나 보네.'

엄마가 아닌 '형아'로 말문을 튼 태오는 머리가 자라서도 껌딱지처럼 정우를 따라다녔다. 아무리 피가 섞이지 않은 형제라지만 그 이상으로 관계가 돈독했던 두 사람의 사이가 틀어진 건 지금으로부터 3년 전이었다. 비가 억수로 쏟아지는 날. 흠뻑 젖은 태오가 예고 없이 정우의 집을 찾아와 버림받은 강아지처럼 위태롭게 울부짖었다.

'……진짜야? 진짜로 형이 내 친형이 아닌 거야?'

'한태오.'

'묻잖아! 그래서 나한테 여태껏 잘해줬어? 내가 친동생이 아니라서. 그래서 형 정체가 들통날까 봐 잘해줬던 거냐고. 그럼 아버지는? 형이 아버지를 죽였다는 소리는 뭔데?'

'……'

'왜 아무 말도 못 해? 어? 제발 아무 말이라도 해보라고! 어떻게……. 어떻게 나만 모를 수가 있어? 다른 식구들도 다 아는데. 어떻게 나만 이딴 개 같은 진실을……'

그 후로 두 사람은 일 년에 많이 봐야 한 번 볼까, 한 사이가 됐다. 그조차도 혜수의 억압에 못 이긴 태오가 마지못해 얼굴을 비출 때가 태반이었다.

"말해. 듣고 있으니까."

정우가 러닝머신을 뛰다 말고 속도를 줄이며 휴대폰 스피커에 귀를 기울였다.

—어디야?

한참의 침묵 끝에 태오가 입을 열었다. 수상함을 느낀 정우가 서둘리 러닝머신에서 내려왔다.

"집인데, 왜?"

—오후에 잠깐 시간 되나 해서.

"선약 있어서 길게는 못 봐."

대학 시절, 유독 정우를 아끼던 전공 교수와 선약이 잡혀 있었다. 일 년에 한 번씩 주기적으로 얼굴을 보는 사이였다.

"무슨 일인데 그래?"

—설명은 나중에 할 테니까 학교 앞 카페에서 봐.

'뚝.'

가타부타 어떤 말도 없이 통화가 끊겼다. 무슨 일이 있는 거 같긴 한데. 이런 식으로 먼저 연락해올 녀석이 아니었다. 정우는 대충 운동을 끝낸 뒤, 욕실로 들어섰다. 씻고 나왔을 때는 슈트 차림이 아닌 주말답게 가벼운 셔츠와 린넨 소재의 면바지를 차려입고 약속장소로 향했다.

차를 학교 근처에 주차하고 나오는 길이었다. 무슨 이유인지 약속장소인 카페 근처에 태오의 것으로 추정되는 오토바이가 보이지 않았다. 아직 안 온 건가. 손목에 찬 시계에 시선을 주던 찰나, 휴대폰이 울렸다. 태오에게서 온 연락이었다.

"어디야."

—형은? 도착했어?

"그래."

—그럼 카페 안으로 들어가 봐.

안에 있다는 건가. 정우의 두 발이 카페 입구로 향했다. 자동문이 열리기 무섭게 시선이 쏟아졌다. 약속이라도 한 것처럼 카페에 앉아 있던 여대생들이 정우에게서 눈을 떼지 못했다. 워낙 익숙한 광경이라 정우는 별 감흥 없이 주변을 살폈다. 미리 도착한 줄 알았던 태오의 얼굴을 찾아보기 어려웠다. 그 생각을 읽기라도 한 건지 태오가 대뜸 내뱉었다.

—나 오늘 거기 없을 거야.

"뭐?"

—거기서 형은 날 만나는 게 아니라 소개팅 상대를 만날 거니까.

"한태오. 알아듣게 말해."

평평하던 정우의 미간에 실금이 그어졌다. 다짜고짜 소개팅이라니.

—혹시나 해서 하는 말인데, 나 아직 형 용서한 거 아니야.

"……."

—그냥. 어려서부터 할아버지 말이라면 개처럼 끌려가는 형이 한심해서. 아니, 맘에도 없는 여자랑 결혼하라는 말도 안 되는 할아버지 사상이 나한테까지 악영향 끼칠까 봐 사전에 차단하는 거야. 그러니까 착각하지 마.

빙빙 돌려 말할지언정 혜수를 통해 결혼 이야기를 들은 게 확실했다. 뭐가 됐든 정우는 다른 여자를 만날 생각이 없었다.

"어머니한테 어떻게 전해 들었는지 몰라도, 네가 신경 쓸 일 아니야."

—만나 보고나 말해. 내가 아무 여자나 소개해줬을 거 같아? 적어도 형보단 좋은 사람이니까 잘해보든가, 말든가.

좋은 사람이든, 아니든 눈에 찰 리가 만무했다. 현재 그는 한 여자를 생각하는 것만으로도 벅찼다. 그러니…… 카페를 나가려던 정우가 돌연 걸음을 멈추며 뒤를 돌아봤다. 익숙한 실루엣이 눈에 걸려왔다. 창가에 앉아 열심히 밖을 내다보는 여자의 모습이 낯설지 않았다. 정우는 천천히 그 앞으로 다가갔다.

—나랑 같이 재현이 형 학원에서 미술 배우던 누나인데, 형이랑은 네 살 차이 밖에 안 나. 이름은…….

"은나정."

고요히 이름 석 자를 곱씹자 거짓말처럼 나정의 고개가 돌아갔다. 정우를 발견한 그녀의 눈이 왕방울만 해졌다.

"티, 팀장님이 여기 어떻게……."

정우가 조용히 통화를 끝내며 휴대폰을 내려놓았다.

"그럼 은나정 씨는 왜 여기 있습니까?"

"아, 저는 지인 소개로 소개팅을……, 헙."

순간 말실수를 했다 싶었는지 나정은 급히 입을 틀어막았다. 도르륵, 도르륵 굴러가는 말간 눈동자는 그녀의 속마음을 적나라하게 말해주었다.

"어제 했다던 그 소개팅은?"

"그게 그러니까……."

"그럭저럭이라더니, 역시 엉망이었나 보네."

"……엉망까지는 아니었거든요! 그냥 취향이 좀 안 맞았을 뿐이지."

이실직고하다가도 나정은 입술을 잘근 깨물었다. 왜 이런 속사정까지 정우에게 털어놓고 있는지 모르겠다는 표정이었다. 그게 퍽 볼만해 정우는 맞은편 자리에 앉아 여유롭게 나정을 추궁했다.

"그래서 하루도 지나지 않아 새로운 소개팅에 나온 건가?"

"아니, 저는……. 지인이 꼭 나와 달라고 하도 사정사정을 하길래."

죄를 지은 것마냥 울상 짓는 나정의 표정이 애처로웠다.

"잘 될 거 같아요?"

정우가 팔짱을 끼며 물었다.

"······네?"

"이번 소개팅은 느낌이 어떻나 해서. 이번에도 그럭저럭으로 끝날 거 같습니까?"

난감한 눈으로 정우를 힐끔거리던 나정은 마지못해 고개를 끄덕였다. 어차피 소개팅남과는 얼굴만 보고 바로 헤어질 생각이었다.

"어쩌지."

"······."

"난 그렇게 내버려 둘 생각이 없는데."

그게 무슨 소리냐며 나정의 고개가 갸웃거렸다. 그러다 뭔가를 눈치챈 듯 눈동자를 분주히 굴리더니 다시금 입을 틀어막았다. 때를 놓치지 않고 정우가 담백한 목소리로 인사했다.

"반갑습니다. 한정우라고 합니다."

* * *

정우가 주차한 차를 가지고 오겠다는 틈을 타 나정은 재빨리 태오에게 전화를 걸었다. 그러자 돌아오는 대답이 아주 가관이었다.

─형이에요.

"······어?"

─제 형이라고요.

"혀, 형? 친형?!"

그러니까 그 재수 없다는 인간이, 생긴 거로는 깔 수 없다는 인간이, 직장에서 성격 더럽기로 유명하다던, 하지만 인물이 워낙 좋아 다 커버 친다는 인간이……. 다른 상사도 아닌 내 상사였다니. 인연도 이런 난감한 인연이 없었다.

"너, 근데 왜 학원에서는 아무 말 없었어? 우리 소묘 수업 모델이 네 형이란 걸 바로 눈치챘을 거 아니야."

─형제 사이에 웃통 깐 게 뭐 좋은 볼거리라고 알은 척을 해요. 징그럽게. 아무튼 누나 잘해 봐요. 혹시 알아요? 누나가 내 미래에 형수님이 될지.

형수님 같은 소리하고 있네. 휴대폰을 쥔 나정의 손이 부들부들 떨렸다.

"뭐 합니까?"

"아, 팀장님."

나정은 다급히 휴대폰을 등 뒤로 감추었다. 그새 차를 끌고 온 정우가 조수석 창문을 내리며 옆자리를 눈짓했다.

"타요."

나정은 섣불리 차 문을 열지 못했다. 이런 식으로 정우와 엮이게 될 줄은 꿈에도 몰라서였다.

"저기 죄송한 말씀이지만, 이쯤에서 헤어지는 게 어떨까요?"

"어째서?"

말을 꺼내기 무섭게 정우의 눈매가 서늘한 기운을 풍겼다. 나정은 주춤주춤 물러나며 말을 이었다.

"팀장님도 집에서 푹 쉬고 계시다가 갑자기 연락받고 나오신 거잖아요. 직장인에게 주말은 황금 같은 건데, 다시 들어가서 푹 쉬시는 게……."

"은나정 씨."

"네?"

"안 잡아먹으니까 타요."

속마음을 간파당한 나정은 재빨리 조수석에 몸을 실었다.

"근데 어디 가시는 건데요?"

차는 도로가 아닌 대학교 정문으로 향했다. 청춘의 시간이 흐른다는 캠퍼스답게 푸릇한 가로수가 도로 지변에 끝을 모르고 펼쳐졌다.

"잠깐 학교에 들를 일이 있습니다. 얼굴만 뵙고 나올 거라서 오래 걸리지는 않을 겁니다."

얼굴을 뵙는다는 건 교수님이나 그 윗분을 뵙는다는 건데.

"중요한 약속인 거네요? 그럼 더 여기서 헤어지는 게……."

"틈만 나면 나한테서 벗어나려고 하는데, 자꾸 그러면 생각이 바뀌는 수가 있어요."

나정은 말을 잇지 못했다. 룸미러로 마주친 정우의 눈빛이 마치 어제 본 것처럼 생생했다.

"어제 경고했으니까 잘 알 거 아니야."

선득한 음성이 등줄기를 타고 내리자 간신히 잊고 있던 어젯밤의 기억이 선명히 떠올랐다.

'더 늦기 전에 집에 들어가요.'

'……'

'진짜로 품에 가둬버리기 전에.'

나정은 배꼽 위로 양손을 가지런히 모으며 의례적인 미소를 띠었다.

"입 다물고 조용히 가겠습니다."

차가 부우우웅, 속도를 내며 초록한 나뭇잎의 그림자가 드리운 캠퍼스 도로를 시원하게 내달렸다.

정우가 차를 멈춘 곳은 경영관 앞이었다. 어차피 얼굴만 뵙고 나올 거라며 함께 가자는 그의 제안에 나정은 군말 없이 뒤따랐다. 더는 도망칠 구실이 없었다. 3층에 마련된 교수실로 정우가 들어가자 나정은 복도에 서서 조용히 그를 기다렸다.

5분도 채 흐르지 않았을 때였다. '달칵.' 문이 열리더니, 정우가 다시금 모습을 드러냈다. 그의 등 뒤로는 희끗희끗한 머리의 중년 남성이 걸어 나왔다.

"아쉽지만, 다음에 만나서 밥 한 끼 하도록 하지."

"또 연락드리겠습니다."

정우가 정중히 고개를 숙이는 동시에 교수로 추정되는 중년 남성이 나정을 바라봤다. 안경 너머의 흑갈색 눈동자에 일순 이채가 돌았다.

"아니, 이게 누구야. 은나정이 아니야?"

"황…… 교수님?"

정우가 만나 뵙겠다던 교수는 나정에게도 익숙한 얼굴이었다.

"맨날 내 수업에서 앞자리에 앉던, 그 은나정이 맞지?"

나정은 졸업을 앞두고 1년 넘게 황 교수의 수업을 들은 적이 있었다. 나이에 걸맞지 않은 유머러스한 입담으로 황 교수의 수업은 타과 학생들에게도 인기가 좋았다.

"허허. 이게 몇 년 만인가. 한동안 나정 학생 얼굴이 보이지 않아 수업 내내 허전했었는데."

"정말요?"

"그럼. 듣기로 키가 작아 항상 앞자리에 앉았다지?"

……그걸 꼭 확인 사살해주실 필요는 없는데요.

"근데 두 사람……."

황 교수가 손가락으로 나정과 정우를 번갈아 가리켰다. 설마, 하는 의구심이 그의 얼굴을 스쳐 지나갔다.

"정우 자네, 우리 딸 거절하고 만난다는 사람이……."

황 교수가 다소 놀란 눈으로 나정을 바라봤다. 마치 입이 아닌 눈으로 폭격을 당하는 기분이었다.

"몇 번이나 거절하길래 어떤 참한 아가씨가 맘을 사로잡았나 싶더니. 생각해보면 대학 다닐 때도 여자친구 한 번 사귀는 모습을 본 적이 없었지. 근데……."

다시금 황 교수의 눈이 나정을 향했다. 나정은 있는 힘껏 입술을 끌어당겼다. 꽉 깨문 어금니 사이로 복화술이 흘러나왔다.

저도 제 분수를 잘 압니다. 그러니 눈으로 욕하지 마세요. 다 들린다고요.

황 교수가 눈매를 활짝 접으며 허허, 너털너털한 웃음을 터트렸다.

"역시 정우 군이야. 사람 볼 줄 안단 말이지. 그래. 데이트 잘하고. 나중에 나정 학생도 시간 되면 함께 보자고."

"네? 잠깐만요. 교수님. 저희 그런 사이……."

아니라고, 해명하기도 전에 황 교수는 교수실 문을 굳게 닫으며 모습을 감추었다.

"어떡해요?"

나정이 황망한 표정으로 정우를 바라봤다.

"뭘요?"

"교수님이 오해라도 하시면……."

"입 가벼운 분은 아니니 걱정 안 해도 됩니다."

아니, 지금 그 소리가 아니잖아요. 태연하게 경영관을 빠져나가는 정우를 보며 나정은 허, 낮은 탄식을 터트렸다. 그러나 경영관을 나가자마자 눈앞의 펼쳐진 풍경에 금세 마음을 빼앗겼다.

못 박혀 서 있는 나정이 수상했는지 정우가 천천히 다가왔다. 그녀의 시선은 손을 잡고 다니는 캠퍼스 커플에게 닿아 있었다. 벤치에 앉아 도란도란 대화를 나누고, 서로의 얼굴을 애틋하게 바라보는 모습이 풋풋하며 싱그러웠다.

오랜만에 방문한 모교는 서글프게도 잊고 살았던 향수와 그래서 느끼고 싶지 않았던 향수를 동시에 불러일으켰다. 나정의 눈길이 한참을 학생들에게 머물러 있을 때였다. 정우가 나정의 손목을 부드럽게 움켜쥐었다. 눈치챌 겨를도 없이 몸이 앞으로 끌려갔다.

"어? 잠깐만요. 팀장님. 어디 가는 건데요?"

"따라오기만 해요."

대체 어딜 가길래. 정우의 발걸음이 멈춘 곳은 푸르른 잔디와 꽃이 수처럼 놓인 드넓은 들판이었다. 학생들에게는 놀고먹기 좋은 쉼터로 유명한 곳이었다. 나정도 대학 시절, 이곳에서 동기들과 함께 나란히 앉아 도시락을 까먹은 적이 있었다.

정우가 들판 안으로 발을 디뎠다. 가장 커다란 느티나무 밑으로 걸어간 그는 서슴없이 나무에 등을 대고 앉으며 나정을 끌어당겼다. 속절없이 몸이 앞으로 쏠리며 나정의 얼굴이 정우의 허벅지 위에 닿았다. 순식간에 일어난 일이었다.

"지금 뭐 하는……."

커다래진 나정의 눈동자에 정우의 얼굴이 가득 들어찼다. 흔들리는 나뭇잎 사이로 햇살이 잘게 부서지며 그의 얼굴을 환히 비추었다. 어디선가 불어온 하늬바람이 그의 까만 머리칼을 흩트렸다. 꼭 한 폭의 그림 같은 풍경 속에서 그가 옅게 웃었다. 깊어진 눈으로 나정을 응시하며 낮게 속삭였다.

"이렇게 보니까 더 예쁘네."

7. 수작(2)

"……."

나정의 눈이 바람에 휘날리는 천처럼 크게 너울거렸다. 머릿속이 하얗게 물들며 아무 생각도 떠오르지 않았다.

'쿵쿵쿵.'

커다란 심장 소리만이 터질 것처럼 몸속을 울렸다. 그러다 망각하던 사실 한 가지가 번뜩 떠올랐다.

"……안 돼요, 보지 말아요! 저 오늘 화장 안 했단 말이에요."

나정은 다급히 양손을 펼쳐 얼굴을 가렸다. 까맣게 잊고 있었다. 오늘 만날 소개팅 상대에게 어떻게든 잘 보이지 않기 위해 화장도, 옷도 대충 챙겨 입고 나왔다는 걸.

"내가 보기엔 그 얼굴이 그 얼굴 같던데."

"회사 다닐 때는 하고 다니거든요!"

"아, 그게 한 거였구나."

나정이 얼굴을 가린 손가락을 슬그머니 열어 정우를 노려봤다. 눈이 마주치자 그가 손등으로 입을 가리며 낮게 웃는다.

"알았어요. 안 보겠습니다."

진심인 듯 그가 양팔을 뒤로 뻗으며 고개를 젖혔다. 흔들리는 나뭇잎과 그 사이로 비치는 말간 하늘을 감상했다. 그제야 나정은 슬그머니 고개를 돌려 쿵쾅거리는 심장을 진정시키려고 노력했다. 하지만 헛수고였다. 들판에 앉아 자신과 정우를 흘끔거리기 바쁜 여학생들을 발견하자 설마, 하는 생각이 스쳤다.

아마도 정우의 외모에 관심을 가지다가도 그의 무릎을 베고 누운 나정을 보며 입맛을 다시는 게 두 사람을 커플로 보는 듯싶었다. 새삼 그 사실이 나정의 얼굴을 붉게 물들였다. 꿈꿔본 적이 있었다. 남들이 청춘이라고 부르는 그 시절, 좋아하는 사람의 손을 맞잡고 캠퍼스를 맘껏 누려보는. 또 어느 날은 지금처럼 유유자적 한가로움을 느껴보는. 한때 그런 일상을 바라곤 했지만, 이렇게 이뤄질 줄은 꿈에도 몰랐다.

뭐랄까. 풋풋한 설렘이 느껴지기보다, 형언할 수 없는 감정이 자꾸만 가슴을 울렁거리게 했다. 뱉기도, 삼키기도 너무 뜨거워서 이 와중에 눈치 없이 빠르게 뛰는 심장은 원망스럽기만 했다.

나정은 소리 없이 손을 내렸다. 어느새 눈을 감고 있는 정우의 모습이 보였다. 그러고 보니까 오늘은 앞머리를 내렸네. 격식을 갖추듯 깔끔하게 이마 위로 넘긴 머리만 보다가 바람에 살랑거리는 까만 앞머리를 보니 기분이 묘했다. 꼭 다른 사람들은 알지 못하는 그의 모습을 알게 된 거 같아 자꾸만 시선이 쏠렸다.

그림자가 드리울 만큼 긴 속눈썹과 매끄러운 미간을 타고 흐르는 높디높은 콧날, 남자치고 붉은 입술에 눈길이 닿은 순간이었다. 감긴 정우의 눈이 뜨이며 그가 고개를 숙여 나정을 내려다봤다. 속절없이 시선이 뒤엉키자 온몸이 뻣뻣하게 굳었다. 당장 눈을 돌려야 하는데, 한층 깊어진 그의 눈빛에 붙잡혀 꿈쩍도 할 수 없었다. 서서히 그의 얼굴이 가까워지는 착각이 든 순간, 나정은 불쑥 내뱉었다.

"……왜 팀장님은 대학 다니면서 한 번도 연애를 안 해보셨어요?"

어떻게든 상황을 회피해야겠다는 생각에 급히 뱉은 말이었다. 하지만 한편으론 궁금했다. 여진의 말대로라면 정우는 학교에서도 유명 인사였다는데, 왜 한 번도 연애를 하지 않은 걸까. 맘만 먹으면 얼마든지 할 수 있을 텐데. 오늘 만난 황 교수도 그러지 않았나. 정우가 연애하는 모습을 한 번도 본 적이 없다고.

'왜?'

반사적으로 나정의 머릿속에 의문이 떠올랐다.

"누구처럼 치열하게 살기 바빴습니다."

정우가 덤덤히 대답했다.

"연애가 사치처럼 느껴지기도 했고, 또 누가 자꾸 눈에 밟혀서."

그게 누구냐고 나정은 물을 수 없었다. 그의 두 눈이 여전히 나정에게 고정돼 있었다. 또다시 심장 박동수가 빨라지기 시작하자 상체를 벌떡 일으켰다.

"배, 배고프지 않으세요?"

흘러나간 목소리가 퍽 어색했다. 정우는 팔짱을 끼며 나정을 물끄러미 주시했다. 어떻게 도망갈 구실을 만들지 하는 수작을 관람하겠다는 아주 여유로운 태도였다.

"하하. 전 아침을 대충 먹었더니 배가 너무 고프네요."

때마침 기적처럼 나정의 배에서 꼬르륵, 소리가 울려 퍼졌다. 이게 왜 지금 울리고 난리야. 하늘이 도운 상황인데도 기쁘기는커녕 울고 싶어졌다. 그 마음을 읽기라도 한 건지 등 뒤에서 낮은 웃음소리가 들렸다. 뒤이어 나정의 머리 위로 커다란 그림자가 드리웠다. 정우가 미소를 머금은 채 속삭였다.

"그러게요. 배고플 시간이네."

"……."

"밥 먹이러 가야겠어."

* * *

두 사람은 학교 근처에 있는 레스토랑에서 저녁을 해결했다. 학교에 다닐 때 맛집이라고 소문난 곳이었는데, 다른 사람도 아닌 한정우와 함께 방문하다니.

나정은 음식이 코로 들어가는지, 입으로 들어가는지 모른 채 열심히 포크질을 해야 했다. 계산할 때는 자그마한 실랑이가 있었다. 누가 돈을 내냐 마냐로 옥신각신 말다툼이 오갔다. 결국 승자의 깃발은 정우에게로 돌아갔다. 능력 좋고, 돈을 더 잘 버는 사람이 지갑을 여는 거라는 그의 논리에 두 손 두 발 들어야 했다.

"가보고 싶은 데 있어요?"

차를 타고 캠퍼스를 빠져나오자 정우가 물었다. 어느새 해가 저물고 달의 윤곽이 보이기 시작했다. 곰곰이 고민하던 나정은 고개를 작게 내저었다.

"아뇨, 특별히. 팀장님은요?"

"데려가 보고 싶은 곳이 하나 있긴 한데."

데려가 보고 싶은 곳? 거기가 어디지? 궁금해하던 중 정우의 휴대폰이 진동했다. 능숙하게 블루투스 이어폰을 귀에 꽂고 전화를 받은 그가 담백한 목소리로 대화를 이어갔다.

"응. 곧 도착해. 한 시간이면 될 거 같아."

어느덧 차는 큰 도로에 진입한 상황이었다. 한참을 내달리더니, 커다란 건물을 앞에 두고 점점 속도를 줄였다.

"어? 여기……."

나정이 다소 놀란 눈으로 건물을 살폈다. 크리스탈로 만들어진 유리 벽 한 면에 현수막이 커다랗게 걸려 있었다.

'오서화 개인 전시전'이라고 적힌 글자가 나정의 가슴을 두근거리게 했다. '오서화' 작가는 나정이 평소 좋아하는 예술가 중 한 명이었다. 그새 차를 주차장에 주차한 정우가 운전석 문을 열어젖혔다.

"내려요."

* * *

오후 여섯 시면 문을 닫는 갤러리 관은 오늘 특별히 한 시간을 더 연장하기로 했다. 단 두 명의 관람객을 위한 결정이었다.

"고맙다."

정우가 팔을 뻗어 갤러리 관을 책임지는 관계자와 가볍게 악수했다. 키가 크고 안경을 쓴 남자는 한때 정우에게 큰 도움을 받은 적이 있던 대학 동문 중 한 명이었다.

"뭘. 나야 늦게라도 도움 줄 수 있어서 기쁘지. 그럼 천천히 보고 가세요."

남자가 미소를 머금으며 인사하자 나정도 덩달아 고개를 숙였다. 정우와 단둘이 남게 되고 나서야 엄청난 현실감이 몰려왔다.

"……팀장님."

이게 어떻게 된 일이냐며 놀란 감정을 숨기지 못하자 정우가 픽, 웃으며 상황을 설명했다.

"대학 다니면서 송재현을 통해 예술 하는 몇몇을 알게 됐어요. 그때 같이 어울려 다녔던 녀석 중 한 명입니다. 지금은 이 갤러리 관을 책임지는 관장이고."

한때 학교를 주름잡았던 남자 아니랄까 봐, 소유한 인맥도 어마어마했다. 하지만 나정이 궁금한 건 따로 있었다.

"어떻게 아셨어요?"

"뭘 말입니까?"

"제가 오서화 작가님 작품을 좋아한다는 거요."

회사에서 개인적인 취미에 대해서는 입도 뻥긋하지 않던 나정이었다. 따로 미술학원에 다닌다는 것도 대학 동기인 여진을 제외하면 아무도 모르는 이야기였다.

"틈만 나면 작품을 서치하길래."

시간이 날 때마다 나정이 회사 PC를 통해 검색했던 작품 중 하나를 정우는 물끄러미 응시했다.

"한 시간밖에 여유 없으니까 틈틈이 둘러보다 가요."

마음 편히 보라는 듯 그가 한 발짝 물러나 주었다. 나정은 들뜬 마음으로 진열된 작품을 차근차근 감상하기 시작했다. 오서화 작가는 화가보다는 조각가로 유명한 작가였다. 재작년부터는 현대 미술에도 손을 뻗으며 남다른 존재감을 더욱 각인시켰다.

날것 같지만 따스하고, 그렇지만 그 속에선 또 아픔이 느껴지는. 작품이 가지고 있는 오묘한 분위기에 홀린 듯이 빠져든 게 불과 작년이었다. 나정이 다시금 미술을 시작하고 싶다는 마음을 가지게 된 계기이기도 했다.

"팀장님. 한 가지 궁금한 게 있는데요."

나정은 문득 커다란 액자에 담긴 푸른 초원의 그림을 앞두고 물었다.

"팀장님은 취미로 예술 하는 사람을 어떻게 생각하세요?"

정우가 조용히 나정의 등 뒤로 다가왔다. 뭔가를 망설이는 듯 그녀의 표정이 초조했다. 그 이유를 알 거 같아 정우는 무심히 물었다.

"어떤 정의를 내려주길 바라는 거지?"

"그러니까 제 말은……."

복잡한 머릿속을 정리하듯 분주히 눈동자를 굴리던 나정은 아무에게도 하지 못한 이야기를 조심스레 흘려보냈다.

"본업은 따로 있는데, 뒤늦게 예술에 대한 학구열이 불타올라서 이것저것 열심히 해보는 거 말이에요. 아무래도 나이 먹고 그러는 건 주책 같아 보이겠죠?"

왜인지 모르겠다. 얼마 전 소개팅 자리에 나왔던 한승우, 그 남자가 했던 말이 떠오른 것은. 취미는 취미로만 대해야지, 깊게 파고드는 건 천박해 보인다던 그 말이 자꾸만 발목을 붙잡았다. 어쩌면 정우도 같은 생각은 아닐까. 재현 선배의 부탁에 못 이겨서 소묘 수업에 모델로 서 준 것만 봐도 썩 그런 자리를 달갑게 여기는 거 같아 보이진 않았다.

"어른이 되면 겁쟁이가 되기 마련입니다."

불쑥, 귓가를 파고든 음성에 나정의 눈이 동그래졌다. 정우는 바지에 양 주머니를 꽂고서 그림을 감상 중이었다.

"나이를 한 살 한 살 먹을수록 책임질 일은 늘어나고, 그만큼 주변 시선을 의식할 수밖에 없습니다. 자신감을 가지기보단 잃는 날이 더 많겠죠. 멋모르던 어린 시절에 실패하는 것과 알 만큼 다 아는 나이에 실패해 따라오는 무게감은 차원이 다르니까요. 그러니까 그건."

"……."

"주책이 아니라 용기인 겁니다."

용기. 두 글자가 불씨처럼 피어올라 나정의 가슴에 뜨겁게 퍼져 나갔다. 일렁거리는 그녀의 눈동자를 정우가 지그시 응시하며 속삭였다.

"그래서 말인데, 또 내가 필요하면 말해요."

"……."

"은나정 씨라면 얼마든지 벗어줄 수 있으니까."

* * *

작품 감상을 끝마친 두 사람은 다시 차에 올라탔다. 목적지는 나정의 집이었다. 시침이 어느새 밤 여덟 시를 향해 달려가고 있었다. 무사히 집 앞에 도착한 나정은 조수석 문을 달칵, 열었다. 뒤따라 정우가 운전석에서 내렸다. 두 사람은 가로등 불빛 아래에 서서 서로를 마주 보았다.

"팀장님 덕분에 즐거운 주말을 보냈어요. 감사합니다."

나정이 허리를 살짝 숙이며 감사 인사를 전했다. 이쯤이면 헤어질 타이밍인 거 같은데, 웬일인지 정우는 꿈쩍도 하지를 않았다. 가로등 불빛을 등진 남자의 윤곽이 오늘따라 유독 짙고 남자다웠다. 괜스레 공기가 탁해지는 것 같은 기분이 들자 나정은 생각나는 아무 말이나 내뱉었다.

"그…… 황 교수님이랑은 어떻게 아는 사이세요? 전공 교수님이었던 거 같긴 한데, 되게 특별해 보여서요."

"방황하던 시절에 절 감싸준 분입니다."

"방, 황이요?"

나정이 의아한 표정으로 정우를 위아래로 훑어 내렸다.

"왜 그런 눈으로 보지?"

"아니, 좀…… 상상이 안 가서요. 팀장님은 방황이랑은 전혀 거리가 멀어 보이셔서."

"은나정 씨가 생각하는 나는 어떤 사람인데 그러지?"

정우가 성큼 다가오자 나정은 반사적으로 뒤춤 물러서며 배 앞으로 양손을 마주 잡았다.

"음⋯⋯. 팀장님은 일단 책임감이 강하시고요, 또 리더십도 좋으시고. 또⋯⋯ 이건 워낙 귀가 닳도록 들어서 식상하게 들리시겠지만, 외모도 남다른 편이시고요."

"그리고?"

"네? 아⋯⋯, 그리고 평소 스타일도 좋으신 편이세요."

"그리고 또."

정우가 낮게 속삭이며 한 발 더 성큼 다가오자 나정은 마른침을 꿀꺽 삼키며 입술을 잘근잘근 깨물었다.

"그리고 또⋯⋯."

어떡해. 아무 생각도 나질 않아.

그의 차에 탄 후로 쭉 그랬다. 여유롭게 운전에 집중하던 정우와 달리 나정의 입안은 자꾸만 바짝바짝 말라만 갔다. 그가 갤러리에서 했던 말이 수시로 떠올랐다. 네가 원하면 얼마든지 벗어주겠다던. 어떻게 그런 말을 표정 하나 바뀌지 않고 할 수 있지. 엎친 데 덮친 격이라고 하필 이럴 때 아무것도 걸치지 않은 정우의 단단한 상체가 머릿속에 범람했다. 서로의 거리가 단번에 가까워진 순간이었다.

"⋯⋯언니?"

"네. 그러니까 언니⋯⋯ 응?"

어디선가 들린 부름에 나정의 눈이 휘둥그레졌다.

잠깐만. 이 목소리. 낯설지 않은 게⋯⋯.

나정은 벼락이라도 맞은 사람처럼 기겁하며 옆을 돌아봤다. 익숙한 얼굴이 그녀를 바라보고 있었다. 막내, 나람이었다. 토루의 간식을 사 오던 길이었는지 한 손에는 주식 캔이, 또 다른 한 손에는 새로 산 토루의 장난감이 들려 있었다. 나람의 두 눈이 나정의 곁에 선 정우에게로 향했다. 어둠에 숨겨진 또렷한 윤곽이 가로등 불빛에 의해 환히 드러나자 나람은 홀린 듯이 속삭였다.

"형, 부?"

* * *

"주여……."

벌써 몇 번째인지도 모를 아득한 탄식이 진희의 입술을 타고 흘렀다. 그녀는 황홀과 감격이 드나드는 눈으로 정우를 바라봤다. 다른 식구들도 별반 다르지 않은 반응이었다. 나람이 웬 남자와 나정이 함께 있다는 소식을 전하자 온 집안이 떠들썩하게 뒤집혔다.

'뭐? 남자?!'

소파에 앉아 설계도를 짜던 도권은 책상에 놓아둔 펜치를 냅다 집어 들었고.

'누군데? 얼굴 봤어? 이번에는 확실한 거야?'

주방에서 요리를 하던 진희는 휘날리듯 앞치마를 머리 위로 벗어던지며 신발장 앞으로 내달렸다. 때마침 문이 열리며 정우가 모습을 드러내자 진희는 다리에 힘이 풀려 그 자리에서 그만 풀썩 주저앉고 말았다.

　나정의 가족들은 한동안 멍하니 정우의 얼굴을 감상했다. 그리고 합이라도 맞춘 것처럼 가지런히 양손을 배꼽 앞에 모으며 수줍은 인사를 건넸다.

　'어서 오세요.'

　……내가 못 살아, 진짜.

　뒤따라오는 부끄러움은 오직 나정의 몫이었다.

　"그러니까 우리 나정이 상사 되는 분이시라고요?"

　거실에 한데 모여 있던 중 진희가 슬그머니 운을 뗐다. 정우가 곧은 시선으로 그녀를 바라보며 대답했다.

　"예. 기획부서 팀장 한정우라고 합니다."

　"어머, 그러시구나. 팀장님이셨구나. 나정아. 이렇게 멋진 상사분이 있으시면 엄마한테 미리 말을 했어야지."

　남자친구도 아니고 상사에 대해서 일일이 말하는 자식이 어디 있어요.

　"엄마, 팀장님 내일 출근하시려면 집에 일찍 가셔야 해요."

　"아, 그런가? 여기서 저녁 먹고 가는 건 좀 그러려나?"

　"저녁은 무슨……."

　"차려주시면 감사히 먹고 가겠습니다."

　나정의 고개가 뻣뻣하게 돌아갔다. 이보세요? 한 팀장님? 눈치라면 기가 막히게 빠른 남자가 이 순간만큼은 까막눈이라도 된 것처럼 신호를 무시했다. 진희가 기회를 놓치지 않고 남편 도권의 등살을 떠밀었다.

"여보, 뭐 해욧! 어서 빨리 장독대에서 게장 꺼내오지 않고."

"어어, 그래요! 갑니다, 가."

도권이 후다닥 몸을 일으키며 현관문을 열고 마당으로 사라졌다.

"정우 군은 우리 나정이 방에서 편히 쉬고 있어요. 뭐하니, 나정아. 어서 손님 모시지 않고."

일사천리로 정리된 상황에 나정은 어안이 벙벙했다. 기가 막힌건 정우의 태도였다. 그는 어느새 나정의 방문 앞에 서 있었다. 내가 방을 치웠던가? 급히 소개팅 시간에 맞춰 나오느라 기억이 잘나질 않았다.

"국 다 끓이면 때맞춰서 부를게. 어서 들어가 있어."

진희가 손수 나정의 방문을 열며 정우를 안내했다.

"호호, 그럼 편히 쉬고 있어요. 나람아. 여기 마실 것 좀 가져다드리렴."

"네, 엄마!"

진희와 나람이 주방으로 사라지자 정우가 몸을 움직였다. 뒤늦게 정신을 차린 나정은 후다닥 달려와서는 정우보다 먼저 방 안에 도착해 다급히 주변을 점검했다. 오케이, 책상 깔끔하고. 침실정리도 잘 돼 있고. 옷장도 잘 닫혀 있네. 방 안 구석구석을 훑는나정의 눈이 날렵하고 예민했다. 다행히 봐줄 만은 했다. 남모르게 안도의 숨을 내쉬는데.

"평소 이런 걸 여기에 걸어두나 봅니다."

등 뒤를 울리는 낮은 음성에 불길한 예감이 들이닥쳤다. 정우가 돌아선 채 방문을 응시하고 있었다. 나정의 속옷으로 추정되는 살구색 브래지어가 문고리에 걸려 있었다.

"……눈 감아요!"

나정은 본능적으로 소리치며 전력으로 달려와 문고리에 걸린 속옷을 낚아챘다. 아래 수납장을 열고 다급히 집어넣었다. 거의 처박다 싶은 거친 손길이었다.

"……헉, 헉. 봐, 봤어요?"

그녀가 울 거 같은 얼굴로 정우를 올려다봤다. 무감한 얼굴에서 속마음을 읽기가 어려웠다.

"뭘 말입니까?"

"……아니에요. 안 본 거면 다행이고요."

"E컵에 둘레 75."

"……."

"뭐 이런 걸 묻는 건가?"

"봤잖아요!"

"안 보려고 했는데, 시력이 워낙 좋은 편이라."

그러니 자신에게는 죄가 없다는 아주 뻔뻔스럽기 그지없는 대답이었다. 망했어, 망했다고. 어쩐지 두 번째 소개팅이 완벽하게 끝이 나나 싶었다. 사귀지도 않은 사이에 가슴 사이즈부터 알려주다니.

남들은 날씬한 몸에 비해 큰 가슴을 가진 건 축복이라고 했으나 나정의 생각은 전혀 달랐다. 조금이라도 달라붙는 옷을 입으면 몸매의 굴곡이 그대로 드러나 가는 곳마다 노골적인 시선이 따라붙었다. 그게 부담스러워 회사에 다닐 때는 항상 블라우스

나 셔츠를 챙겨 입었다.

불행 중 다행히도 정우는 그다지 신경 쓰지 않는 얼굴이었다. 정작 그의 신경은 다른 곳에 쏠려 있었다. 침대 밑에서 얼굴을 슬며시 내밀고 있는 자그마한 형체. 어둠 속에서 번쩍이는 두 개의 초록색 눈동자. 토루였다.

"어? 팀장님, 잠깐만요. 토루는!"

나정과 나정의 가족을 제외하면 사정없이 입질부터 하는 녀석이었다. 그래서 나정의 방문 앞에는 '외부인 출입 금지'라는 팻말이 조그맣게 붙여져 있었다. 정우는 능숙하게 토루의 코에 손가락을 가져댔다. 킁킁, 냄새를 맡던 토루가 커다랗게 입을 벌렸다. 역시. 물어버릴 거야.

"니야오오옹."

……뭐지, 이 울음소리는? 사나운 입질이 아닌 활기찬 울음소리가 방 안에 울려 퍼지자 나정의 표정이 멍했다. 토루를 키운 지 몇 년이 됐지만, 한 번도 들어본 적 없는 소리였다.

"……토루야?"

"니야오오오옹."

이제 토루는 정우의 손에 머리를 비비다 못해 그의 품에 쏙 들어가 킁킁 냄새를 맡기 바빴다.

"역시. 짐승도 얼굴 볼 줄 아는 거야."

소리 없이 방문을 열고 들어온 나람이 주방에서 가져온 음료와 쿠키를 침대 위에 내려놓았다.

"토루도 여자잖아. 설렐 만하지."

말도 안 돼. 나정은 이유 모를 배신감에 휩싸였다. 길 고양이었던 토루에게 집사로서 간택 당하기까지 1년 넘게 사투를 벌여야 했다. 그런데 1분도 채 되지 않아 정우가 토루의 환심을 사자 괜히 밉다가도 그의 품에 안겨 있는 토루의 행복한 모습에 백기를 들 수밖에 없었다.

"저기……."

나람이 사뭇 조심스러운 표정으로 정우의 곁으로 다가갔다. 몸을 비비 꼬는 게 할 말이 있다는 표정이었다.

"여기 나오신 분 맞죠?"

그녀가 무언가를 내밀어 보였다. 얼마 전, 집안의 환심을 샀던 정우의 스무 살 화보집이었다. 저게 왜 또 쟤 손에 가 있어? 놀랄 새도 없이 정우가 고개를 끄덕이자 화르륵, 나람의 양 볼이 빨갛게 물들었다. 입가에는 웃음꽃이 만개했다.

"맞구나. 어쩐지 낯이 익더라니. 완전 잘생기셨어요. 저 이렇게 잘생긴 사람 태어나서 처음 봐요! 와, 앤더스 실물도 이렇지는 않았는데."

거의 찬양에 가까운 호평 일색이었다. 태어날 때부터 밥 먹듯이 듣던 소리라 평소 눈 하나 까딱하지 않던 정우가 이 순간만큼은 담백한 미소를 지어 주었다.

"고마워요."

"꺅! 어떡해! 고맙대. 진짜 우리 형부였으면 소원이 없겠다."

"은나람."

나정이 그만 설치라며 경고하자 나람은 못내 아쉽다는 얼굴로 방 문고리를 붙잡았다.

"알았어, 알았다고. 나가면 되잖아. 그럼 즐거운 시간 보내세요, 형부!"

저게 마지막까지…….

일침을 가하려던 나정은 금세 생각을 접었다. 어차피 정우에게는 이 상황을 부정하려는 기색이 없어 보였다. 자세히 보면 언뜻 즐기는 거 같기도 하다. 괜히 그의 페이스에 휘말릴까, 나정은 나람이 두고 간 화보집을 내밀었다.

"저번에 재현 선배 집에서 급히 짐을 챙긴다는 게 이것까지 가져와 버렸더라고요. 죄송해요. 돌려드릴게요."

"필요 없습니다. 원한다면 은나정 씨 가져도 돼요."

"이, 걸요?"

"모델 사진 앞에 두고 자주 스케치 연습한다면서요."

"그렇긴 한데……."

"필요할 때 두고 그려요."

웬만한 모델보다 더 균형 있게 잡힌 정우의 몸이었다. 왠지 욕심이 난 나정은 조심스레 화보집을 품에 안았다.

"근데 고양이를 되게 잘 다루시네요? 키워본 적 있으세요?"

토루와 놀아주는 그의 손길이 능숙하며 다정다감했다. 일명 '찰찰이'라고 불리는 장난감을 그가 흔들어 보이자 토루가 먹잇감을 노리듯 치즈색 궁둥이를 낮추더니 샤샤샤, 돌진하며 장난감을 재빠르게 입에 물었다. 그런 녀석이 귀여운지 정우가 부드럽게 털을 쓰다듬으며 대답했다.

"키워본 적은 없지만, 동물은 다 좋아하는 편입니다."

"아, 그럼 나중에 고양이 한 마리 키워보세요. 왠지 잘 키우실 거 같아요."

"고양이보다는 다른 동물을 더 좋아해서."

"어떤 동물이요? 멍멍이?"

"아니요."

"그럼?"

정우가 고개를 돌려 나정을 지그시 응시했다.

"토끼."

고요하지만 어딘가 모르게 열기가 묻어나는 음성이었다. 형광등 아래, 유독 하얗게 도드라진 나정의 피부를 따라 정우가 시선을 흘리며 한 번 더 대답했다.

"토끼 좋아합니다."

"토, 끼요?"

깡충깡충 뛰는 그 토끼? 곰곰이 고민하던 나정은 마지못해 고개를 끄덕였다.

"하긴 토끼를 애완용으로 키우는 분들도 있으시니까요."

"키운다고는 말 안 했는데."

"좋아한다고 하지 않으셨어요? 그럼 왜……."

궁금하다는 눈빛을 내비치자 그가 한껏 깊어진 눈으로 나정을 주시했다.

"언젠간 잡아먹을 거 같아서."

나정은 문득 등줄기가 서늘해지는 걸 느꼈다. 방에 에어컨을 작동시킨 것도 아닌데, 오한이 서리며 마른침이 꿀꺽, 넘어갔다. 하하, 어색한 웃음을 흘리며 되물었다.

"……농, 담이신 거죠?"

한참을 말이 없던 정우의 입가에 희미한 미소가 번졌다.

"네. 농담입니다."

"역시 농담이셨구나. 전 또 뭐라고……."

쿵쿵쿵. 심장이 빠르게 뛰었다.

"마실 것 좀 더 가져와야겠다."

냉큼 자리에서 일어났다. 목이 타는 바람에 나람이 가져온 사과
주스를 단번에 들이켜 버렸다. 살금살금 정우의 곁을 지나치며 문
고리를 잡는데, 어쩐지 집요한 시선이 땅거미처럼 따라오는 기분
이 들었다. 슬그머니 고개를 돌리자 토루를 무릎에 앉히고서 부
드럽게 쓰다듬는 정우의 모습이 보였다. 마치 저 위에 토루가 아
닌 토끼가 앉아 있어도 전혀 위화감 없을 거 같다는 생각이 든 순
간 그와 눈이 마주쳤다. 깊이를 알 수 없는 새까만 눈동자에 나정
의 심장이 쿵 내려앉았다.

"금방 다녀올게요."

서둘러 문고리를 잡아당겼다. 방을 빠져나가는 순간까지 나정은
선득한 기분을 떨쳐낼 수 없었다.

* * *

"덕분에 맛있게 먹고 갑니다."

정우가 반듯한 인사를 건네며 허리를 공손히 숙였다. 아직 집에
오지 않은 둘째 나은을 제외하고 온 가족이 총출동해 정우의 배
웅길을 함께했다.

"아휴, 차린 것도 별로 없었는데요."

진희가 미소를 감추지 못하며 손사래를 쳤다. 물론 거짓말이었

다. 그녀는 단 한 시간 만에 상다리가 부러질 만큼의 음식을 차려 냈다. 마치 작년에 있었던 할머니의 팔순 잔칫상과 견주어도 밀리지 않을 비주얼이었다.

"다음에 오시면 더 맛있는 걸로 대접해드릴게요."

"신경 써 주셔서 감사합니다. 그럼 먼저 들어가 보겠습니다."

"나정아, 뭐하니. 팀장님 밖까지 모셔다드리지 않고."

"아, 네."

가족들을 뒤로하고 나정은 대문 밖까지 정우를 배웅했다. 주차된 차 앞에 도착하자 나정은 내심 미안하다는 표정으로 정우를 바라봤다.

"괜히 저희 가족 때문에 과식하신 거 아닌지 모르겠어요."

온갖 운동을 섭렵했다는 남자답게 정우는 평소 식단을 조절하며 체중을 유지하는 편이었다. 그런 의미로 진희가 차린 저녁 식사가 충분히 부담스러울 만했다. 하지만 그는 보란 듯이 수북이 쌓인 밥 한 공기를 뚝딱 비워냈다. 그 모습에 반한 진희가 높은 직급일수록 더 잘 챙겨 먹어야 한다며 냉큼 한 공기를 더 가져오자 그마저도 말끔히 해결했다.

"음식솜씨가 좋으시더군요."

"아, 엄마요? 중학교 급식 도우미를 하고 계시거든요. 그래서 손이 좀 크신 편이세요."

"화목한 가정인 거 같아요. 은나정 씨 가족은."

생각지 못한 정우의 말에 나정은 기분이 묘해졌다. 지나칠 정도로 그에게 관심을 보였던 가족들이었던지라 반감이 들 줄 알았는데.

"그래서 다행이야."

……다행? 그게 무슨 의미냐고 묻고 싶었지만, 그 전에 먼저 정우가 차에 올라탔다. 그대로 출발하나 싶더니, 활짝 열린 차창 문을 통해 나정과 눈을 맞추었다.

"은나정 씨."

"네, 팀장님."

"다음에 또 와도 됩니까?"

그 장소가 어디인지는 굳이 묻지 않아도 알 수 있었다. 나정의 인생에서 집에 남자를 데리고 온 적은 처음 있는 일이었다. 막연히 상상한 적은 있었다. 만약 남자친구를 집에 데리고 오게 된다면 부모님의 마음에 쏙 들었으면 좋겠다고. 그 대상이 남자친구 아닌 그녀의 상사라는 게 아이러니했지만, 나정은 거부할 수 없었다. 고개를 천천히 끄덕여 보이자 정우의 입술이 부드럽게 풀어졌다.

"회사에서 봅시다. 푹 쉬어요."

"팀장님도요."

담백한 인사를 끝으로 정우를 실은 차가 멀어져갔다. 나정은 한동안 정우의 흔적이 묻은 도로에서 눈을 떼지 못했다.

"누구야?"

정신을 차린 건 불쑥 다가온 인기척 때문이었다. 이제 집에 온 건지 나은이 한쪽 어깨에 가방을 걸친 채 서 있었다.

"언제 왔어?"

"방금. 근데 언니 아까 같이 서 있던 남자 누구냐니까? 처음 보는 얼굴인데."

"어? 나은 언니 왔어?"

대문 뒤에서 나정과 정우의 대화를 은밀히 듣고 있던 나람이 냉큼 문을 열어 얼굴을 내밀었다.

"아, 언니 좀만 더 빨리 오지. 미래의 형부를 볼 수도 있었는데."

"형부?"

이게 무슨 소리냐며 나은의 두 눈이 다시금 나정에게로 향했다. 상황설명을 바라는 눈빛에 나정은 보기 좋게 무시하며 대문을 넘어섰다.

"피곤해서 먼저 잘게."

현관문을 열자 비슷한 상황이 연출됐다. 정우와 어떤 사이인지 무척이나 궁금해하는 부모님의 시선을 오늘만큼은 무시하며 방 안으로 들어갔다.

'달칵.'

문을 잠그고 나서야 마음이 한결 놓였다.

"니야아아옹."

"토루야."

"니야오오옹."

"뭐야, 그 울음. 너 언니 서운하게 자꾸 이럴래? 팀장님은 이제 없어. 집에 갔단 말이야."

나정에게서 정우의 냄새가 묻어나는지 킁킁, 냄새를 맡던 토루가 평소와 다르게 찰싹 엉겨 붙었다. 못 말린다는 듯 고개를 내젓던 나정은 토루를 품에 안아 들며 침대에 풀썩 드러누웠다. 하얀 천장이 눈에 들어오자 긴장했던 근육이 스르르 풀리며 잠이 몰려왔다.

"토루야."

"니야아아옹."

"오늘 하루가 되게 긴 기분이었는데, 이상하게 하나도 안 힘들었다? 조금……."

즐거웠던 거 같기도 하고. 토루가 흘긋 머리를 들어 나정을 바라봤다. 총명하게 빛나는 초록색 눈동자를 느리게 끔뻑이더니, 다시금 나정의 품에 얼굴을 비벼댄다. 마치 그녀가 종일 놀러 다닌 상대가 누구인지 안다는 듯한 몸짓이었다. 자연스레 한 남자가 떠올랐다.

"……나랑 어울리지 않은 사람이라 생각했는데."

그래서 더 정우의 마음을 믿지 않은 것도 있었다. 갑자기 훅 다가온 그의 행보에 나정은 마냥 기쁘기보다 '나를 왜?'라는 의문에 수시로 휩싸였다.

그가 사는 세계와 나정이 사는 세계는 달라도 너무 달랐다. 언뜻 보면 같은 회사에 다녀서 비슷한 인생을 살고 있는 것 같아도 내막을 들여다보면 두 사람은 전혀 다른 환경에 노출돼 있었다. 어딜 가든 이목이 따라붙는 남자였다. 남다른 외형도 한몫했지만, 철저한 자기 관리와 거기서 오는 높은 자존감 때문인지 정우에게는 사소한 몸짓 하나에도 시선을 집중하게 만드는 매력이 있었다. 굳이 따지자면 상위 클래스 안에서도 단연 톱이라고 말할 수 있었다. 그에 비해 나정은…….

"지극히 평범해도 너무 평범하지."

오직 '노력'만으로 인 서울 대학에 입학하고, 또다시 공부에 매진하며 빠듯한 아르바이트 생활을 병행한 결과 남들이 말하면 알 만한 대기업에 입사했다. 굳이 자랑거리로 꼽으라면 자랑거리겠다. 하지만 회사에 입사한 지 한 달도 되지 않아 뼈저리게 느꼈다. 세상은 넓고 똑똑한 사람은 아주 많다는 걸. 그래도 어디 가서 꿇리지 않을 실적으로 기획팀에 들어왔지만, 뛰어난 실무 능력을 가진 직원들은 지천으로 널리고 또 널려 있었다. 그들도 한때 공부로는 학교에서 으뜸가던 인재였을 텐데, 어떻게 보면 당연한 그림이었다. 굳이 그들과 다른 점을 뽑으라면 지나칠 정도로 성실하다는 것과 그리고…….

"어차피 취미인걸."

나정의 입가에 쓴 미소가 떠올랐다. 하필 이 순간 하얀 도화지에 신나게 스케치를 하던 추억이 떠오를 건 무엇인지. 일반인보다 아주 조금 더 그림을 잘 그린다는 게 과연 특기라고 말할 수 있을까. 아니. 여기서 더 잘 그리고 싶은 욕심이 생긴다면. 좀 더 특별해지고 싶다면…….

'그건 주책이 아니라 용기인 겁니다.'

문득 떠오른 음성에 나정은 허공에 팔을 획획 저었다. 낯설지 않은 현상에 가슴이 두근거렸다.

"또 시작이네, 또 시작이야."

더는 생각나선 안 된다. 이렇게 되면 오늘 밤도 잠자기는 그른 셈이었다. 출근하기 직전까지 한정우의 늪에 허덕일 게 뻔하다고 걱정하던 나정은 생각보다 빠른 시간 내에 꿈나라로 향했다.

한편 방문 밖에서는 이제 막 집에 들어오는 나은을 보며 진희가 다소 놀란 표정을 지어 보였다.

"나은이 이제 온 거야? 밥은?"

"대충 챙겨 먹었어요. 근데 언니는요?"

"잔다고 벌써 들어갔어. 그나저나 왜 이렇게 늦게 왔어? 설마 과외를 이 시간까지 했니? 아무리 자식 농사에 급하다지만 과외 선생님을 밤 아홉 시에 돌려보내는 건 너무하지."

"별로 안 피곤해요. 그보다 형부라뇨? 이게 다 무슨 소리예요?"

"세상에. 그게 말이야. 실은……."

진희의 입에서 몇 번이나 '세상에'라는 감탄사가 터져 나왔다. 대충 이야기를 전달받은 나은은 기대에 찬 가족들과 상반되는 무표정한 얼굴로 상황을 정리했다.

"그러니까 두 사람이 사귀는 사이는 아니란 거네요."

"곧 사귈 거 같다는 거지. 내가 분명 봤어. 나정 언니 보는 눈이 심상치 않았다니까. 아빠도 그렇게 느꼈다고 하셨는걸? 그러게. 아빠가 웬일로 흔쾌히 허락했대요?"

먼 훗날, 나정이 신랑감을 데리고 온다면 따질 거 다 따진 후에야 마지못해 허락하겠다고 버릇처럼 말하던 도권이었다.

"크흠. 그게 나정이 상사라서 그런지 보는 눈이 좀 있더라고."

"왜요? 정우 군이 우리 나정이에 대해서 뭐라고 하던가요?"

"아니, 내가 우리 나정이가 타온 용감한 시민상을 닦고 있는데, 옆에 와서 조용히 그러는 거야."

마치 정우에 빙의된 것처럼 도권이 얼굴에 힘을 바짝 주며 근엄하게 내뱉었다.

"좋은 딸 두셨군요."

그를 바라보는 가족들의 표정이 고요했다. 이 중에서 사기당하기 좋은 먹잇감을 한 명 뽑으라면 그건 도권일 게 분명했다.

"아무튼 괜히 설레발치지 마세요. 언니 연애는 언니가 알아서 하게 내버려 두라고요."

"그래, 소식이 있으면 먼저 말해주겠지. 엄마는 내일 새벽 미사 다녀올까 봐. 호호호. 몇 년 동안 우리 나정이 배우자 기도를 열심히 했더니 이런 답변도 받고. 가서 감사 기도를 드려야지. 나람아. 엄마랑 내일 같이 갈 거지?"

새벽 일찍 일어나는 게 힘들다며 징징대던 나람이 이번에는 군말 없이 고개를 끄덕였다. 어떻게든 정우를 형부로 만들겠다는 굳은 다짐이 느껴졌다. 유일하게 나은만이 복잡한 얼굴로 나정의 방문을 응시했다.

* * *

오피스텔에 도착한 정우는 곧바로 욕실로 들어갔다. 씻고 나오기 무섭게 휴대폰이 울렸다. 젖은 머리칼을 털어내던 마른 타월을 잠시 내려놓으며 통화 버튼을 눌렀다.

ㅡ형. 소개팅은?

스피커 새로 쏟아지는 태오의 음성은 초조했다. 반면 정우는 느긋하게 타월을 다용도실에 있는 수건 통에 집어넣으며 통화를 이어갔다.

"알아서 뭐 하게."

ㅡ설마 관심 없다고 그대로 돌려보낸 거 아니지? 나정이 누나한테 문자 보냈는데 계속 답장이 없길래.

지금쯤 잠자리에 들었으려나. 정우는 침실에 앉아 곤히 눈 감고 있을 나정을 머릿속에 그려보았다.

  ─어땠어?

  "뭐가."

  ─나정이 누나 말이야. 형이 몰라서 그러는데, 누나 학원에서도 인기 좋아. 눈독 들인 남자 수강생들만 몇 명인데.

  휴대폰을 쥔 정우의 손에 무의식적인 힘이 실렸다. 의지와 상관없이 신경이 날카롭게 곤두서다가도.

  ─그 정도면 예쁘지 않아? 난 보고 있으면 하얀 토끼 생각나던데.

  태오의 감상평에 언제 그랬냐는 듯 정우의 입가에 엷은 웃음이 번졌다. 하얗고 동글동글한 얼굴형. 작고 둥근 얼굴형만큼이나 크고 또렷한 눈매. 웃을 때마다 도드라지는 볼살과 핑크빛이 옅게 맴도는 홍조. 누가 봐도 토끼를 연상케 하는 얼굴이었다.

  "그래. 토끼 닮았더라."

  ─거봐, 형도 마음에 들었으면서. 내가 아무나 소개해주는 줄 알아? 그럼 할아버지가 밀어붙이는 결혼은 무산되는 거지? 이름도 모르는 여자가 내 형수님이 되는 건 싫다고.

  "한태오."

  ─왜.

  "너 근데 시간 많나 보다? 나랑 여유롭게 통화도 하고."

  형을 절대 용서한 게 아니라던 당사자였다. 뒤늦게 상황을 파악한 태오가 뒤늦게 퉁명스러운 목소리를 내보냈다.

  ─……끊어. 바빠.

'뚝.'

일방적으로 끊긴 전화에 실없는 웃음이 흘러나왔다. 정우는 침대에 누워 다시금 나정을 머릿속에 그려보았다.

"즐거웠으려나."

그랬으면 좋겠는데. 우연히 기회를 얻어 나정과 온종일 시간을 보내고 느낀 점이 있다면 감정의 폭이 걷잡을 수 없이 커져 버렸다는 것이다. 이제는 억누를 수도, 돌이킬 수도 없었다. 그의 입으로 직접 나정에게 관심 있다는 말을 전한 이후, 어떻게든 그녀를 옆에 두고 싶다는 마음이 쉴 새 없이 들끓었다.

좋아하는 작가의 그림을 보며 아이처럼 눈을 빛내던 그녀의 모습에. 예쁘다는 한마디에 어쩔 줄 몰라 볼을 붉히는 순수함에. 겁먹은 것 같으면서도 그와 눈을 똑바로 마주치던 그 말간 눈동자에. 마지막으로 그녀만큼이나 밝고 활기찬 가족들을 마주하자 정우는 자꾸만 욕심이 났다.

좀 더 나정의 세상에 발을 디디고 싶다고. 좀 더 그녀의 세상에 머무르고 싶다고. 시간이 흐르면 자연스레 사람도, 자연도 변하기 마련인데, 오늘 나정의 아버지 도권이 열심히 닦던 표창장을 보며 확신할 수 있었다.

넌 10년 전과 여전히 다를 게 없구나.

방황하던 정우를, 이제 자신의 곁에는 아무도 없다고 절망에 모든 것이 집어 삼켜지던 그날. 기적처럼 나타난 열일곱의 소녀가 눈앞을 선명히 스쳐 간다.

'다 잡아놓고 여기서 포기하겠다고요? 억울하지도 않아요?'

'그러다 학생이 다치는 수가 있습니다.'

'세상에 다칠 거 알고 덤벼드는 사람도 있어요? 그냥 무작정 부딪히는 거지. 야, 이 미친 새끼야. 거기 안 서!'

인정사정 할 거 없이 전속력으로 쫓아가 소매치기범을 잡던 교복 입은 소녀의 뒷모습과.

'음……. 팀장님은 일단 책임감이 강하시고요, 또 리더십도 좋으시고. 또…… 이건 워낙 귀가 닳도록 들어서 식상하게 들리시겠지만, 외모도 남다른 편이시고요.'

귓불을 붉힌 채 종알종알 열심히 내뱉는 여자의 모습이 한데 겹쳐지자 정우는 오른손, 네 번째 손가락에 박힌 상흔을 물끄러미 바라보았다. 뜨겁게 벅차오르는 감정을 참지 못한 그가 한 손으로 눈을 가린 채 속삭였다.

"잘 컸네, 은나정."

* * *

아침이 밝았다. 출근길은 여전히 빡빡했고, 일찍 잠자리에 들었다고 해도 밀려오는 하품은 참을 수 없다. 평소와 다를 게 없어 보이는 환경이었다. 단 하나 변한 게 있다면…….

"팀장님 오셨습니까?"

"좋은 아침입니다."

"좋은 아침이에요, 팀장님."

직원들의 활기찬 인사에 나정의 시선이 흘긋 파티션 위로 향했다. 오늘도 정우의 남다른 옷맵시가 그의 출근길을 환히 밝혀주었다. 이미 로비에서부터 한차례 이목을 쓸고 왔을 게 눈에 선히 그려졌다.

빳빳하게 각이 살아있는 진회색 줄무늬 슈트와 주말에 봤던 앞머리는 모두 말끔히 넘긴 상태였다. 어제 느낀 차분함은 사라지고, 그의 트레이드마크라고 볼 수 있는 서늘한 분위기가 깊이 자리 잡고 있었다.

"나정 씨. 이거 프린터 좀 해줄 수 있을까?"

이 과장이 똑똑, 나정의 파티션을 두드리며 물었다. 그러나 아무 대답도 돌아오질 않자 파티션 안으로 얼굴을 들이밀었다.

"똑똑. 나정 씨? 내 말 들리니? 나 지금 누구랑 이야기 하고 있는 거니?"

"아, 네. 과장님."

뒤늦게 정신을 차린 나정이 고개를 획 돌렸다. 이 과장이 히죽 웃으며 종이 몇 장을 내밀었다.

"미안한데 이거 인원수에 맞춰서 복사 좀 해줄 수 있을까? 곧 있을 회의에 쓰일 자료인데, 내가 지금 재무팀에 다녀올 일이 생겨서 말이야."

"네. 바로 준비하겠습니다."

'드르륵.'

의자를 밀고 일어나는 소리에 줄곧 모니터에만 응시하던 정우와 눈이 마주쳤다. 나정은 저도 모르게 어색한 웃음을 흘리며 자료를 들어 보였다. 꼭 어딜 가는지 그에게 보고라도 하는 것처럼. 그에 반해 정우의 얼굴에는 이렇다 저렇다 할 감정이 드러나지 않았다. 함께한 주말 소개팅은 마치 신기루였던 것처럼 그의 표정은 한없이 고요했다.

* * *

"미쳤어, 거기서 자료를 들어 보이기는 왜 들어 보여."

그것도 아주 자랑스럽게 활짝 말이다. 복사기를 앞에 두고 나정은 머리칼을 부여잡았다. 어차피 회사는 곧 전쟁터와 다를 게 없으니 정우를 의식할 일은 절대 없을 거라고 확신한 게 큰 오산이었다.

나정은 오늘도 가장 먼저 기획팀에 출근 도장을 찍었다. 그리고 항상 스케줄러를 정리하고, 오후에 넘겨야 할 자료를 미리 찾아보는 것에 시간을 할애하곤 했다. 하지만 오늘은 통 집중이 되질 않았다. 자꾸만 시선이 주인 없는 정우의 자리로 흘끗흘끗 향했다. 팀장님은 언제쯤 오려나. 원래 이 시간에 오는 거 같은데 아니었나. 때마침 정우가 부서에 도착하자 모니터에 얼굴을 박다시피 애꿎은 화면만 응시하던 나정이었다.

"정신 차려. 여긴 회사야. 네 직장이라고. 누구처럼⋯⋯."

그래, 누구처럼 아무렇지 않은 얼굴로 바라봐야지. 조금 전 봤던 정우의 무표정이 떠오르자 기분이 시무룩해졌다.

뭐지. 어제랑은 비교도 안 되게.

생판 다른 사람을 보는 듯한 분위기에 마음이 복잡해지다가도

262

설마, 하는 가정이 머릿속을 스쳤다. 어쩌면 팀장님도 회사이기 때문에 공과 사를 구별하기 위해 노력 중인 건 아니실까.

'달칵.'

자료실 문이 열리며 익숙한 얼굴이 드리웠다. 동료, 혜나였다. 그녀가 꽃 같은 미소를 흘리며 나정의 곁으로 다가왔다.

"어머. 은나정 씨도 여기 있었네요?"

나정은 고개를 가볍게 까딱이는 것으로 인사를 대신했다.

"나정 씨, 주말에 뭐 했어요?"

"네?"

갑작스러운 질문에 나정의 한쪽 눈썹이 일그러졌다. 왜 이런 질문을 뜬금없이 하는지 모르겠다는 표정이었다. 혜나와 나정은 같은 부서의 팀원이라는 것 외에 통하는 점이 없었다. 애초에 친밀한 대화가 오가는 사이가 아니었다.

"아니, 다른 직원들은 주말을 어떻게 보내서 해서요."

오해하지 말라는 듯 혜나가 눈웃음을 살살치며 말했다.

"뭐, 다 비슷비슷하지 않을까요? 대부분 푹 쉬는 데 시간을 허비하겠죠."

"아…… 푹 쉬는데."

곱씹는 그녀의 어투가 어딘지 모르게 찝찝했다.

"하긴 제때 쉬어주는 것만큼 능률을 올리는 좋은 방법도 없으니까요. 그럼 회의실에서 봐요."

필요한 물품을 손에 챙긴 그녀가 미련 없이 문을 닫고 자료실을 나갔다. 그와 함께 붉은 입술에 맺힌 미소가 연기처럼 휘발되었다.

"푹 쉬기는 무슨."

주말 밤이었다. H 대학교에서 조교로 일하고 있는 친구로부터 한 통의 연락이 날아왔다. 주제는 정우였다. 정우와 같은 대학을 나온 친구에게는 혜나처럼 한때 그를 짝사랑하던 시절이 있었다. 그 친구만이 아니었다. H 대학교에 다니는 여학생이라면 한 번쯤 정우를 마음에 품는 게 일상처럼 여겨졌다. 혹시나 정우가 그 분위기에 이끌려 CC라도 하면 어쩌나, 혜나는 십 대 후반과 이십 대 초반은 언제나 초조함에 매달리며 살아야 했다. 그런데 정우 선배님 아니냐며 친구가 사진 한 장을 보내오자 마치 그때로 돌아간 듯한 불안감이 혜나의 가슴을 두들겼다. 사진 속, 정우의 곁에 서 있는 자그마한 체구의 여자가 낯설지 않았다.

"왜 자꾸 오빠는 은나정이랑 엮이는 거야."

혜나는 신경질적으로 손톱을 깨물었다. 왜 다른 사람도 아닌 은나정과 함께 모교를 찾아간 거지. 아니. 우연히 마주쳤던 거려나. 설마 둘이서 따로 주말에 만난 건 아니겠지. 별별 생각이 들던 와중, '까톡!' 소리와 함께 도착한 메시지를 본 혜나의 눈이 싸늘하게 식어갔다.

혜나야, 다음 주에 부모님이랑 같이 저녁 식사할까 하는데 시간 어때? 예정보다 일찍 한국에 도착할 거 같아.

제 친언니, 세나에게서 온 연락이었다.

* * *

나정은 살면서 섣불리 확신하는 게 얼마나 미련한 짓인지를 절실히 깨달았다.

"그래서 마땅한 아이디어가 하나도 없다는 겁니까?"

　차게 식은 일침이 드넓은 공간을 울렸다. 회의실에 모인 팀원들은 경직된 자세로 정우의 눈치를 살폈다. 그가 커프스 링크를 풀어 탁, 내려놓으며 소매 셔츠를 걷어붙이기 시작했다. 값비싼 보이던 재킷은 이미 짐짝처럼 벗어던진 지 오래였다.

　좋게 말하면 일이 풀리지 않을 때 나오는 그의 습관 중 하나였고, 보이는 그대로 전하자면 팀장의 꼭지가 돌기 일보 직전이었다. 공과 사를 구별하기 위해 정우도 노력 중인 건 아닐까 싶었던 나정의 가정이 산산이 조각나는 순간이었다.

　오늘은 예정대로 의류 브랜드 프로젝트를 위해 영업팀과 디자인팀이 함께 회의실에 모였다. 오랜만에 모인 자리였기에 초반 분위기는 화기애애했지만 정우가 등장하며 순식간에 공기가 달라졌다.

"일주일하고도 3일을 더 줬으면 이번 프로젝트가 결성된 원인이 무엇인지 그래서 마땅한 해결방안과 필요한 새 아이템은 무엇인지. 각각의 결과 도출을 정리한 PPT까지 준비하는 게 기본 아닙니까?"

　그 누구도 입을 떼지 못했지만, 모두가 한마음이었다. 그건 팀장님이니까 가능하신 거겠죠.

"디자인팀이랑 영업팀은요?"

　정우의 싸늘한 시선이 날아들자 영업팀과 디자인팀 직원들은 부서의 우두머리인 각각의 팀장들에게 도움의 눈길을 청했다. 그러나 다른 사람도 아니고 한정우는 그들도 감당하기 벅찬 인물이었다. 괜찮은 사업 방안을 들이댔다가 맥도 못 추리고 공중분해당한 적이 한두 번이 아니었다.

한정우 네가 그렇게 잘났냐고 욱 하다가도, 조목조목 따지는 스킬이 어찌나 남다른지 가만히 듣고 있으면 자괴감이 몰려오다 못해 하나하나 눈앞에서 파괴당하는 기분이었다. 하물며 또 틀린말은 아니라서 이런 상황에서는 입을 다무는 게 상책이었다.

"하."

정우가 한숨을 내쉬며 무표정한 얼굴로 씹어뱉었다.

"다들 참 회사 편하게 다니시네요."

안 그래도 정적이었던 회의실 분위기가 더더욱 얼어붙었다. 역시 육두문자를 방불케 하는 입 아니랄까 봐. 나정은 이 기회로 몇 번이나 상기했다. 이게 한정우 팀장의 본모습이었다고. 눈과 입만으로 직원들을 사정없이 찌르는 남자. 그런 정우에게 대적하는 용자가 있었으니.

"세 부서가 동시에 움직이는 건 이번이 처음이라서 다들 선뜻 의견을 내놓기 어려웠던 게 아닐까요?"

소리가 들린 쪽으로 다수의 시선이 쏠렸다. 유일하게 입가에 미소를 머금고 있는 남자. 영업팀에 속한 최진원 대리였다.

"이번 회의를 통해 서로에게 필요한 게 무엇인지, 그리고 어떻게 하면 세 부서가 조화롭게 융화될 수 있는지 방법을 찾아보는 것도 나쁘지 않다고 봅니다. 물론 제 개인적인 의견이지만요."

"네. 저도 같은 의견입니다!"

눈치 빠른 직원이 손을 높이 들어 보였다. 일명 묻어가기 스킬이었다. 진원의 의견에 힘을 보태면 자신에게도 마땅한 변명거리가 생긴다고 생각한 듯싶었다. 아니나 다를까 남은 직원들이 너나 할 거 없이 팔을 들기 시작했다. 기가 찰만한 광경이었다. 정우가 넥타이를 느슨히 잡아당기며 진원을 응시했다.

"그래서 최진원 대리가 생각하는 이 브랜드의 가장 큰 문제점은 뭐라고 생각합니까?"

"안 그래도 '세현'을 말하면 의류 브랜드가 가장 유명하다길래 이것저것 찾아봤습니다. 근데 뭐랄까. 따로 노는 기분이랄까? 명성에 비하면 썩 좋은 결과물은 아니더군요."

합심해서 정우를 대적하던 직원들이 언제 그랬냐는 듯 진원을 쏘아보았다. 작년에 죽어라 고생해서 만든 결과물이 눈앞에서 난도질당하는 기분이었다.

"아무래도 디자인팀은 디자인팀이 추구하는 방향이 있을 거고 기획팀은 기획팀만의 방향이, 또 저희 영업팀은 영업팀만의 남다른 고충이 있겠죠. 그게 작년에는 장점이 아니라 단점으로 발휘된 느낌이었습니다."

"그 의견에는 나도 동의하는 바입니다. 그럼 해결방안도 잘 알겠군요."

준비한 게 있으면 당장 꺼내 보라며 정우가 표정 변화 없이 고개를 비틀자 진원이 부드럽게 웃어 보였다.

"그거야 지금부터 찾아봐야죠. 그러라고 모인 자리 아닌가요?"

……강하다. 뭐랄까. 저건 마치 은은하게 미친 자랄까. 혼자만의 생각은 아니었는지 나정을 비롯한 직원들의 눈에 진원을 향한 경외감이 맴돌았다.

"이제부터 찾아도 늦지는 않았을 겁니다. 차근차근 진행하면서 힘 써보도록 하죠. 다들 같은 의견이시죠?"

동의를 구하는 진원의 물음에 직원들은 기회를 놓치지 않고 크게 소리 냈다.

"예! 영혼을 쥐어짜서라도!"

"저는 이미 입사할 때부터 세현에 뼈를 묻었습니다, 팀장님."

"저희는 충분히 잘할 수 있습니다!"

이 정도면 하나의 군대라고도 볼 수 있겠는데. 의기투합한 팀원들을 바라보던 나정은 문득 진원과 눈을 마주쳤다. 생각해보니 바로 옆자리에 그가 앉아 있었다. 나정은 조용히 양 엄지를 척 세워 보였다. 진원이 피식, 웃으며 자료로 쓰인 종이에 무언가를 적어 내려갔다.

주말은 잘 보냈어요?

나정은 고개를 끄덕이며 턱짓으로 진원을 가리켰다. 대리님은 잘 지내냐고 되묻는 몸짓이었다. 그가 다시금 무언가를 적어 내려갔다.

요. 등산

뭐지, 이 자그마한 졸라맨은. 그 옆에 등산이라고 적힌 글씨를 보니 주말에 등산을 했나 보다. 그러다 돌부리를 만났고 발이 걸린 진원은.

기적처럼 360도의 회전을 하며.

8. 무사 착지

"……픕."

막을 새도 없이 터져버린 웃음에 나정은 황급히 눈을 들었다. 몇 몇 직원의 시선이 이곳에 쏠려 있었다.

"……죄송합니다."

조용히 속삭이며 자세를 바로잡는데, 정우와 정통으로 시선이 부딪쳤다. 마치 전부터 그녀를 쭉 주시하고 있었다는 듯 그의 눈빛이 살을 꿰뚫을 것처럼 강렬했다. 정우가 나정에게 시선을 고정하며 입을 열었다.

"그럼 이번 회의를 기점으로 각각 부서를 대표하는 직원을 한 명씩 뽑아 서로의 의견을 전달하고 조율하는 역할을 맡기로 하죠."

불현듯 불길한 직감이 들었다.

"은나정 씨."

"……네?"

정우의 입에서 제 이름이 불쑥 불리자 한껏 긴장한 얼굴로 그를 바라봤다.

"앞으로 이 시간부터, 은나정 씨가 기획팀 대표로 디자인팀과 소통하도록 하죠."

나정은 두 귀를 의심하며 주변을 두리번거렸다. 모두가 나정을 주시하고 있었다. 그제야 현실감이 파도처럼 물밀듯 밀려왔다.

"제가요?"

……이건 말도 안 돼.

* * *

비상계단을 한 칸 한 칸 내려가는 나정의 몸짓이 조심스러웠다. 중대한 임무를 맡은 사람처럼 주변을 획획 둘러보던 그녀는 아무도 없다는 걸 확인하고 나서야 손에 쥐고 있던 두꺼운 팔목을 놓아주었다.

"팀장님."

등을 돌리자 순순히 끌려와 준 정우의 얼굴이 보였다.

"아까 회의실에서 하신 말씀 진심이세요?"

"뭘 말입니까?"

"아까 그러셨잖아요. 절……."

"아. 기획팀 대표로 디자인팀과 소통하라는 거?"

"제가 대표라뇨. 설마 저 미술 한다는 것 때문에 이러시는 거예요?"

시간이 흐를수록 더더욱 이건 말이 되지 않는다 싶었다. 어떻게 이제 고작 1년 차인 신입사원에게 팀을 대표하는 소통자 역할을 하라니.

"그거랑 이거랑은 차원이 다르잖아요. 연필이랑 붓 몇 번 잡아 본 애가 회사의 중대한 업무를 맡는다는 게 말이 된다고 생각하세요?"

정우는 말이 없었다. 물끄러미 나정을 내려다보더니, 바지 주머니에 손을 꽂으며 무심히 물었다.

"은나정 씨는 내가 아무한테나 기회를 주는 줄 압니까?"

"……."

"기회는 준비된 사람한테 오는 겁니다."

준비된 사람. 그게 꼭 자신을 가리키는 말 같아 마음이 일렁거렸다.

"모르겠으면 배우고, 배웠으면 어떻게든 몸에 익혀서 내 걸로 만들어요. 그게 이 사회에서 살아남는 가장 현명한 방법입니다."

"그거야 저도 알지만 그래도 이건 너무……."

"왜? 자신 없습니까?"

"……."

"적어도 그림 그리는 은나정은 진심이었다고 보는데, 내 착각이었던 건가."

움켜쥔 나정의 주먹에 힘이 들어갔다. 다른 것도 아닌 그림에 대한 마음을 건드리자 울컥, 뜨거운 감정이 목울대를 치고 차올랐다.

"진심 맞습니다."

"그럼 의견 모아서 잘 진행해 봐요. 누구 말처럼 다칠 줄 알면서 덤벼드는 사람도 있습니까? 무작정 부딪혀 보는 거지."

말은 쉽지. 결국 정우의 페이스에 휘말린 꼴이 됐다. 나정은 절망하다가도 고개를 갸웃거렸다. 잠깐만. 방금 정우에게서 들은 일침이 낯설지 않았다.

……어디서 들어본 말 같은데.

기억을 제대로 더듬기도 전에 그가 성큼 다가왔다.

"근데 최 대리랑은 그새 가까워진 모양이지?"

"네? 갑자기 왜……."

이야기가 그쪽으로 흐르냐고 묻고 싶었지만, 몸이 구석으로 몰리는 바람에 아무 말도 할 수 없었다. 양옆으로는 정우의 긴 팔이 벽을 짚으며 시야를 가로막았다.

"……팀, 팀장님 여기 회사인데요?"

나정은 겁먹은 얼굴로 정우를 올려다봤다. 표정 없는 그의 얼굴이 어느 때보다 매섭고 날카로웠다.

"우습네. 누구는 회의실에서 잘만 어울려 놀던데."

진원을 저격하는 발언이 분명했다. 잠깐 이야기를 나눴던 것뿐인데, 임자 버리고 바람난 여자가 된 거 같아 나정은 자그맣게 중얼거렸다.

"……다른 남자 만나도 신경 안 쓰겠다면서요."

"그래서."

정우의 입가에 시린 조소가 번졌다.

"내가 보는 앞에서 다른 놈을 계속 만나겠다?"

"아니……. 만난다고는 안 했는데요."

"아주 손에 고삐 쥐여 줬다고 막 달릴 셈이나 보네."

"……그런 말 한 적 없는데요."

고삐를 쥐었다니. 오늘 종일 그를 의식하고 자신답지 않은 행동으로 난감했던 쪽은 나정이었다. 괜스레 억울한 마음에 흘긋 눈을 들어 반항했다.

"팀장님도 티 안 내셨잖아요."

"뭘."

"그……"

막상 속마음을 털어놓자니 입이 떨어지질 않았다.

"내가 은나정한테 제대로 돌아 있다는 거?"

맙소사. 누가 들을까 나정은 다급히 정우의 입을 틀어막았다.

"그 입 좀 제발……! 누가 들으면 어쩌려고 그래요."

초조한 그녀와 달리 정우의 두 눈은 깊고 잠잠했다. 가만히 보고 있노라면 그대로 잠길 것만 같았다. 그 순간 뜨거운 숨결이 나정의 손바닥을 적시더니, 정우가 그녀의 살갗을 살며시 깨물었다.

앗, 낯선 감촉에 나정이 화들짝 놀라며 팔을 거두었다. 그 틈을 타 정우가 더욱 구석으로 나정을 몰아세웠다. 그녀를 아무도 보지 못하게 자신의 울타리에 견고히 가두며 고개를 비틀었다.

"감당할 수 있겠어요?"

"……뭘요?"

그가 목을 조이던 넥타이를 소리 없이 슥, 잡아당기며 낮게 속삭였다.

"고삐 풀린 망아지가 될 텐데 감당할 수 있겠냐고."

8. 겁쟁이

고삐 풀린 망아지. 과연 팀장님에게 그런 모습이 존재하긴 할까. 나정은 선뜻 상상이 가지 않았다. 그동안 지켜본 그녀의 상사는 항상 정교하고 딱딱한 억양을 고집하고, 각 잡힌 슈트를 갑옷처럼 입고 다니는 남자였다. 고삐 풀린 망아지하고는 거리가 멀어도 너무 멀어 보여…… 아니지. 섣불리 확신하는 게 얼마나 미련한 짓인지 깨달았으면서.

피부에 닿는 정우의 시선이 짙고 깊었다. 그러니까 눈앞의 이 남자는 한다면 하는 남자였다.

"······시정하겠습니다."

나정은 자신의 경솔함을 인정하며 고개 숙였다. 순순히 물러서지 않을 거 같던 정우가 흐트러진 넥타이를 정돈하며 말했다.

"적당히 갖고 놀다가 제 자리에 돌려놓아요."

억울했다. 누가 누구를 갖고 놀았다는 건지. 따지고 보면 끌려가는 건 나정 같은데 말이다.

"그리고 오늘은 일찍 집에 가지 말죠."

이젠 퇴근 시간까지 간섭하는 건가요. 따질 새도 없이 그가 덧붙였다.

"끝나고 단체 회식 있습니다."

* * *

먹기 좋은 두툼한 고기가 불판 위에서 지글지글 익어갔다. 노릇노릇한 냄새에 식욕이 당길 법도 한데 회식에 참석한 인원 중 즐거워 보이는 얼굴은 하나도 없었다. 뭐라더라. 프로젝트의 원활한 협력을 위한 단체 회식이라던가. 그래서 오늘 회식 인원에는 회의에 참여했던 디자인팀과 영업팀도 포함이었다. 듣기로 임원 중 한 명이 마련한 자리라는데, 무조건 참석하는 게 조건이었다. 개개인의 사정 따위 중요하지 않았다. 누구보다 빠른 칼퇴근을 강행하던 나정의 표정도 죽상인 건 마찬가지였다.

"나정 씨. 혹시 팀장님이랑 무슨 일 있어?"

뜨끔. 다소곳이 앉아 있던 나정의 엉덩이가 움찔거렸다. 그녀가 고기를 굽다 말고 슬그머니 이 과장을 바라보았다. 혹시 정우와 함께 있는 걸 보기라도 한 걸까. 주열은 평소 눈치가 빠른 편이었다.

"……무슨 말씀이실까요?"

"아니. 오늘 회의에서 나정 씨를 팀장님이 대놓고 지목하신 게 혹시 찍힌 건가 해서."

"글, 글쎄요. 전 잘 모르겠는데요."

"그래? 근데 왜 굳이 나정 씨를 지목하셨지."

"그러게요. 왜 하고많은 사람 중에서 절 택하셨을까요? 저 이제 어떡하죠, 과장님?"

한때 사수였던 주열이었기에 마땅한 해결책을 마련해줄지도 모른다는 생각이 들었다. 안쓰러운 눈길로 나정을 바라보던 주열이 히죽 웃었다.

"원래 다 그렇게 배우고 성장하는 거지."

남 일 아니라고 쉽게 말하기는. 어차피 인생은 혼자 사는 거라며 다시 고기를 굽는 것에 집중하는데.

"아, 이 과장님. 나정 씨만 주지 말고 우리도 좀 챙겨 봐요."

같은 열 테이블에 앉아 있던 오현정 대리가 눈에 불을 켜고 주열과 나정을 번갈아 노려봤다. 고기가 익기 무섭게 나정의 그릇으로 운반하는 주열의 젓가락질이 날렵했다. 안 그래도 그가 유독 나정만 챙기는 거 같다는 혜나의 말에 심란한 참인데. 쉽게 볼 수 없는 주열의 다정함에 현정의 속이 끓었다.

"나정 씨는 고기 굽잖아. 오 대리가 막내의 설움을 알아? 바싹 구운 고기는 입에 대지도 못한다고."

"막내라고 다 설움 받는 법 있어요? 자기 능력에 달렸지. 왜. 같은 집 막내라도 저기는 집게랑 가위에 손도 못 대게 하는데.”

　오 대리가 어느 테이블을 가리켰다. 그곳에는 다른 부서 남직원들에게 둘러싸여 호호 하하, 웃고 떠들어대는 혜나의 모습이 보였다. 그녀가 잠시라도 집게에 손을 대기라도 하면 곁에 앉은 남직원이 ‘막내는 그런 거 하는 거 아니야.’라고 일침을 놓더니, 손수 고기를 잘라 혜나의 접시에 얹어주었다.

　“봐요. 자기 능력에 달린 거라니까.”

　오 대리가 쯧쯧, 혀를 차며 말했다. 이건 뭐 욕만 안 했을 뿐이지, 대놓고 나정을 저격하는 발언이었다. 그게 못마땅했는지 주열이 나정을 대신해 반박했다.

　“이야, 오 대리 사람 그렇게 안 보였는데. 당신도 한때 막내였던 시절이 있었으면서 그렇게 말하면 안 되지. 사람 참 정도 없고 매력도 없어.”

　“뭐, 뭐에요? 매력이 없어? 내가? 이 오현정이 매력이 없다고? 하, 참나.”

　연달아 헛웃음을 터트리던 오 대리가 대뜸 팔을 뻗어왔다.

　“나정 씨, 그거 이리 줘.”

　“네? 아니, 괜찮은⋯⋯.”

　“뭐해, 당장 주지 않고!”

　굳이 원하신다면야. 나정은 군말하지 않고 집게와 가위를 오 대리의 손에 넘겨주었다. 불의에 타오른 그녀가 전투적으로 고기를 굽기 시작했다.

　나정은 한시름 돌렸다는 듯 이 과장이 수북이 쌓아둔 고기를 한 점 입에 집어넣었다. 맛있었다. 이십 대 초반, 고깃집에서 열심히 일했던 경험이 녹슬지 않았는지 제법 괜찮은 결과물이었다. 모처럼 여유롭게 식사를 이어가던 중이었다. 익숙한 얼굴이 시야를 메웠다. 정우가 멀찍이 떨어진 자리에 앉아 있었다.

"팀장님도 딱하시지. 하필 최 전무님한테 걸려 가지고."

마침 주열도 같은 곳을 바라보던 중이었는지 혀를 낮게 차며 고개를 저었다.

"왜요? 무슨 일 있어요?"

"나정 씨 몰랐어? 아, 왜. 저번에 해외 개발팀이랑 협력했던 프로젝트 있잖아. 그때 크게 실수한 사람이 바로 저 최 전무야."

나정은 다시 정우가 속한 테이블을 바라보았다. 떡하니 두 자리를 차지한 중후한 얼굴이 낯설지 않았다. 아마도 정우와 복도에서 정통으로 부딪혔던 날이었을 것이다.

'한 팀장, 무슨 일인가?'

그래. 그때 팀장님 등 뒤에 서 있던 중년 남자. 지금의 최 전무였다.

"아무튼 그 사고 수습하고 다니느라 한 팀장님만 개고생했지. 하루에 세 시간도 못 잤을걸. 그래도 꼴에 임원이라고 비위 맞춰주는 거 같은데, 저 자리 봐봐. 다 팀장밖에 없잖아."

주열의 말대로 최 전무의 주변에는 각각의 부서를 대표하는 팀장들만 앉아 있었다.

"최 전무가 회사에서 알아주는 술고래거든. 걸리면 답이 없어요. 팀원들 대신해서 팀장들이 총대 멘 거지. 나정 씨도 웬만하면

저쪽으로 눈길도 주지 말아."

신변을 위해서라도 고개를 틀어야 하는데, 나정은 좀처럼 정우에게서 눈을 떼지 못했다.

팀장님이 술을 잘 마시던가.

다른 부서와 달리 기획팀은 회식이 자주 있는 편이 아니었다. 다 정우의 고집 때문이었다. 틈만 나면 모이는 대한민국의 회식 문화를 이해할 수 없다는 게 그 이유였다. 팀원으로서는 양팔 높이 벌려 환영할 일이었지만, 나정은 마음이 좋지 않았다.

저렇게 마시다 고주망태 되면 어떡하지. 술 못 먹는 사람이 갑자기 과음하면 위험하다던데.

"나정 씨 여기 있었네요?"

익숙한 그림자가 나정의 머리 위로 드리웠다.

"아, 최 대리님."

"오, 최 후배 왔냐."

진원의 등장에 주열이 반갑다는 듯 팔을 들어 맞이했다.

"선배도 여기 있었군요."

"여기 있었군요? 우리 막내만 보고 왔다는 소리로 들린다?"

"들켰어요?"

"나정 씨 봤지? 쟤가 저런다니까. 항상 나정 씨 생각밖에 안 해."

난처한 미소를 짓던 나정은 반사적으로 정우 쪽을 바라봤다. 다행히 그는 옆자리에 앉은 영업팀의 강 팀장과 이야기를 나누는 중이었다.

"술 잘 마셔요?"

그새 나정의 옆자리에 앉은 진원이 맥주병을 들며 말했다.

"아뇨. 그냥 남들 마시는 것만큼 먹어요."

"그럼 나랑 한잔 괜찮죠?"

"네. 뭐."

나정은 순순히 빈 잔을 내밀었다. 쪼르르. 말간 노란 액체가 적당한 비율로 잔을 채웠다.

"나정 씨 책임감이 막중하겠어요."

진원이 맥주병을 탁, 내려놓으며 물었다. 나정은 금시초문이라는 듯 눈을 끔뻑였다.

"나정 씨가 기획팀 대표로 디자인팀이랑 의견 나눠야 하는 거 아니에요?"

"아, 네."

언제 그랬냐는 듯 나정의 마음이 무겁게 가라앉았다.

"솔직히 잘할 수 있을지 잘 모르겠어요. 경험도 별로 없고."

"원래 처음은 다 막막하니까요. 너무 겁먹지 말고 차근차근 진행해 봐요. 그러다 보면 생각지 못한 곳에서 아이디어를 얻을 수도 있고, 좋은 길도 분명 발견할 수 있을 거예요."

"그래, 나정 씨. 막막하다 싶으면 최 후배 찾아가. 이래 뵈도 대한민국에서 알아주는 예술대 나온 남자다?"

"……진짜요?"

나정이 다소 놀란 눈으로 진원을 바라봤다. 그러고 보니 오늘 회의 도중 문제점을 짚던 그의 눈썰미가 남달랐었다. 진원이 미소 지으며 가볍게 잔을 부딪쳤다.

"대단한 정도는 아니고. 그냥 잠깐. 예술 병에 도취됐던 시기였다고 하죠."

나정은 예술대에 다녔을 진원을 상상해 보았다. 잘 어울렸다. 자신의 몸매와 어울리는 옷을 착용하고 과하지 않은 액세서리로 포인트를 살려주는 게, 여자 몇 명은 거뜬히 홀렸을 것 같았다.

"이번 프로젝트 재미있을 거 같지 않아요?"

"재미요?"

"전에 다니던 회사는 개개인 의견이 강해서 소통하는 데 어려움을 겪었지만 여기선 손수 상사께서 자리를 마련해주니 얼마나 편하고 즐거워요."

글쎄. 이게 즐거운 건가. 나정은 고심 끝에 물었다.

"혹시 좋은 아이디어라도 있으세요?"

"결정된 건 아닌데, 괜찮은 포토그래퍼 몇 명을 알아보는 중이에요. 아무래도 옷 재질 하나하나 생동감 있게 담아내는 것도 영업 중의 하나라서요."

벌써 섭외단계까지 갔다니. 남다른 추진력에 절로 감탄사가 터져 나왔다. 진원이 싱긋 웃으며 나정의 귓가에 속삭였다.

"확실히 결정되면 나정 씨한테만 공유할게요."

서로의 거리가 무척 가까웠다. 자칫하면 오해를 살 수 있는 장면으로 연출될 수 있었다. 나정은 있는 힘껏 엉덩이로 방석을 밀어내며 진원과의 거리를 확보했다.

"코, 콜록 콜록. 제가 목감기에 걸려서요."

눈에 훤히 보이는 거짓말도 함께였다. 진원이 큭, 낮은 웃음을 터트리며 흥미롭다는 눈길을 보냈다.

"이상하다. 오늘 기상 일보에서는 완연한 봄 날씨가 펼쳐질 거라던데요."

"코, 콜록 콜록. 제가 봄에만 감기에 걸리는 체질이라."

"안타깝네요. 그럼 추울 텐데 이거라도 걸치고 있어요."

나정의 어깨 위로 커다란 와인색 재킷이 툭, 떨어졌다. 진원의
것이었다.

……이게 지금 무슨 상황이지?

이런 그림을 바란 게 절대 아닌데. 불길한 예감이 척추를 타고
흘러내렸다. 어디선가 느껴지는 따가운 시선에 설마 하는 마음으
로 주위를 두리번거렸다. 역시나, 정우가 소리 없이 술을 입에 머
금으며 나정을 주시하고 있었다.

회식은 1차에서 끝이 났다. 그렇다 한들 2차까지 간 것과 다를
게 없었다. 오후 일곱 시에 시작한 자리는 밤 열한 시가 돼서야 종
지부를 찍었다. 누구는 술에 절어 짐짝 내던져지듯 택시에 실려
서 갔고, 또 누구는 취한 상태에서 겨우 대리를 불러 집으로 향했
다. 멀쩡한 사람을 보기 드물었다. 손에 꼽힐 정도였다. 운이 좋게
도 나정은 그중 한 명이었는데, 무슨 이유인지 이곳저곳을 돌아
다니는 그녀의 표정이 초조했다.

"왜 안 보이지?"

정우의 모습이 보이지 않았다. 분명 여기로 간 거 같았는데. 자
리를 정리하자는 말에 그는 전화를 받고 가게를 먼저 빠져나갔다.
당연히 이 근처에 있는 줄 알았더니.

"그새 집에 가셨나."

나정의 시선이 손에 쥔 약봉지로 향했다. 약국이 닫히기 전에
급히 달려가 사 온 숙취 해소제였다. 혹시 몰라 두통약도 함께
겸비했다.

"어? 거기 기획팀 신입사원 맞죠?"

"누구……, 아. 안녕하십니까."

상대의 얼굴을 확인한 나정은 허리를 깊이 숙였다. 그는 영업팀의 강유석 팀장이었다.

"한 팀장이 회의 때 지목한 그 직원 맞구나. 이름이 뭐였더라."

"은나정이라고 합니다."

"아, 그래 나정 씨. 미안한데, 한 팀장 댁까지 같이 가줄 수 있을까?"

"팀장님이요? 이미 가신 거 아니었나요?"

"가기는 무슨. 지금 이 뒤편 화장실에 있을 텐데. 입이 답답해서 헹구고 온다고 하더라고. 몰랐나? 한 팀장 평소 차량에 세면도구 넣고 다니는 거. 하여간 자기 관리 하나는 끔찍하게 철두철미하지."

처음 알게 된 사실이지만, 정우라면 당연히 그럴 거 같아서 별다른 생각이 들지 않았다.

"아무튼 한 팀장 빼면 죄다 애 아빠이기도 하고, 나도 요새 간 수치가 높아져서. 한 팀장이 거의 대표로 최 전무님을 상대했어요. 족히 혼자 다섯 병은 넘게 먹었을 거야."

다, 다섯 병씩이나?

나정의 입이 떡 벌어졌다.

"워낙 정신력이 강해서 버텼지. 우리였으면 진즉에 나가리 되고도 남았지. 이게 다 최 전무 그 개자식 탓……."

낮게 뇌까리던 강 팀장이 크흠, 목을 가다듬으며 너털웃음을 터트렸다.

"하마터면 신입한테 못 보인 꼴을 보일 뻔했네."

"괜찮습니다. 근데 한 팀장님 많이…… 취하셨던가요?"

"겉으론 말짱해 보이긴 했는데, 속은 말이 아니겠지. 최 전무가 작정하고 먹였으니까. 왜 정우만 보면 못 잡아먹어서 안달인지."

작정하고 먹였다고? 두 사람 사이가 안 좋은 건가. 그렇게 보이지는 않던데.

"아무튼 부탁 좀 할게요. 맘 같아선 내가 같이 가주고 싶은데, 집에 임신한 와이프가 있어서."

나정의 눈이 잠시 커졌다. 강 팀장의 나이는, 듣기로 사십 대 후반이라고 들었다.

"허허. 기적처럼 찾아온 막둥이라……."

"네. 전 괜찮으니까 그만 들어가 보세요."

"그래요. 고마워요."

강 팀장이 등을 보이자 나정은 가게 뒤편으로 향했다. 당장 정우를 찾아야만 했다. 혼자서 소주 다섯 병이라니. 사람을 작정하고 죽이려는 것도 아니고.

"……팀장님?"

나정의 걸음이 우뚝 멈춰 섰다. 긴 팔다리를 소유한 남성이 벤치에 기댄 채 앉아 있었다. 곧은 자세로 눈을 감고 있는 얼굴은 앞으로 보나 뒤로 보나 정우가 확실했다.

"팀장님! 괜찮으세요?"

나정은 화들짝 놀라며 정우에게 달려갔다. 진즉에 인기척을 느꼈을 남자가 이 순간만큼은 미동이 없었다.

"팀장님."

마음이 초조해졌다. 상사의 이런 모습은 처음이었다. 그때였다.

"……은나정?"

긴 그림자가 드리웠던 정우의 눈이 거짓말처럼 뜨였다.

"정신이 좀 들어요? 설마 여기서 잠드신 거예요? 그러다 입이라도 돌아가면 어떡하려고 그래요. 제가 집까지 모셔다드릴게요. 오면서 대리도 불렀으니까…… 앗."

나정의 손이 붙잡히며 끌어당겨졌다. 도착한 곳은 정우의 옆자리였다. 어깨에 둔탁한 무언가가 내려앉았다. 정우의 머리였다. 그가 나정의 어깨에 얼굴을 기대며 야트막한 한숨을 내쉬었다.

"잠깐만. 잠깐만 이러고 있죠."

나정은 그 자세 그대로 얼어붙었다. 혹시나 누가 보면 어떡하나, 불안하다가도 갑작스러운 스킨십에 심장이 빠르게 뛰었다.

"……잠들면 안 된다고 했어요."

염려하는 마음에 겨우 한마디를 내뱉자 정우가 피식 웃으며 중얼거렸다.

"잠들면 책임져주는 건가."

"……네?"

나정이 고개만 튼 채 정우를 내려다봤다. 그는 다시 눈을 감은 상태였다. 남자치고 지나치게 긴 속눈썹이 눈길을 사로잡았다.

"……속은 괜찮아요? 혼자 다섯 병이나 마셨다면서요."

"그렇지. 그 정도 마셨지."

"아무리 상사를 상대한다고 해도 주는 걸 계속 넙죽 받아먹으면 어떡해요. 속 다 버리게. 팀장님 그 정도로 눈치 없는 사람 아니잖아요."

정우가 감은 눈을 떠 나정을 올려다봤다. 갑작스러운 눈 맞춤에 입술이 느슨히 벌어졌다. 한껏 짙은 색을 띤 남자의 눈이 나정의 이목구비 하나하나를 뜯어보았다.

"화내는 건가?"

······이 남자가 지금 뭐라는 거야.

"방금 화난 목소리 같아서. 아니면 걱정, 뭐 그런 건가."

"둘 다 맞으면 어떡할 건데요."

느릿하게 나정의 얼굴을 훑어 내리던 정우의 시선이 작고 도톰한 입술에서 멈추었다.

"가만 보면 은나정 씨는 숙맥인 거 같으면서도 밀당 한 번 참 잘 한단 말이지."

"장난하는 거 아니거든요."

"미안한 말이지만, 다섯 병 중 두 병은 내 자의로 마신 겁니다."

"왜요?"

"왜일 거 같습니까?"

"······."

"그때 말했던 거 같은데. 속이 타면 자꾸 하게 된다고."

흐릿해진 그날의 기억이 나정의 머릿속을 선명히 흘러갔다.

'속이 시끄러울 때면 가끔 찾곤 합니다.'

'속이요? 왜······.'

'그럼 내가 괜찮을 줄 알았습니까?'

그날보다 더 깊게 가라앉은 정우의 눈이 시야에 가득 담기자 나정은 서둘러 입을 열었다.

"설마 최 대리님 말씀하시는 거예요? 대리님이랑은 잠깐 일 얘기 한 게 전부예요. 그 후로는 아무 말도 오가지 않았어요."

"압니다."

"근데 왜……."

"불안해서. "

"……."

"자꾸만 내가 불안해져서."

언제부터이려나. 한 달 전만 해도 이러진 않았던 거 같은데. 나정이 다른 남직원과 이야기를 나누는 모습을 보더라도 지금처럼 불안해한 적은 없었다. 신경은 쓰여도 억제하지 못할 정도는 아니었다. 하지만 꾹 눌렀던 마음이 넘쳐 흘러버린 이상 정우에게 자제력은 얼마 남아 있지 않았다.

"그래서 말인데."

"……."

"언제까지 애만 타게 할 겁니까?"

아무리 연애 문제로 눈치가 둔한 나정이라지만 이 순간만큼은 모를 수 없었다. 이건, 고백 비슷한 거라고. 준비되지 않은 상황에 맞닥뜨린 그의 진심은 머릿속을 하얗게 물들이기에 충분했다.

'쿵쿵쿵.'

그에게 들리면 어떡하나, 조바심이 날 정도로 심장이 격렬하게 뛰어댔다.

"전 그러니까……."

긴 침묵 끝에 간신히 입을 연 찰나였다.

"저, 대리 부르신 분 맞죠?"

* * *

차를 타고 가는 내내 나정과 정우 두 사람 사이에는 긴 침묵만
이 맴돌았다. 운전석에서는 대리 기사가 신중히 운전대를 잡고 운
전을 하는 중이었다.

대리 기사가 모습을 드러내자 걱정과 달리 정우는 벤치에서 가
볍게 몸을 일으켰다. 강 팀장의 말처럼 참 대단한 정신력이었다.
흐트러짐이라곤 찾아볼 수 없는 걸음걸이로 그는 차가 주차된 곳
까지 걸어갔다. 가는 도중 집에 내려주겠다며 나정을 뒷좌석으로
안내하는 매너까지 선보였다. 그렇게 나란히 앉아 집으로 향하던
중 나정이 불쑥 입을 열었다.

"죄송한데, 기사님."

"네. 말씀하세요."

"그냥 원래 목적지로 쭉 가주시겠어요?"

창밖을 바라보던 정우의 시선이 조용히 나정에게로 향했다. 피
부에 와닿는 그의 눈길이 느껴졌지만, 무시했다. 시선을 맞추는
대신 창밖으로 고개를 돌렸다. 아무런 대화 없이 목적지에 도착
하자 정우가 재킷 안주머니에서 지갑을 꺼내 대리 기사에게 비용
을 내밀었다. 기사가 완전히 자리를 뜬 후에야 그가 나정을 마주
보았다. 고요한 눈이 여기까지 온 용건에 대해 말하라는 것처럼
느껴져 나정은 순순히 털어놓았다.

"집에 잘 들어가시는 것만 보고 가려고요."

"……."

"강 팀장님이랑 약속했어요. 팀장님 집에 잘 들어갔는지 보고 귀가하기로."

아무리 정우가 겉으론 멀쩡해 보인다지만 혹시 모를 일이었다. 부하직원 앞이라 그가 애써 괜찮은 척하는 건 아닌지 자꾸만 불안한 마음이 앞섰다.

"그럼 저는 이만 가보겠습니다."

"어딜 갑니까?"

"……네?"

나정이 당황하며 뒤를 돌아보았다. 정우가 한 손을 정장 바지 주머니에 꽂아 넣고서 삐딱하게 서 있었다.

"약속했다면서. 무사 귀가 보고 가기로."

설마 진짜 집 앞을 말하는 건가. 어떡하지. 이미 정우는 오피스텔 로비 입구로 향하고 있었다. 잠시 머뭇거리던 나정은 하는 수 없이 상사를 따라갔다.

그래. 현관까지 들어가는 것만 보고 가자. 그 정도는 어렵지 않잖아.

함께 승강기에 올라타며 마침내 그의 집으로 보이는 현관문에 도달한 순간이었다.

'띠띠띠띠, 띠리릭.'

정우가 가볍게 도어록 잠금을 해지하며 현관 문손잡이를 잡아당겼다. 그 모습을 지켜보기만 하던 나정은 순간 숨을 삼켰다. 신발장 안으로 발을 디디기 무섭게 정우가 돌아서서 나정을 뚫어지라 직시했다. 어서 집으로 들어오라는 듯한 몸짓처럼. 나정은 조심스레 한 걸음 내디뎠다. 신발을 벗고 집 안으로 들어서는 정우를 뒤따랐다. 그의 침실 안에 발을 딛고 나서야 경각했다. 당장 돌아가야 한다고.

"무사히 들어가는 거 봤으니까 이만 가볼게요. 푹 쉬세요."

"아직 대답 안 해준 거 같은데."

낮은 일침이 머리를 울리며, 나정의 어깨너머로 뻗어온 긴 팔이 현관문을 닫았다. 그것도 모자라 여유롭게 잠금 버튼을 찰칵, 짓눌렀다. 꼼짝없이 갇힌 처지가 되자 나정은 입술을 꾹 깨물었다. 어둠 속에서도 한 치의 오차도 없이 그녀를 내려다보는 남자의 눈동자만은 선명했다.

"겁도 없이 여기까지 따라왔으면 최소한의 책임은 져야지."

귓가를 적시는 남자의 목소리가 한없이 낮고 뜨거웠다. 나정은 본능적으로 뒤로 물러섰다. 등에 벽이 닿고 나서야 속절없이 정우의 넓은 품에 갇혔다는 걸 깨달았다.

"……무사히 자는 것만 보고 싶어서 따라온 거뿐이에요."

"또 밀당 하자는 건가."

"그런 게 아니라……."

"이런 상태로 잠자리에 들라는 건 너무 가혹하지."

그가 예고 없이 훅 다가왔다. 서로의 허벅지가 맞붙자 생전 처음 느껴보는 뜨거운 감각이 피부를 자극했다. 나정의 귀가 붉게 물들었다. 정우가 입은 정장 바지 버클 아래, 그의 검은 욕망이 숨길 수 없을 만큼 도드라져 있었다.

"난 도망칠 기회를 충분히 줬다고 보는데."

"……팀장님. 저는."

또다. 또 머릿속이 텅 비어버린 기분이다. 정우와 단둘이만 남겨지면 이상하게도 나정은 숨을 쉬기가 버거웠다. 재현을 좋아할 때는 이러지 않았던 거 같은데. 정우가 풍기는 특유의 분위기 때문인지, 아니면 더는 도망칠 구실이 없어졌다는 현실감 때문인지 그를 똑바로 마주하기가 벅찼다. 그 모습을 지그시 응시하던 정우가 피식, 가벼운 미소를 흘렸다.

"그래, 뭐. 사귀지 않은 사이에도 키스는 얼마든지 가능하겠지."

방금 뭐, 라고? 깜짝 놀란 나정이 고개를 퍼뜩 들었다. 그 틈을 타 정우가 팔을 뻗어 나정의 턱을 붙들었다.

"보다시피 난 은나정 씨만 보면 매번 이렇게 돼서."

그의 시선이 바지 버클 아래로 툭 떨어졌다, 다시 나정에게로 향했다. 그 노골적인 눈빛에 입안이 바짝 말라갔다.

"쓰레기 같을지 몰라도 이건 내 능력 밖의 문제라. 제어하는 게 불가능하다는 소리입니다."

마음이 반응해 몸이 동하는 건 어쩌면 당연한 현상이었다. 그걸 굳이 감출 생각이 없어 보이는 정우를 향해 나정은 당돌하게 물었다.

"……키스하면 어떻게 되는 건데요?"

"……."

"책임져야 하는 건가요?"

그야말로 미친 발언이 아닐 수 없었다. 숨김없이 자신의 욕망을 드러내는 남자의 모습에 용기를 얻어 불쑥 내뱉은 말이었다. 어쩌면. 그래 어쩌면 그와 입을 맞춘다면 한동안 정의 내리지 못한 이 버거운 감정을 알 수 있을지도 모른다. 반면 정우의 표정은 깊고 잠잠했다. 나정의 턱을 자신의 얼굴 앞까지 끌어오며 낮게 속삭였다.

"기억력이 나쁘네."

"……."

"말했잖습니까. 사귀지 않은 사이에도 키스는 얼마든지 가능하다고. 왜? 궁금해? 어떤 느낌일지."

"……단순히 궁금해서 하는 건 무책임하게 보이지 않겠어요?"

"내가 아니라면 아닌 거겠지. 그러니까."

"……."

"눈 감아."

순식간이었다. 파도처럼 다가온 그가 입술을 훔친 것은. 잡아먹을 것처럼 작고 도톰한 살덩이를 빨아들이고선 아랫입술을 깨물며 혀로 살살 긁어낸다. 간지러운 촉감을 참지 못하고 입을 벌리자 말캉한 혀가 서슴없이 입안을 침범했다. 그리고 겁먹은 나정의 혀를 단숨에 옭아냈다.

숨이 막힐 거 같아 호흡을 크게 들이켜면 그는 말아 올린 혀를 잠시 풀어주며 입천장을 느릿하게 비벼댔다. 그 적나라한 느낌에 나정이 참지 못하고 신음을 흘렸다.

"……으응."

의지와 상관없이 튀어 나간 소리가 낯설었다. 꼭 자신의 것이 아닌 거 같았다. 하지만 부끄러움도 잠시. 등허리를 살살 어루만지는 부드러운 손길에 몸이 남자의 단단한 가슴팍에 바짝 맞붙었다. 생생히 느껴지는 나정의 가슴에 정우가 더는 참지 못하고 가녀린 허리를 안아 들었다.

"앗."

깜짝 놀랄 새도 없이 나정의 눈높이가 높아졌다. 곧바로 엉덩이에 푹신한 감촉이 닿았다. 정우의 침대였다. 몸이 뒤로 밀리기 무섭게 그의 체취가 콧속으로 밀려들어 왔다. 기분 좋은 향기였다. 적당한 알코올 향기와 시원하고 쌉싸름한 향기가 어우러져 온 신경을 자극했다.

"하아, 하아."

잠시 입술이 떨어진 틈을 타 나정은 받은 숨을 토해냈다. 눈앞이 흐릿하며 뜨거웠다. 대체 무슨 일이 벌어진 거지. 상황을 살필 겨를도 없이 정우가 다시금 다가왔다.

"앗, 잠시만……. 하읍."

또 한 번 입술이 잡아먹히듯 빨려 들어갔다. 한 번 터진 욕망을 제어할 수 없다는 듯 그는 거칠지만, 너무 부드러워서 심장을 찌르르 울리는 키스를 선사했다. 아랫입술과 윗입술을 번갈아 감쳐 무는 입술이 지나치게 야릇하다. 이따금 살갗을 아프게 깨물다가도 부드럽게 짓누르는 혀의 감촉 또한 생전 처음 느껴보는 짜릿함을 선사했다.

하지만 나정을 가장 자극한 건 정우의 숨소리였다. 어지러운 정신 속에서도 점점 거칠어지는 그의 숨소리에 몸이 달아올랐다. 저도 모르게 팔을 뻗어 굵고 긴 목을 당겨 안았다. 그 한 번의 애원에 정우의 한 줄기 남은 인내심이 와르르 무너져 내렸다. 넥타이를 거칠게 잡아당긴 그가 더 깊숙이 혀를 밀어 넣었다. 맞닿는 그녀의 혀끝이 미치도록 달콤하기만 하다. 벌어진 입술 새로 흐르는 달뜬 숨은 아무리 삼키고, 삼켜도 갈증을 일으켰다.

이 얼마나 갈망했던 일이던가. 한때 그녀에게 닿기만을 바랐던 마음은 물거품처럼 사라진 지 오래였다. 그것과는 대조할 수 없는 욕망이 그를 집어삼켰다. 끈질기게 맞붙었던 입술이 떨어지자 정우가 고개를 숙였다. 나정이 화들짝 놀라며 몸을 웅크렸다.

"아……."

말캉한 귓불이 빨리더니, 목 언저리에서 입술이 느껴진 탓이었다. 살갗을 한입 크게 머금더니, 원을 그리듯이 혀를 놀린다.

"티, 팀장님."

맥박이 뛰는 목선 곳곳마다 정우의 입술이 닿자 피부가 살살 긁히는 듯한 간지러움이 아랫배에 차올랐다.

"……잠깐만요."

다급히 그의 손을 붙잡았다. 하지만 소용없는 짓이었다. 정우는 너무나도 손쉽게 나정의 팔목을 대각선으로 교차하며 그녀의 머리 위에 박제했다.

……어떡하지.

한 번 터진 남자의 욕망은 쉽게 끊길 기미를 보이지 않았다. 그가 공략하는 살갗마다 붉은 흔적이 새겨졌다. 이대로 있다가는 돌이킬 수 없는 밤을 보낼 것만 같았다. 그 와중에 다시 그의 입술이 다가왔다. 부풀어 오른 나정의 입술을 깊게 머금더니, 블라우스 안으로 커다란 손이 들어왔다. 깜짝 놀란 나정이 그대로 정우의 윗입술을 깨물었다. 아, 하고 낮은 신음이 귓가를 울리며 그가 멀어져갔다.

정우가 흐트러진 머리칼을 쓸어 올리며 시선을 내리깔았다. 붉게 물든 나정의 눈이 시야에 들어왔다. 얕게 떨리는 하얀 뺨을 보고 나서야 자신이 얼마나 미친놈처럼 그녀에게 달려들었는지를 경각했다. 잔뜩 구겨진 시트, 물결처럼 퍼져 있는 나정의 긴 머리카락, 그녀의 얼굴 옆을 짚은 그의 손등에는 핏줄이 잔뜩 불거져 있었다.

모든 것이 엉망진창이었다. 이럴까 봐. 너무도 당연하게 이렇게 될까 봐, 마음을 감춰왔던 건데. 애써 외면하며 짓눌러왔던 건데. 정우는 뼈마디가 도드라진 손으로 나정의 하얀 뺨을 감싸 안았다. 파르르, 떨리는 그녀의 속눈썹을 보며 속삭였다.

"잘 깨물었어."

"……."

"다음에는 더 세게 물어버려."

나정은 아무 말도 하지 못했다. 흐트러진 호흡을 내뱉으며 파들거리는 눈동자로 정우를 올려다보았다. 그 모습이 꼭 한 마리의 토끼처럼 유약해 보였다. 절대 물러서지 않을 것 같았던 정우가 거짓말처럼 멀어져갔다. 미련 없이 침대 밑으로 내려가며 등을 보인다. 조심스레 몸을 일으킨 나정은 복잡한 눈으로 정우의 등을 주시했다.

"……팀장님."

"더는 이야기하지 말죠. 그게 아마 서로에게 좋을 겁니다."

갑자기 냉랭해진 분위기에 나정은 할 말을 잃어버렸다.

"그만 돌아가 봐요."

정우가 돌아서서 나정을 마주 보았다. 차가운 목소리와 달리 그의 눈은 뜨거웠다. 전과는 비교도 할 수 없는, 열기 짙은 눈동자가 나정의 온몸을 휘감았다.

"더 있다가는 내가 은나정 씨를."

"……"

"어떻게 해버릴지도 모르니까."

* * *

대학을 다니던 시절, 친구들과 그런 대화를 나눈 적이 있었다. 몸과 마음은 다르다고. 마음이 없어도 몸이 먼저 반응할 수도 있는 거라고. 그러다 마음으로 번지기도 한다고. 남자들은 얼마든지 몸만 원할 수도 있는 동물이라고.

나정은 그때 그 말을 이해할 수 없었다. 어떻게 마음이 없는데, 몸이 동할 수 있을까? 마음이 움직여야 몸도 같이 움직이는 거 아닌가? 하지만 스물일곱. 생애 첫 키스를 다른 사람도 아닌 상사와 하게 된 날. 말로 형용할 수 없는 감각이 온몸 곳곳에 퍼져 갔다. 신경 세포 하나하나가 민감하게 반응하며 자꾸만 입안을 휘저었던 정우의 혀와 입술이 생생하게 떠올랐다.

"……나 진짜 왜 이러니."

나정은 아득한 얼굴로 천장을 바라보았다. 벌써 새벽 세 시가 넘었는데도 잠에 들지 못했다. 어떡하지. 앞으로 어떻게 되는 걸까. 내일 당장 정우를 봐야 하는데, 상사로서 그를 마주해야 할 텐데 어떤 얼굴로 봐야 할지 눈앞이 캄캄했다.

심장은 여전히 높은 박동수를 유지하고 있었다. 처음 겪어본 일탈은 나쁜 짓을 하는 것처럼 당장이라도 휩쓸려버릴 거 같은 두려움도 동반했다. 그럼에도 싫지 않았다면. 눈 딱 감고 그대로 그가 이끄는 대로 끌려가고 싶었다면.

"……무슨 생각을 하는 거야, 대체."

허공에 손을 내저으며 불순한 상상을 지워내려 노력했다. 그러나 정우의 얼굴이 머릿속에 들어차는 것만큼은 막을 수 없었다. 시선이 베개 옆에 놓인 휴대폰으로 향했다. 정우에게선 어떤 연락도 없었다.

팀장님은 지금쯤 무슨 마음일까. 벌써 잠들었으려나. 어쩐지 화가 난 거 같아 보였는데.

나정은 눈을 감았다. 잠을 이루지 못할 걸 알면서도 마음을 뒤숭숭하게 만드는 망상을 애써 외면했다.

* * *

다음날, 어김없이 해가 중천에 떠올랐다. 나정이 눈을 뜬 건 아침 여덟 시였다. 지각이었다.

"미쳤나 봐."

부랴부랴 준비하며 집을 나섰다. 빡빡한 지하철을 타고 겨우 회사에 도착하자 곧 닫히기 일보 직전인 승강기가 한 대 보였다. 나정은 직감했다. 저걸 놓치면 지각을 면할 수 없다고. 전속력으로 질주하자 그 모습을 본 여직원 중 한 명이 열림 버튼을 눌렀다. 닫히려는 문이 다시 열리자 나정은 거친 숨을 토해내며 고개를 숙였다.

"감사합니다."

다행히 승강기 안은 한산했다. 자신을 제외하고 여직원 두 명만

이 탑승해 있었다. 기획팀이 있는 층을 누르며 돌아서는데, 수군 거림이 귓가에 흘러들어 왔다.

"대리님. 그 소식 들었어요?"

"뭐?"

"캐나다에 있는 해외 지사 말이에요. 본격적으로 윗선에서 키울 생각인지 본사 측 인재들을 몇 명 발령 보낼 생각인 거 같더라고요."

"어머, 상상만 해도 싫다. 다른 지사도 아니고 망해가는 곳이라니. 매각설까지 돈 곳 아니야? 아후. 그런 데는 억만금을 준다고 해도 가는 거 아니야. 언제 다시 한국으로 돌아올 줄 알고. 공중분해 안 당하면 다행이지."

"그만큼 회사에서 보장해주는 게 있지 않을까요? 아무튼 누가 걸릴지 생각만 하면 갑갑해요. 부서마다 한 명씩은 꼭 보내려는 눈치던데."

"우린 아니길 바라야지."

'띵.'

승강기 문이 열리며 여직원들이 내리자 홀로 남은 나정은 그녀들이 흘리고 간 이야기를 곱씹었다.

해외 발령?

평소 한태평 회장이 꾸준히 언급하는 사업의 목표가 있나면 '세현'의 안정적인 해외 시장 진출이었다. 아시아를 시작으로 유럽까지 순차적으로 이름을 알렸지만, 유독 캐나다에서만큼은 지지부진한 성적을 낸 유일한 골칫덩어리로 불렸다.

그러고 보니 다시 밑바닥부터 다지고 있다는 이야기를 주열에게

듣긴 한 거 같은데. 보내더라도 경험 많은 연장자를 보내지 않을
까? 거기까지 생각이 닿은 순간, 승강기가 멈추었다. 나정은 출
근이 늦은 만큼 걸음을 재촉했다. 긴 복도를 지나 부서에 도착한
때였다. 누군가 나정의 팔목을 붙잡았다. 나정은 눈을 가늘게 뜨
며 고개를 숙였다. 손목을 움켜쥔 주인공은 다름 아닌 동료 혜
나였다.

"잠깐 나 좀 볼 수 있을까요?"

어제와 다르게 혜나의 말투가 쌀쌀맞았다. 나정은 붙잡힌 손목
을 힘을 줘 내빼며 되물었다.

"무슨 일인데 그러세요?"

"여기서 말하기는 좀 곤란한 이야기라. 나정 씨가 원한다면 말
해줄 수도 있고요."

대체 뭐길래. 잠시 고민하던 나정은 가방만 자리에 두고 오겠다
며 혜나를 뒤로하고 걸음을 옮겼다. 팀원들과 간단한 인사를 주
고받은 뒤 가방을 자리에 내려놓는데 자연스레 시선이 정우의 자
리로 향했다. 아직 안 온 건가. 정우의 얼굴이 보이지 않았다. 의
자에 걸린 재킷을 보면 이미 회사에 도착한 거 같은데.

"팀장님이라면 30분 전에 연락받고 나갔어."

주열이 대뜸 말을 걸어오자 나정은 뜨끔하며 어깨를 움츠렸다.
주열이 씩, 웃으며 덧붙였다.

"나정 씨 어제 과음한 거 같진 않아 보이던데. 요즘 들어 늦네?"

"그게…… 늦잠을 자서요."

"근데 어디 가게?"

"아, 저도 잠깐 볼일이 있어서. 금방 다녀오겠습니다."

혹시나 주열에게 속마음을 들킬까, 빠르게 부서를 빠져나왔다. 얼마 걷지 않아 복잡한 얼굴로 창밖을 바라보고 있는 혜나가 보였다. 인기척을 느꼈는지 그녀가 나정을 휴게실로 안내했다. 그리고 아무도 없는 걸 확인하자 팔짱을 끼며 단도직입적으로 물었다.

"나정 씨 어제 회식 끝나고 정우 오빠 차 타고 갔죠?"

나정의 눈이 커다래졌다. 혜나가 그 사실을 알고 있다는 것도 놀라웠지만, 방금 분명 정우 오빠라고…….

"빙빙 돌려 말하지 않을게요."

"……."

"나정 씨, 정우 오빠 좋아해요?"

다짜고짜 파고드는 질문 세례에 나정은 눈살을 찌푸렸다. 반면 혜나는 인내심이 한계점에 치달은 상태였다. 어젯밤, 회식 도중 부모님의 급한 연락을 받고 정우와 함께 퇴근할 수 있다는 기대감을 뒤로하며 자리를 박차야 했다. 부모님이 혜나를 부른 이유는 간단하고 명확했다.

'한 회장님이 세나를 정우의 신붓감으로 점찍어둔 모양이다.'

'……그래서 아빠는 뭐라고 했는데요?'

'뭐라 하긴. 우리 쪽도 나쁠 게 없다고 했지.'

'아빠!'

혜나는 억울했다. 흔쾌히 두 사람의 만남을 허락했다는 부모님의 결정을 용납할 수 없었다.

'두 사람 헤어졌잖아요. 진즉에 끝났잖아. 근데 왜 다시 언니를 끌어들여요! 뻔히 내 마음 다 알면서!'

혜나가 언니인 세나보다 더 오래전부터 정우를 마음에 품고 있다는 걸 누구보다 잘 알고 있는 부모님이었다. 하지만 그보다 더 화가 나는 건······.

'아빠 정우 오빠 싫어했잖아요. 한 씨 일가 핏줄이 아니라고, 어느 천한 집 자식일 줄 알고 만나냐면서 오빠 막 상처 줬잖아. 언니 붙잡고 헤어지라고 그 난리를 쳤으면서. 어떻게······, 어떻게 다시 오빠를 끌어들일 수가 있어요?'

혜나의 아버지, 김채섭 회장은 평소 고지식하고 가부장적인 성격으로 자식에 대한 애정이 남달랐다. 어여쁜 딸들이 언제나 자신의 그늘 밑에서 무럭무럭 자라나기를 원했다. 날파리 같은 놈들이 꼬일 기미라도 보이면 칼같이 쳐내기 일쑤였다.

그런 시선으로 봤을 때 정우는 김 회장에게 눈엣가시 같은 존재였다. 천애 고아가 어떻게 자기 딸을 탐낼 수 있냐고 대놓고 면박을 준 적도 있었다. 그럴 때마다 정우의 앞을 막는 건 항상 세나였다. 눈물로 호소하며 아버지에게 항변했다. 정우만큼 착한 아이도 없다고. 자신보다 더 생각이 깊고 좋은 사람이라고.

그랬는데 버렸잖아. 오빠를 버리고 떠난 언니잖아.

'······언니가 다시 정우 오빠를 좋아한다는 보장도 없잖아요. 그

러니까…….'

'나도 그런 줄 알았다. 그런데 잊지 못한 모양이야.'

'……뭐, 라고요?'

'많이 그리워한 눈치더구나. 넌지시 이야기를 흘리니 정우, 그 녀석을 다시 만날 수 있는 자리면 뭐든 나가겠다는데, 그런 걸 보면 아직도 마음이 있는 거겠지. 세월이 흐르니 이제야 보여. 내가 얼마나 두 사람에게 이기적으로 굴었는지. 그땐 그게 세나를 위하는 길이라고 생각했다.'

그렇다는 건 두 사람의 결혼을 적극적으로 추진하겠다는 소리였다.

안 돼. 절대 안 돼. 내가 어떻게 여기까지 왔는데.

언제나 언니 뒤에서 정우를 지켜봐야만 했던 혜나였다. 혜나는 불길한 마음에 다시 회식 자리로 돌아갔다. 정우를 붙잡아 무슨 말이라도 해야만 했다. 언니한테 다시 돌아가지 않겠다는 대답을 정우에게서 꼭 들어야만 할 거 같았다. 하지만 혜나의 눈앞에 들이닥친 건 또 다른 불행의 연속이었다. 나정이 정우의 에스코트를 받으며 차에 올라타고 있었다. 한눈에 봐도 알 수 있었다. 두 사람 사이가 심상치 않다는 걸. 단순히 상사와 부하직원의 모습이라고 보기엔 나정을 바라보는 정우의 두 눈이 깊고 진중했다.

"어디서 무슨 이야기를 듣고 왔는지 모르겠지만, 대답할 의무는 없다고 보는데요."

나정이 싸늘한 눈으로 혜나를 바라보았다. 혜나가 낮게 코웃음을 치며 고개를 모로 세웠다.

"그래요? 그럼 그것도 알려나. 정우 오빠가 세현 그룹의 후계자 중 한 명이라는 거."

……후계자? 세현 그룹의 손자가 본사에 있다는 소문이 사내에 종종 나돌긴 했으나 그게 정우일 거라고는 한 번도 상상한 적 없었다.

"나랑 오빠랑은 어려서부터 집안끼리 알고 지내던 사이예요. 쉽게 말해 나정 씨 같은 사람이 정우 오빠랑 어울려 다닐 수 없다는 소리죠."

혜나가 여유롭게 미소 지으며 되물었다.

"설마 오빠가 평범한 집안의 여자랑 결혼 같은 걸 할 수 있다고 생각하는 건 아니죠?"

결혼. 나정은 아무 말도 할 수 없었다. 방금까지만 해도 무척 가까이 느껴졌던 그가 멀어져가는 기분이 들었다.

"만나도 아주 잠깐."

"……."

"즐기는 사이. 딱 그 정도겠죠."

그러니 서둘러 마음을 접으란 경고였다. 정우가 직접 한 말이 아니니, 믿으면 안 된다고 생각하면서도 나정은 섣불리 입을 뗄 수 없었다. 언젠간 그가 했던 말이 머릿속을 선명히 흘러갔다.

'나도 누구처럼 가벼운 연애가 하고 싶어졌다면 이유가 되려나.'

"너무 깊게 빠지진 말아요. 다 나정 씨를 위해 해주는 말인 거 알죠? 아, 그리고 이제 곧 알게 되겠지만 오빠 곧 캐나다로 떠날 거예요.”

정우가 세현 그룹의 후계자라는 것도 놀라운데, 연달아 폭탄이
투하되자 나정은 할 말을 잃어버렸다. 그게 썩 마음에 든 혜나는
안쓰럽다는 듯 나정의 어깨를 어루만졌다.

“전혀 몰랐나 보네요. 그래도 지금이라도 알게 된 게 어디에요?
그럼 수고해요.”

혜나가 휴게실을 나간 뒤에도 나정은 한동안 움직이지 못했다.
뭘 어디서부터 정리해야 할지 감이 서지 않았다. 뒤늦게 정신을
차렸을 때 휴대폰 진동이 손바닥을 길게 울렸다. 도착한 메시지
를 바라보는 나정의 눈이 복잡했다.

어딥니까? - 한정우 팀장님

* * *

‘타닥타닥. 타닥타닥.’

고요한 분위기 속에 나정이 자판을 열심히 두드리는 소리만이
울렸다. 그녀를 제외한 팀원들은 어디선가 느껴지는 살벌한 기운
에 팔뚝을 쓰다듬으며 두리번거리기 바빴다. 그러던 중 정우와 눈
이 마주친 팀원이 허, 숨을 삼키며 조심스레 채팅창을 켰다.

팀장님 오늘 무슨 일 있나요?
왜?
방금 눈빛 못 보셨어요? 잘못 걸렸다가는 그 자리에서 즉사에

요, 즉사.

　팀원들의 시선이 일제히 정우에게로 쏠렸다. 그가 업무를 보다 말고 어딘가를 응시하고 있었다. 그 시선을 가만히 따라가 보는데, 어쩐지 얼굴 옆이 따가웠다. 팀원들의 관심을 진즉에 눈치챈 정우가 팔짱을 낀 채 그들을 주시하고 있었다. 한 명 한 명 눈을 맞추는 친절함 속에는 엄한 곳에 관심 두지 말고 마저 일보라는 살벌한 경고가 담겨 있었다.

　팀원들의 고개가 빠르게 제자리로 돌아갔다. 그제야 정우가 다시 나정을 주의 깊게 바라봤다. 기분 탓일지 몰라도, 그녀가 부서에 들어선 후로 경계가 느껴졌다. 마치 벽을 두고 일하는 사람처럼 팀원들과 업무적인 이야기를 나누는 것 외에는 줄곧 모니터에만 시선을 고정했다.

　어제 그렇게 나정을 보낸 후로 밤잠을 설친 정우였다. 어쩌자고 고삐가 풀려서는. 부드럽게 그녀를 달래주지는 못할망정 산짐승처럼 몰아붙인 게 계속 마음에 걸렸다. 그래서 어떻게든 대화를 나누고 싶었던 건데. 그를 공기 취급하는 나정이 이토록 야속할 수 없었다. 한없이 가라앉은 눈으로 나정을 바라보던 정우가 돌연 자판을 두들겼다. 동시에 부지런히 자판을 두드리던 나정의 손이 허공에서 뚝, 멈추었다. 새로운 메세지 창이 화면에 떡하니 떠올랐다.

점심시간에 잠깐 나 좀 보죠. - 한정우 팀장님

* * *

“도착했습니다, 아가씨.”

“고마워요, 박 기사님.”

박 기사는 룸미러에 비치는 아름다운 여자를 흐뭇한 눈으로 바라보았다. 어렸을 때는 마냥 여리게 느껴졌던 목소리가 이제는 제법 성숙하게 느껴졌다. 엊그제만 하더라도 어린 숙녀였던 김 회장의 첫째 딸 세나는 어느덧 서른세 살의 어엿한 어른으로 성장해 있었다.

“회장님이 보시면 아주 좋아하시겠어요. 즐거운 시간 보내세요.”

“여기까지 데려다주셔서 감사해요. 언제 시간 되실 때 식사 한번 대접할게요.”

“좋고말고요.”

“그럼 다음에 또 봬요.”

아쉬운 작별 인사를 하며 세나는 오피스텔로 향했다. 정리할 것 투성이였다. 역시나 현관문을 열고 들어가자 긴 복도에서부터 줄지어 늘어진 장비가 그녀를 반겼다. 조수 몇 명에게 정리는 내가할 테니, 대충 넣어 달라고만 부탁했는데 정말로 욱여넣고만 갔나 보다.

“그래도 내 손으로 정리하는 게 마음 편하니까.”

10년 넘게 카메라를 잡은 손답게 세나는 능숙하게 촬영 도구를 하나둘씩 정돈해나갔다. 새로 구매한 렌즈를 세심하게 닦아내던 중이었다. 익숙한 번호가 휴대폰 액정에 떠올랐다.

"네, 아버지."

-방금 박 기사에게 연락받았다. 도착했으면 바로 본가로 와야지, 왜 엄한 데를 먼저 갔어.

세나의 입가에 피식, 바람 빠진 웃음이 새어 나왔다. 50대가 넘어가면 어른들은 아이가 된다고 하던데 투덜거리는 채섭의 목소리가 딱 그러했다. 당장 눈앞에서 사라지라며 소리쳤을 때는 언제면서 큰딸이 10년 만에 귀국한다고 하니 보고 싶긴 하셨나 보다.

"다음 주부터 바로 스케줄 있어서 장비 좀 미리 정리하려고 왔어요. 걱정하지 마세요. 늦어도 저녁쯤에는 찾아뵐게요."

-아니, 장비 정리하는데, 얼마나 걸린다고. 사람 필요하면 말하거라. 필요한 수만큼 보낼 테니.

"괜찮아요. 혼자서 하는 게 편해요. 그리고 꼭 들를 곳도 있고요. 거기만 갔다가 바로 찾아뵐게요."

-늦지 않게 오거라.

겨우 채섭과의 통화가 마무리되자 세나는 시선을 널리 뻗었다. 드넓게 펼쳐진 한강이 한눈에 들어왔다. 시원한 뷰를 자랑하는 고급 오피스텔은 그 누구의 힘도 아닌 세나의 힘으로 마련한 곳이었다. 밑바닥에서부터 시작한다는 게 쉽지 않았지만, 긴 방황 끝에 그녀는 정상에 다다랐다. 드디어 그토록 바라던 한국에 다시 발을 내디딜 수 있었다.

세나는 창문을 활짝 열고 숨을 크게 들이켰다. 눈부신 햇살과 탁하지 않은 공기가 마음을 아늑하게 했다. 꼭 그 아이를 카메라에 담았을 때처럼 밀려오는 기분 좋음이었다.

"……잘 지내려나."

세나의 눈동자가 그리움으로 일렁거렸다. 그녀가 한국에 다시 돌아올 수밖에 없던 연유는 다양했다. 그중에서 1위를 뽑으라면 단연 하나였다. 세나는 지체하지 않고 어디론가 전화를 걸었다. 얼마 가지 않아 상대가 연락을 받자, 그녀는 산뜻한 미소를 지으며 인사했다.

"안녕하세요, 포토그래퍼 김세나라고 합니다. 문의하신 프로젝트 관련으로 이야기 나누고 싶어서 연락드렸습니다."

* * *

승강기에 올라탄 나정의 낯빛이 어두웠다. 무슨 정신으로 업무를 봤는지 모르겠다. 그저 정우에게 쏠리는 신경을 들키고 싶지 않아 죽기 살기로 모니터만 바라봤다. 같은 공간 아래, 그와 있다는 것만으로 별별 생각이 다 들었다.

어제 우리가 나눈 키스는 뭐였을까. 팀장님의 진심은 대체 무엇일까. 어째서 내게……솔직히 말해주지 않은 거지?

"……아니지, 꼭 후계자란 걸 말할 필요는 없잖아."

그래. 그거야 개인적인 사정이 있을 수 있다고 치지만.

"곧 떠난다는 건 왜……."

그는 정말 가벼운 연애만 하고 싶었던 걸까. 그럼 어제 했던 그 진심 같던 말들은 다 뭐였지.

'내가 은나정한테 제대로 돌아 있다는 거?'
'보다시피 난 은나정 씨만 보면 매번 이렇게 돼서.'

마음이 끝없는 수렁에 빠지려고 하자 나정은 고개를 휙휙 저었다.

"당사자한테 직접 물어보자. 그럼 되는 거잖아."

두 눈으로 직접 확인하면 될 일이라며 흔들리는 마음을 다잡았다. 여진과 함께 점심을 먹기 전, 잠깐 정우와 만나기로 약속이 돼 있었다. 약속장소는 직원들이 잘 모르는 회사 외곽에 있는 한 카페였다.

'띵.'

1층에 도착한 승강기가 열리며 익숙한 얼굴이 나정을 반겼다.

"나정 씨?"

"어? 최 대리님."

"점심 먹으러 가는 길이에요?"

"네. 대리님도요?"

"마침 잘됐네요. 전해주고 싶은 이야기가 있었는데."

"이야기요?"

그게 뭐냐고 물으려던 나정은 말을 잇지 못했다. 낯설지 않은 뒤태가 시야에 담겨왔다. 정우였다. 그가 손목에 찬 시계에 눈길을 주며 로비 중앙에 서서 누군가를 기다리고 있었다.

설마 날 기다리는 건가? 이렇게 사람들 다 보는 데서?

카페에 먼저 가 있으라며 문자를 보내려는데, 진원이 불쑥 다가와 나정의 귓가에 속삭였다.

"어제 말했던 그 포토그래퍼 말이에요."

로비 회전문이 빙글, 돌아가며 한 여자가 걸어 들어온 것도 그때였다.

'또각또각.'

굽 높은 하이힐이 청명한 소리를 내며 시선을 집중시켰다. 여자가 움직일 때마다 허리까지 길게 늘어진 갈색 웨이브 머리가 보기 좋게 찰랑거렸다. 작은 얼굴에 꽉 찬 이목구비는 수수한 듯하면서도 화려한 분위기를 풍기었다. 모두가 멍하니 여자의 동선을 주시하던 때, 여자가 돌연 걸음을 멈추며 누군가를 애틋한 눈으로 바라보았다. 여자를 등지고 서 있던 진원이 마저 말을 이었다.

"운이 좋게도 섭외가 됐어요. 아주 유명한 사람인데, 활동명은 liberty, 한국 이름은 김세나."

"······정우야."

한순간이었다. 여자가 당장이라도 울 거 같은 얼굴로 정우의 품에 안겨 든 것은. 시공간이 멈춘 것처럼 로비에 있던 직원들이 빳빳하게 얼어붙었다. 여자의 눈에서는 기어코 한 방울의 눈물이 후드득 떨어졌다. 여자가 그리움이 가득 찬 눈으로 정우를 바라봤다.

"······보고 싶었어."

여자는 얼굴만큼이나 목소리도 예뻤다. 유일하게 반응하지 않는 사람이 있다면 정우, 단 한 명뿐이었다. 그는 무표정한 얼굴로 세나를 내려다봤다. 10년 만에 재회한 것치고 싸늘하기 그지없는 표정이었다. 그러다 문득 가장 **중**요한 사실을 잊고 있었다는 걸 자각하며 주변을 살폈다. 작고 가녀린 체구의 여자가 이곳을 바라보고 있었다. 눈이 마주치기 무섭게 나정이 등을 돌렸다. 붙잡을 새도 없이 그녀가 빠르게 정우의 눈앞에서 멀어져갔다.

* * *

"대박 소식!"

함께 점심을 먹기로 약속한 여진이 수저로 식탁을 탕탕, 내리치며 흥분을 감추지 못했다.

"아까 로비에서 무슨 일이 있었는지 줄 알아? 글쎄. 한 팀장님이……."

"알아."

"……알아? 뭘?"

나정이 덤덤히 대답했다.

"어떤 여자랑 같이 있었다는 거."

"헐. 진짜 아네. 어떻게 알았어?"

"그 자리에 직접 있었으니까."

"대박. 그 특종감을 눈앞에서 봤다는 거야? 그럼 그 여자도 봤겠네? 한 팀장님한테 대놓고 안겼다면서. 거기 있던 직원들 말로는 완전 미인이라던데."

나정은 그저 희미한 미소로 대답을 일관했다. 밥맛이 없었다. 무어라 반응할 힘도 없었다. 서글프게도 정우에게 안겼던 여자의 모습이 시뮬레이션처럼 몇 번이나 눈앞을 스쳐 갔다. 단 한 번 봤는데도 뇌리에 강하게 각인될 만큼 여자의 외모는 아름다웠다. 연예인의 실물도 그렇게까지 예쁠 수 있을까, 싶을 정도였다.

"역시 끼리끼리 만나는 건가. 전에 신경 쓰이는 사람 생겼다더니 그 여자 말하는 거였나 봐."

여진의 말을 인정하고 싶지 않지만, 참 잘 어울리는 한 쌍이었다. 질투 비슷한 감정이 나정의 목구멍에 가득 차오를 만큼. 따가운 무언가가 수시로 심장을 찔렀다. 저릿한 감각이 감당하기 힘들어 몇 번이나 호흡을 골랐는지 몰랐다. 그 모습을 들키고 싶지 않아 도망치듯이 정우에게서 달아났다.

"그럼 항상 차고 다니던 반지도 그 여자랑 관련 있으려나?"

"……."

"나정아? 은나정."

"……어?"

"뭔 생각을 그렇게 하길래 불러도 대답이 없어. 밥도 깨작깨작 먹는 게 무슨 일 있어?"

"아니, 일은 무슨. 근데 방금 뭐라고 했어?"

"한 팀장님 말이야. 곧 결혼한다는 소문이 돌던데 이 정도면 거의 확인 사살인 거 같아서."

"아……, 결혼."

다시금 정우의 품에 안겨 눈물을 흘리던 여자의 얼굴이 그림처럼 그려진다. 한눈에 봐도 여자는 귀티가 곳곳에서 흘렀다. 재력 있는 집안의 귀한 자식이라는 걸 어렵지 않게 눈치챌 수 있었다. 그러자 오늘 아침 혜나에게서 들은 충고가 가시처럼 날아들었다.

'설마 오빠가 평범한 집안의 여자랑 결혼 같은 걸 할 수 있다고 생각하는 건 아니죠?'

* * *

벌써 열두 통째다. 나정과 닿지 않는 연락이. 아무리 전화를 걸어도, 문자를 해도 그녀는 묵묵부답이었다. 애써 차분함을 유지하던 이성이 흐트러지려던 찰나, 정우의 맞은편에 앉은 세나가 운을 뗐다.

"우리 10년 만인가?"

창밖을 바라보던 정우가 고개를 돌려 세나를 응시했다. 10년. 긴 세월이 흘렀으나 세나는 정우가 기억하는 그 모습 그대로였다. 두 살 어린 정우를 남동생처럼 잘 챙겨주고, 그러다 아무에게도 말하지 못한 정우의 어둠을 알아채며 그것을 사진으로 열심히 담아냈던 여자.

'정우야. 너 생각보다 웃는 게 예쁜 얼굴인 거 알아? 봐봐, 얼마나 풋풋한데. 그러니까 한 번만 더 자연스럽게 웃어 봐. 응?'

'가끔 난 너의 어두운 내면이 슬프다가도 좋아질 때가 있어. 이런 말 좀 웃기지만 나만 알고 싶은 그런 기분이랄까.'

'정우야. 완벽해질 필요 없어. 사람은 다 결핍을 갖고 살아가. 그러니까 자꾸 애쓰려고 하지 마. 그럼 네가 너무 아프잖아.'

그녀는 틈만 나면 정우의 얼굴 앞에서 카메라 플래시를 터트렸다. 쉴 새 없이 정우가 자라나는 모습을 렌즈에 담고 또 담아냈다. 처음에는 거부감이 일었지만, 아이 같은 세나의 순수함에 녹아든 정우는 사진을 찍히는 일을 일상처럼 여기게 됐다.

세나와 함께 있으면 항상 마음이 편했다. 누구의 눈치도 보지 않고 본연의 모습 그대로 숨 쉴 수 있었다. 아버지와 어머니 다음으로 자신의 내면을 들여다 봐준 사람. 그래서 좋아할 수밖에 없었던 여자. 하지만 이제 와 그게 다 무슨 소용일까. 그녀와 함께한 추억은 부질없는 과거에 지나지 않을 뿐, 어떤 힘도 갖지 못했다.

"용건만 간단히 해."

정우가 나직이 입을 열었다. 세나는 그런 정우를 물끄러미 감상했다.

그를 처음 만난 건 열일곱, 한 회장의 거처를 방문한 날이었다. 어렸을 때부터 세현 가와 세나의 집안은 교류가 잦았다. 한 회장을 조부처럼 생각할 정도로 그의 무릎에 앉아 잠을 자거나 논 적도 많았다. 그런데 생전 처음 보는 남자아이가 커다란 나무 밑에서 눈을 감고 있자 세나는 호기심을 안고 다가갔다. 단지 두 걸음밖에 다가가지 않았는데, 작은 인기척에도 남자아이는 기민하게 반응했다. 날을 세우며 세나를 경계했다. 그때부터였다. 정우와의 인연이 시작된 것은.

세나는 어렸을 때부터 사진 찍기를 좋아했다. 특히 자연을 찍는 걸 가장 좋아했는데, 정우를 알게 된 후로는 인물을 사진에 담기 바빴다. 정우를 렌즈 안에 담을 때면 뜨거운 무언가가 가슴 속에서 꿈틀거렸다. 추후에 알게 됐다. 그것은 정우로 인해 오롯이 피어난 열정의 불씨였다는 걸.

세나의 부모님은 세나가 사진 찍는 것을 탐탁지 않게 여겼다. 사진은 얼마든지 취미로 찍을 수 있다며 몇 번이나 그녀를 뜯어말렸고, 말을 듣지 않으면 눈앞에서 카메라를 부수는 일도 허다했다. 그럴 때마다 그녀의 곁을 지킨 건 정우였다. 그는 따스한 위로 대신 묵묵히 어깨를 내주었다. 그럼 그 어깨에 기댄 채 눈물을 하염없이 펑펑 쏟아냈다. 왜 부모님은 날 이해해주지 않으실까. 잘할 수 있는데. 정말로 잘할 수 있는데. 속상한 마음에 아이처럼 칭얼거리면 정우는 팔을 뻗어 세나의 어깨를 토닥여주었다. 서툰 위로도 함께였다.

'언젠가는 진심을 알아주실 거야. 그러니까 포기하지 마.'

어떤 백 마디의 위로보다 값진 한마디였다. 어쩌면 그때부터였으려나. 그가 남자로 느껴지기 시작한 게. 마냥 착한 동생인 줄 알았던 그에게 가슴이 떨리고, 눈이라도 마주치면 심장이 터질 것처럼 쿵쾅거렸다. 그리고 10년이 흐른 지금. 정우는 완전한 어른이 돼 있었다. 얼굴도, 몸도. 그녀를 바라보는 눈빛도.

단 하나 달라진 게 있다면 세나와 달리 정우의 눈에서는 애틋함을 찾아볼 수 없었다. 오직 냉철한 이성만이 존재하는 까만 눈동자가 날카로운 화살촉처럼 날아들었다.

"할 말 없으면 그만 일어나지."

"……미안해."

자리를 박차려던 정우가 멈춰 서며 뒤를 돌아봤다. 차분함을 유지하던 세나의 얼굴이 위태롭게 흔들렸다.

"널 만나면 무슨 말부터 꺼내야 할까, 하루도 빠짐없이 고민하고 또 고뇌했어. 근데 결국 이 말밖에 떠오르지 않더라."

"……."

"미안해, 널 그렇게 두고 가서."

정우는 침묵했다. 말없이 세나를 내려다보더니, 상황을 간략히 정리했다.

"이미 다 지난 일이야."

그 말이 꼭 끝을 알리는 거 같아 세나는 다시 한 번 정우를 붙잡았다.

"……파리에서 네 생각 많이 했어. 잊을 수 있을 줄 알았는데, 아니었어. 다 내 착각이었고 오만이었어."

이번에도 정우는 아무런 반응을 보이지 않았다. 지나칠 정도로 고요한 눈동자는 사람을 초라하게 만들었다.

"큰 걸 바라는 게 아니야. 예전처럼 돌아가자는 건 더더욱 아니야. 그저 가끔씩 만나서 밥도 먹고, 차도 마시고."

"김세나 씨."

세나의 입술이 굳게 다물렸다. 항상 세나 누나, 가끔은 김세나라고 불러주던 정우였다. 괴리감이 느껴지는 호칭에 세나는 심장이 시큰거렸다.

"뭔가 착각하나 본데, 한 번 끝난 인연은 끝난 인연인 겁니다."

냉랭한 일침에 세나는 입안 여린 살을 잘근 깨물었다. 생각보다 아팠다. 외면당할 걸 알면서도 막상 그 현실이 눈앞에서 벌어지자 상상도 할 수 없는 고통이 어깨를 짓눌렀다. 미련 없이 돌아서는 정우를 바라보며 세나는 충동적으로 입을 열었다.

"……3개월 후에 캐나다로 떠난다고 들었어."

정우가 걸음을 멈추며 세나를 고요히 응시했다. 한기가 느껴지는 시선을 세나는 피하지 않았다. 10년 전처럼 도망가지 않았다.

"아빠한테 전해 들었어. 네가 결혼하지 않으면 캐나다 지사로 떠나기로 한 회장님과 약조했다고."

"하고 싶은 말이 뭐야."

정우가 싸늘하게 묻자 세나는 한국에 다시 돌아올 수밖에 없던 이유를 스스럼없이 고백했다.

"내가 도울 일이 있으면 뭐든 도울게."

그것이 허울뿐인 정략결혼일지라도. 그렇게라도 그녀는 다시 정우의 곁에 남고 싶었다.

* * *

"다녀왔습니다."

"나정이 왔니?"

"엄마 계셨어요?"

"응. 모임이 일찍 끝났어. 손만 씻고 거기 잠깐 앉아 있어. 금방 과일 깎아줄게."

"네."

터덜터덜. 욕실로 향하는 나정의 발걸음이 무거웠다. 수도꼭지를 틀어 흐르는 물에 손을 씻는데, 문득 거울에 비친 얼굴이 눈에 들어왔다.

"……꼴이 말이 아니네."

하긴 별별 소리를 다 들었는데. 괜찮지 않은 게 당연하지. 오늘 사내는 정우와 세나의 이야기로 떠들썩했다. 전부터 정우가 신경 쓰인다는 여자가 누구인지 다들 궁금해하던 참이었는데, 세나의 등장이 그 궁금증에 불을 지핀 것이었다.

두 사람이 결혼을 약속한 사이라는 둥, 한눈에 봐도 애틋한 사이로 보였다는 둥, 그렇게 잘 어울릴 수가 없었다는 둥. 가만히 있어도 원하지 않은 정보가 쉬지 않고 족족 흘러들어 왔다. 정우가 외부 미팅으로 자리를 비운 탓에 제지하는 사람도 없겠다, 직원들은 신나게 두 사람을 물고 뜯고 즐기기 바빴다.

"다 씻었니?"

한동안 욕실에서 나오지 않은 게 이상했는지 문 너머로 진희의 부름이 들렸다.

"금방 나갈게요."

나정은 손에 묻은 물길을 털어내며 부엌으로 향했다.

"요즘 참외랑 딸기가 제철이라더니, 달달한 게 맛이 아주 좋아."

진희가 먹기 좋게 깎은 참외와 딸기를 나정의 앞에 내밀었다.

"고마워요. 잘 먹을게요."

나정은 빨갛게 익은 딸기를 한 입 크게 베어 물었다. 새콤달콤한 즙이 입안 가득 퍼져 갔다. 우울했던 기분이 조금이나마 풀리는 것도 잠시. 나정은 조심스레 입을 열었다.

"저, 엄마."

"응?"

"이건 그냥 궁금해서 여쭤보는 건데요."

"응."

"만약 사위 될 사람이 엄청난 재력가 집안의 후계자라면 어떨 거 같아요?"

"후계자? 막 삼진 전자의 손자. 뭐 그런 사람을 말하는 거야?"

"굳이 대입 하자면요?"

"글쎄. 한 번도 생각해본 적 없는데. 아마 부담스럽지 않을까?

우리가 그만큼 받쳐줄 형편이 못 되니까. 뱁새가 황새 따라가서 가랑이 찢어지는 거랑 다를 게 뭐가 있을까 싶네."

나정은 부정할 수 없었다. 지금 이 집도 10년을 넘게 고생해서 겨우 마련한 곳이었다.

"근데 갑자기 이런 거 왜 물어 봐? 설마 한 팀장님이 후계자라도 되는 거야?"

"아뇨. 팀장님이 무슨 후계자예요."

나정은 손사래 치면서도 기분이 가라앉았다. 그러게요. 왜 하필 후계자일까요. 감당하기 벅차게. 나정은 씁쓸히 웃으며 덧붙였다.

"직원들끼리 이런저런 이야기를 하다가 나온 말이에요. 신경 쓰지 마세요."

"그래? 그럼 다행이고. 근데 나정아. 아까부터 휴대폰에서 계속 진동 울리는 거 같던데."

소파에 널브러진 나정의 휴대폰을 진희가 냉큼 집어 들었다. 발신자를 확인한 그녀의 눈이 활짝 접혔다.

"어머. 한 팀장님이네?"

"네?"

나정이 화들짝 놀라며 진희의 손에서 휴대폰을 빼앗아갔다. 끝을 모르고 울리던 진동이 갑자기 뚝, 멎더니 메시지 한 통이 도착했다.

집 앞입니다. 잠깐이면 되니까 얼굴 좀 보죠. – 한정우 팀장님

* * *

살다 보면 이뤄질 수 없다는 걸 알면서도 간절해지는 순간이 있다. 터무니없는 소원이란 걸 알지만, 자꾸만 눈에 밟혀 돌아보게 하는 것들. 나정에게도 그런 순간이 있었다.

'나정아. 너도 기회 되면 미술 배워 봐. 선생님이 그랬잖아. 재능 있다고.'

고등학교 2학년 겨울방학을 앞둔 어느 날이었다. 친하게 지내던 같은 반 친구가 나정의 그림을 보고는 극찬을 하며 아쉽다는 투로 제안했다.

'아니야. 재능은 무슨.'
'아닌데. 너 충분히 실력 있어. 이대로 썩히기는 영 아깝지 않아? 혹시 돈 때문에 그래? 이번에 집도 새로 이사했다며. 부모님한테 잘 말해보면 지원해주시지 않을까?'

중학교 2학년 무렵 친구를 따라 미술학원에 갔다가 붓 하나에 몇만 원이란 소리를 듣고 그대로 집으로 돌아왔던 나정이었다.
예술은 아무나 하는 것이 아니었다. 재능이 있어도 돈이 필요했고 재능이 없어도 돈이 필요했다. 누구보다 집 사정을 잘 알고 있던 나정은 다른 아이들처럼 부모님께 학원에 다니고 싶다며 조르지도, 말을 꺼낸 적도 없었다. 남몰래 숨어서 그림을 그리는 게 일상이었다. 혹시나 부모님이 보게 될까 봐 완성된 그림은 집에 가져오지도 못했다. 언제나 학교 수납장에 처박힐 때가 빈번했다.

그게 가끔은 서러울 때도 있었다. 제 꿈은 자꾸만 숨겨야 펼칠 수 있는 거 같아서.

그래도 욕심 갖지 말자고, 분수에 맞게 살아가자며 마음을 다 잡았지만, 고3을 앞둔 시기가 되자 조바심이 났다. 지금 시작해도 입시를 준비하기엔 늦었는데, 여기서 더 늦어지면 영영 그림을 그릴 수 없게 될까, 큰마음을 먹고 부모님의 방문 앞에 다가선 날이었다.

'웬 그림이에요?'
'나정이 방에서 발견한 거예요.'

갑자기 들린 부모님의 대화 소리에 심장이 쿵 떨어졌다.

'이야, 나정이가 그림을 이렇게나 잘 그렸어요? 참 우리 딸이지만 공부도 잘하고, 운동도 잘하고. 이젠 그림까지 잘 그릴 줄이야. 참 다재다능해요. 근데 표정이 왜 그래요? 초상집 치른 것처럼.'
'아무래도 걱정이 돼서요.'
'걱정?'
'나정이가 그림을 배우고 싶다고 하면 어떡하죠?'
'에이, 설마. 지금까지 그런 이야기 없었잖아요.'
'그래서 더 걱정된다는 거예요. 이 집도 겨우 구했는데, 앞으로 나정이 말고도 나은이랑 나람이 키우려면 당장 대출을 받아도 모자랄 판에. 그렇다고 애가 하고 싶다는데 안 된다 할 수도 없고.'
'아휴, 여보도 참. 아직 벌어지지 않은 일을 왜 미리서부터 걱정

하고 그래요. 알잖아요. 나정이가 얼마나 바르게 자랐는지.'

'툭.'

문고리를 잡은 나정의 손이 힘없이 허공으로 떨어졌다. 발소리를 죽이며 조용히 방 안으로 돌아간 나정은 그대로 침대에 얼굴을 파묻었다. 막을 새도 없이 눈물이 또르르 흘러내렸다. 그제야 알 것만 같았다.

생각보다 난 그림을 많이 좋아했구나. 누구보다 진심이었구나. 하지만 이룰 수 없는 꿈인걸.

눈물이 펑펑 쏟아져 내렸다. 혹여 울음소리가 흘러나갈까, 베개에 꾹꾹 얼굴을 짓누르며 울음을 삼켰다 뱉기를 반복했다. 그때 처음으로 느꼈던 거 같다. 가질 수 없는 것을 바라는 게 얼마나 아프고 일인지. 얼마나 사람을 서럽게 만드는지를.

그 후로 나정에게는 하나의 법칙이 생겨났다. 닿을 수 없는 것에 손을 뻗지 말자고. 진심을 주지 말자고. 재현의 도움으로 그림을 배우게 됐을 때도 진심이 되지 않기 위해 노력했다. 다시 꿈을 갖기엔 너무 늦은 나이였다. 취업 준비 시기가 다가오자 칼같이 재현과 연락을 끊고, 오직 좋은 회사에 입사하기 위한 일과에 몰두했다. 지금 생각해보면 현명한 선택이었다. 아마 다시 돌아가도 자신은 똑같은 선택을 할 것이다.

'삐걱.'

대문을 열고 나가자 주차된 차에 기대서 있는 정우의 모습이 보였다.

"여긴 어쩐 일이세요?"

나정의 조심스러운 목소리에 정우의 표정이 어둡게 가라앉았다.

322

"어쩐 일?"

되묻는 그의 음성이 차가웠다. 어둠 속에 가려진 날카로운 윤곽이 가로등 불빛 아래 환히 드러나자 나정은 숨을 삼켰다. 정우의 얼굴이 싸늘하게 굳어 있었다.

"휴대폰은 장식품으로 가지고 다니나 봅니다."

"아……."

나정은 작게 탄식하며 시선을 내리깔았다.

"죄송해요. 오늘 일이 바빠서 신경을 못 썼어요."

거짓말이었다. 실은 그에게서 수시로 연락이 걸려오는 걸 알면서도 일부러 받지 않았다. 어떠한 두려움이 파도처럼 가슴 속을 넘실거렸기 때문이다.

"사람 애간장 타게 하는데 선수 아니랄까 봐."

낮게 읊조리는 정우의 음성이 탁하고 무거웠다. 온종일 그가 어떤 감정으로 하루를 보냈을지 눈에 선히 그려졌다. 나정은 애써 모른 척 아무렇지 않은 얼굴로 정우를 마주했다.

"여기까지는 무슨 일로 오신 거예요?"

"정말 몰라서 묻는 겁니까?"

정우가 이해할 수 없다는 눈으로 나정의 이목구비를 훑어 내렸다. 하나하나 뜯어보는 예리한 그의 눈썰미에 심장이 바짝 조여들었다. 한참을 수색하던 그가 한숨을 내쉬며 입을 열었다.

"오늘 오후에 있었던 일은……."

"아니요."

나정이 빠르게 정우의 말허리를 잘랐다.

"굳이 해명하지 않으셔도 돼요."

어느 때보다 단호한 음성이었다.

"……저희 아무 사이 아니잖아요."

이어진 뒷말은 두 사람 사이에 흐르는 기류를 적막하게 만들기에 충분했다. 나정은 고개를 푹 숙였다. 도무지 맨정신으로 정우의 얼굴을 볼 자신이 없었다. 숨 막히는 침묵만이 흐르던 때 낮은 음성이 불쑥 나정의 둥근 정수리 위로 떨어졌다.

"은나정."

"……"

"고개 들어."

입안 여린 살을 지그시 깨물며 눈을 들었다. 예상보다 더 냉랭한 기운이 정우의 주위를 감싸고 있었다. 그가 차갑게 식은 눈으로 물었다.

"내 눈 똑바로 보고 다시 말해봐."

이런 얼굴은 처음이었다. 아무리 사내에서 육두문자를 방불케 하는 남자로 유명하다지만 이런 얼굴을 보여준 적은 단 한 번도 없었다. 감정이라고는 느껴지지 않은 새카만 눈과 굳게 다물린 입술. 꽉 다문 어금니 사이로 꿈틀거리는 턱 근육과 느리게 솟았다 떨어지는 목울대는 그가 얼마나 안간힘으로 다해 인내의 끈을 붙잡고 있는지를 알려주었다.

"은나정 씨는 아무 사이도 아닌 남자랑 키스도 하나 보네."

"……그건."

나정을 말을 잇지 못했다. 불과 어젯밤에 일어난 일이었다. 아직도 선명하다. 귓가에서 울려 퍼지던 그의 거친 숨소리와 끊임없이 그녀를 탐하던 붉은 입술이. 그 모든 것이 다 선명한데도 나정은 자신의 두 눈을 가렸다.

"실수였어요."

술김에 벌인 실수였다고. 눈에 훤히 보이는 거짓말을 택했다.

"실수."

나직이 곱씹던 정우가 넥타이를 신경질적으로 잡아당기며 고개를 비틀었다.

"어떡하지. 난 실수가 아니었는데."

"……."

"다시 한 번 묻죠."

"……."

"방금 그 말 진심입니까? 타의에 의한 결정이 아니라 은나정 씨 마음이 정한 결정이냐고 묻는 겁니다."

그는 확신하고 있었다. 나정이 거짓말을 하고 있다고. 나정은 흔들리는 눈으로 정우의 얼굴을 바라보았다. 가슴이 쿵쿵쿵, 빠르게 뛰어댔다. 이제 그만 보면 습관처럼 뛰어대기 바쁜 심장이었다. 이게 어떤 의미를 담고 있는지 알면서도 나정에겐 솔직하게 털어놓을 자신이 없었다. 몇 번이나 겪었으니까. 가지지 못할 것을 열망하게 됐을 때 찾아오는 상실감을. 그것이 얼마나 사람을 서글프게 만드는지 또한.

"……죄송합니다."

나정이 다시 고개를 푹 숙였다. 그 모습을 물끄러미 지켜보던 정우가 한 걸음 물러섰다.

"그게 은나정 씨 대답이라면 잘 알아들었습니다."

"……."

"피곤할 텐데 푹 쉬어요."

어디선가 왈칵, 무너지는 소리가 났다. 그게 제 심장에서 난 소리란 걸 나정은 얼마 가지 않아 눈치챘다. 그런 확신이 들었다. 이대로 그를 보내면 영영 돌이킬 수 없게 될 거라고. 한 줌의 미련이 기어코 움을 트며 그를 붙잡았다.

"진짜로 떠나시는 거예요?"

돌아서던 정우의 다리가 거짓말처럼 멈추었다. 물기 어린 나정의 음성에는 여린 원망이 섞여 있었다. 어째서 자신에게 솔직히 말해주지 않은 거냐고. 만약 이대로 떠나는 거였다면 홀로 남게 된 나는 어떤 마음으로 당신을 보내줘야 했던 거냐고.

한 회장과의 약조는 일방적인 결혼을 피하기 위해 택한 방안이었다.

'만약 3개월이라는 시간 안에 네가 원하는 상대를 내 눈앞에 데려오지 않는다면 그땐 어쩔 셈이냐.'

한 회장은 쉽게 제안에 응해줄 사람이 아니었다. 정우뿐만 아니라 한 회장의 혈육 그 누구라도 원하는 게 있으면 그에 상응하는 대가를 내놓아야만 했다.

'제가 가겠습니다. 제가 캐나다에 있는 지사로 가서 모든 걸 책임지겠습니다.'

그래서 정우는 한 회장이 골칫덩어리로 생각하고 있는 캐나다의 해외 지사를 택했다. 오래도록 기반을 다졌지만, 좋은 실적을 거두는 다른 해외 지사들과 달리 캐나다 지사는 2년째 적자를 거듭하는 바람에 매각설까지 논의된 적이 있었다. 게다가 한 회장이 큰마음 먹고 일을 맡긴 사촌, 재준이 보기 좋게 2분기 연속 실적을 말아먹자 현재는 간신히 형태만 유지 중이었다. 현실을 직시할 줄 안다면 절대 택해서는 안 될 곳이었다.

그런데 정우는 보란 듯이 캐나다 지사를 택했다. 한 회장이 바라는 큰 그림을 오롯이 짊어지는 것으로 3개월이란 기간을 얻어냈다. 그 짧은 시간 동안 최선을 다해 나정에게 다가가 볼 생각이었다.

정우는 천천히 뒤를 돌아보았다. 나정이 위태로운 얼굴로 그를 바라보고 있었다. 말간 눈동자에는 차마 숨기지 못한 서운함이 덕지덕지 묻어났다. 그녀의 진심이 다 들렸을 텐데도 그는 알은체하지 않았다. 그녀가 그의 진심을 모른 체했던 것처럼 감정 없는 표정으로 그녀를 바라보았다.

"그게 왜 궁금하지?"

"……."

"어차피 우린 아무 사이도 아닌데."

그게 끝이었다. 서로가 마주한 것은. 정우는 미련 없이 차를 타고 골목길을 빠져나갔다. 홀로 남은 나정은 한동안 그 자리 그대로 못 박혀 서 있었다.

"언니, 거기서 뭐 해?"

마침 아르바이트를 끝내고 돌아온 나은이 나정을 발견하고 곁으로 다가왔다. 불러도 대답 없는 나정의 반응이 수상했다.

"……언니."

나정을 코앞에서 마주한 나은은 놀란 입을 다물지 못했다.

"……언니 지금 우는 거야?"

나정은 아무런 말도 하지 못했다. 하염없이 흐르는 눈물을 가만히 내버려 둘 뿐. 이상한 일이었다. 분명 마음이 더 커지기 전에 그만두면 괜찮을 줄 알았는데. 그게 가장 현명한 선택이라고 믿고 또 그렇게 살아왔는데. 살면서 느껴본 적 없는 감정이 파도처럼 넘실거리더니, 기어코 나정의 가슴 밖으로 흘러넘쳤다.

슬픔이었다.

- 2권에 계속 -